# 張之洞

四

唐浩明 著

岳麓書社

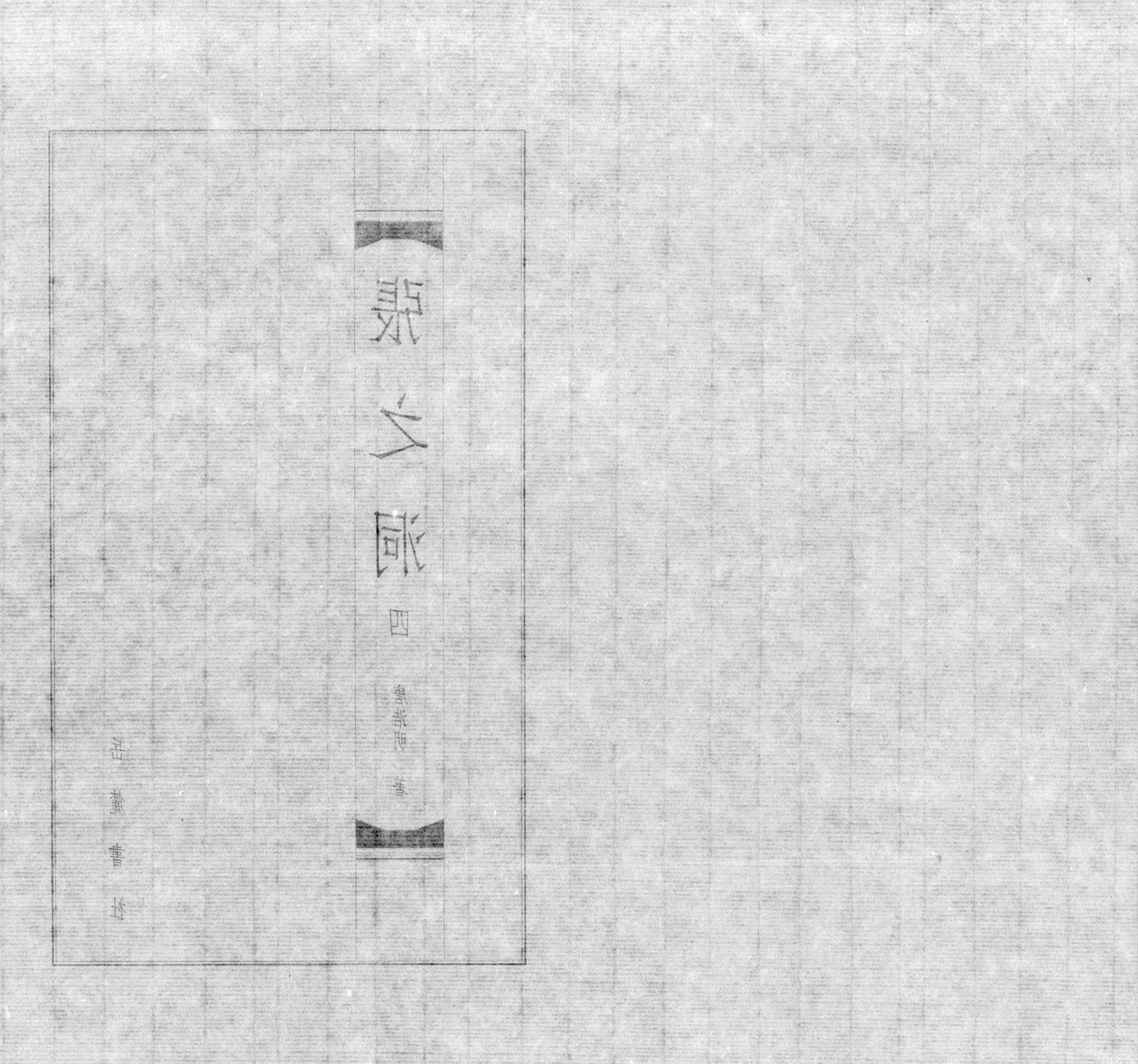

# 第八章　諒山大捷

## 一　面對砲火，好談兵事的張佩綸驚惶失措

近幾十年來，南國大都市廣州在中國的地位是越來越重要了。

四十多年前，林則徐在這座城市裏制定了銷毁鴉片的決策，試圖通過這個驚世之舉，維護中華民族的國家體面和人格尊嚴，斬斷不法之徒毒害中國人的魔爪。虎門的銷煙坑伸張了民族正氣。然而沒有多久，在堅船利砲的威脅下，道光皇帝屈服了，林則徐被撤職流放，一艘艘從英吉利海峽開過來的船艦，從南海駛進零丁洋，進入珠江口，將堆積成小山般的鴉片箱卸下。就在光天化日之下，通過這座城市，將毒品合法地販賣全國各地。美麗的五羊城從此蒙上了巨大的耻辱，成爲一座罪惡的都市。

然而，隨着鴉片公開上岸的同時，洋人也在廣州買地起屋，打起長住下去的主意。他們在珠江兩岸建起高大結實、採光通風設備都很好的樓房；自己發電，亮起了電燈，裝起了電話；換上了諸如鐘錶、留聲機、牛皮沙發等精巧舒適的奢侈品。他們還帶進了燙金硬殼的洋文書籍、滿載世界各地最新消息的洋文報紙。他們讀着洋書洋報，説着洋話，和廣州的官場打交道，做生意，通買賣，白花花的銀子水一般地流入他們的金庫。

隨着華洋交易的頻繁，一批溝通華洋的中國人應運而生。這種人既懂洋話，又懂官話，既知外情







又知國情，他們從中穿針引綫，牟取暴利。廣州人叫他們做西崽，官方稱他們爲買辦。買辦通過自己和家人親戚朋友，將洋風洋俗在廣州迅速地傳播開來。因而，廣州這座城市，又是受泰西文明影響最大、最有生氣的都市。

正是酷暑季節的閏五月中旬，張之洞帶着他的家小和隨從，千里迢迢從山西來到廣州，做起南國的這座大都市和粵桂兩省這片廣袤土地的最高主宰者來。

一個多月來的舟車旅途，使他有充裕的時間閲讀有關兩廣的史册記載。他又從沿途官府那裏獲取朝廷下發的各類京報文鈔，那上面有不少關於越戰的消息。這期間，他還在幾個撫臺衙門裏，收到了朝廷專爲寄給他的包封。包封裏都是關於兩廣的絶密文書。所有這些，都有利於他對即將履任的新職作深入的思考。

到了廣東韶州府，他收到了一件祗能他親自拆看的朝廷密函。密函裏裝的是李鴻章與福禄諾在天津和談的内容要點。這些要點有：法國願意保護中國毗連越南的疆土安全，中國在越南北圻的各駐防營即行調回邊界，法國不向中國索賠軍費，中國允許法國貨物在中國邊界自由運銷，法國與越南訂立各項條約均不得傷害中國體面，三個月後再議詳細條款。

張之洞一向不喜歡和談，隨便瞧了瞧後便封存起來，並不將這份日後載於近代史册上的《簡明天津條約》看得太重。一路上，他和桑治平、楊鋭等人常常談論當前的局勢。充滿少年激情的楊鋭，從來對前途都抱着樂觀的看法。飽經世事的桑治平，則往往對事情複雜的一面注意得更多一些。

他們談得更多的是眼下廣東的局面。前任總督張樹聲雖搬出了督署，但仍住在廣州城外黄埔港督辦兩廣軍務。駐紮虎門的軍營是這幾個月來征調的前湘軍系統的人馬，統帥是有中興名臣之稱的老將

彭玉麟，他的助手正是張之萬所推薦的婁雲慶。另一支軍隊是由廣東提督管轄的綠營。在彭玉麟來到廣東前，張樹聲的淮系軍營與當地的粵軍有很深的隙嫌。這原因是因爲張利用督辦的權力，將粵軍安置在虎門一帶的前沿陣地，而將自己的人馬留在廣州城郊。粵軍對此大爲不滿，遂不與張配合，並向朝廷密告張的種種不是。張樹聲被撤去粵督一職，與此也很有關係。彭玉麟到了廣東後，將粵軍調回內地，而將湘系軍營駐防在虎門。彭玉麟這種大公無私以國事爲重的品德贏得了淮、粵兩系的敬重。目前廣東省內的三支主要軍事力量各自都在修備戰具，密切注視戰事的進展。

進廣州城的第二天，張之洞從廣東巡撫倪文蔚的手裏接過兩廣總督的印信、王旗，正式做起負責指揮越戰的最高地方統帥來。通過與城內各大衙門的憲臺及原督署僚屬的反覆會談，張之洞對當前的內外形勢有着更多的瞭解。爲更好地謀畫運籌，他決定採取兩個行動。一是接受張之萬的建議，派桑治平和熟悉越南情形的雷瓊道員王之春親到鎮南關外走一趟，實地考察戰地形勢，會會正在關外督戰的清軍首領新上任的廣西巡撫潘鼎新，以及黑旗軍首領劉永福等人。二是自己走出廣州城，先到扼控省垣的黃埔港看望駐防在此地的淮軍及張樹聲，再到廣東的南大門虎門去看望防守前綫的湘軍及彭玉麟。

送走桑治平、王之春的次日，張之洞在兵備道李必中的陪同下，乘坐小火輪，順着珠江南下。在黃埔港，他見到了已重病在身的張樹聲。張樹聲向後任傾吐了這半年來壓在胸間的滿腹牢騷和委屈，拜託後任務必將這些奏報朝廷，主持公道。爲安定淮軍軍心，共同備戰，張之洞滿口答應了。在總兵吳宏洛的陪同下，張之洞巡視了黃埔港一帶的防禦工事。淮軍的散漫軍風和應戰力量的薄弱，令新粵督擔憂。

在虎門砲臺，張之洞見到了年近七旬猶與士卒同甘共苦的兵部尚書彭玉麟。彭玉麟和婁雲慶親自陪同他巡查虎門口內外的十餘處砲臺。彭玉麟是個堅定的主戰派，虎門防守狀況要比黃埔港强，但大量缺乏射程遠殺傷力强的新式火砲，却令雄風不倒的老將軍十分憂慮。面對着當年關天培將軍英勇捐軀的靖遠砲臺，彭玉麟沈痛地說，關將軍和將士們並不乏愛國心、報國志，之所以不敵侵略者，是因爲武器不如人家的緣故。戰爭的殘酷迫使大家接受了這個無情的事實。故而以後湘淮軍都大量購買洋槍洋砲。胡林翼更主張自己製造。他留給身邊人的最後一句話便是：不把洋人的那一套學過來，我們就要永遠受欺侮。老將軍嘆息：我們的武器還是不如洋人，假若虎門再增加二十座德國克虜伯鋼砲的話，防守起來，就更有把握了。

波濤洶湧的汪洋大海，血跡斑斑的古舊砲臺，恥辱痛苦的往事回憶，形勢嚴峻的今日局面，所有這些，給張之洞的心靈以强烈的震撼。翰林、洗馬、學臺、清流黨，不知不覺之間，這些身份正在離他漸漸遠去；兩廣軍隊的統帥、國家門户的守衛者、粵東粵西的當家人、三千萬百姓的父母官，一副副沈重的擔子正在向他壓來。不管他願不願意，不管他挑不挑得起，他都得接受，都得擔當起來。

『不把洋人那套學過來，我們就要永遠受欺侮。』彭玉麟轉述的這句胡氏遺言，一遍又一遍地在他的耳畔響起。腦子裏又浮出榆次驛館裏閻敬銘的深沈談話，太原衙門裏李提摩太的科學技術實驗。要想致强，得學洋人，要想致富，也得學洋人。

『學洋人，辦洋務』，在返回廣州城的珠江航道上，張之洞從牙縫裏狠狠地擠出這句話來。

在桑治平、王之春暗訪越南的日子裏，戰事的發端地越南北圻倒是意外的寧靜，而數千里之外的

中國東南海疆反而日趨緊張，憑藉着精良的武器裝備和堅實的國力基礎，面積不足四川、人口少於兩廣的法蘭西帝國，從來就視大清王朝如掌中之物，有恃無恐地對它進行訛詐和欺侮。

就在法軍侵犯諒山，王德榜率部把他們趕走的第二天，法國駐北京代理公使謝滿祿便照會總理各國事務衙門，說法方按規定收回諒山，却遭到中國軍隊的襲擊，中國違背天津李福條約，應負擔此次事件的責任並賠償軍費。總理各國事務衙門覆函法國公使：天津條約載明三個月後再議定詳細條款，在詳細條款出來之前，雙方應維持現在局面不變，法軍此時收回諒山之行爲本屬不當，應視同法軍侵犯了清軍，軍費賠償應由法國方面承擔。總理衙門的覆函顯然站在正理上，但謝滿祿狡辯說，條約應以法文本爲根據，中文本翻譯有誤。清廷再三覈對中、法兩個文本，並無歧義，乃予以嚴厲駁斥。法國政府惱羞成怒，立即派出正式公使巴德諾趕到中國，要中國按天津條約第二款賠償軍費二萬五千萬法郎，折合白銀一百二十五萬兩。

作爲天津條約的談判者和簽字人，李鴻章對法國政府這種做法也頗爲頭痛。他告訴已抵上海的巴德諾，駐紮在越南的中國軍隊已遵命按兵不動，北圻平靜，條約中已寫明沒有賠款一事，再要中國賠款不能接受。巴德諾以逗留上海不赴北京的作法來拒絕與總理衙門及李鴻章會談。軟弱的清朝廷竟然遷就巴德諾，改派兩江總督曾國荃爲全權大臣，與巴德諾會談。此時，陳寶琛亦以南洋軍務會辦的身份來到南京。

一貫主張對外强硬的陳寶琛對曾國荃說，要堅持天津條約，據理力爭，決不能示巴德諾以弱。曾國荃却說，他已接李鴻章密電，李説法國現已對中國東南海疆採取軍事行動，形勢緊張，一觸即發。戰爭一旦打起，則對中國不利。若能以小的損失來換取大局的安寧，應是可行的。李的密電還說天津



條約已請太后認可，要朝廷拿出錢來作賠款，太后面子上過不去，君有難處，爲臣子的應當體貼，請兩江代朝廷受謗，在與法使會議時，無論曲直，拿出幾十萬銀子來給法國，滿足他們的貪慾之心，這樣做，無傷國體。

陳寶琛堅決反對這樣做。曾國荃却並不理睬陳寶琛的意見，擺出一副上司的派頭，命令陳寶琛代表他去上海與巴德諾接觸，許以五十萬兩銀子爲代價，息訟罷兵。

陳寶琛老大不情願，但面對着曾國荃冷峻威嚴的面孔和毫無商量餘地的態度，祇得硬着頭皮去上海找巴德諾。誰知巴德諾一聽祇有五十萬，與政府的要求相差太遠，便一口拒絕。陳寶琛被巴德諾大大奚落了一番。

此事並未就此而了。陳寶琛剛回南京，上海的外國報紙便將此事公開於衆，輿情譁然，慈禧得知後，大不高興。傳旨斥責曾國荃背着朝廷私許外人，實屬不知大體，陳寶琛遇事向有定見，此事乃隨聲附和，殊負委任。陳寶琛想起來真是太窩囊不堪了。自己明明不願意向侵犯者講和示弱，但作爲屬下，又不能抗拒上司的命令，違心地去與法國人談判，事情沒有辦成，反而招來四面難堪：洋人冷眼，國人憤慨，太后斥責。這是何苦來呢！好不容易培植的一世清流英名，便如此輕輕易易地毁於一旦！一向自命清高的陳寶琛來到兩江不久，便喫了這個有苦說不出的啞巴虧。他開始領略了世事的複雜，實務的難辦，頗爲後悔不該離開京師，從此便將陷於這麻煩透頂的事務圈，既沒有讀書做學問的空閒，又丟失了指點江山激揚文字的瀟灑。正在李鴻章、曾國荃、陳寶琛處在騎虎難下的時候，美國公使館表示願意出面調停。於是大家都鬆了一口氣，靜待美法兩個强權國家之間私下交易的結果。

與此同時，法國積極調兵遣將，試圖以武力威脅清廷，恐嚇主戰派，儘快達到他控制越南，打通

紅河航綫及最終瓜分中國征服遠東的戰略大目標。

法國海軍中將孤拔率領一支龐大的艦隊，駛向中國東海海域。六月十五日，法軍五艘兵艦突然攻打臺灣基隆砲臺。駐守在臺灣的軍事統領乃淮軍宿將劉銘傳，他指揮兵士倉促應戰，交戰不到一個鐘點，基隆砲臺便失守。劉銘傳慌忙向他的老上司李鴻章求援，請李派出北洋水師前來臺灣救助。第二天，法兵四百餘人强行登岸。淮軍提督曹志忠、章高元率部與法兵戰鬥，雙方死傷慘重，先天被法軍强佔的砲臺則又被淮軍奪回了。

法國政府見在臺灣並未佔到便宜，便指使巴德諾在談判中可退一步。巴德諾接到政府的命令後，立即照會曾國荃，詭稱已奪基隆砲臺，賠款可酌量減少，若一次拿出八十萬兩銀子，則可息兵。又暗中請總稅務司赫德出面爲之關說。赫德遂做出一副既爲中國又爲法國講話的姿態，提出一個折中方案，中國出八十萬兩銀子，但分十年還清。同時駐北京代理公使謝滿禄亦向清廷發出最後通牒，限二日內答覆。如不允，則下旗離京。中法之間似乎到了撤館斷交的嚴重時刻。

清廷面對這一突變形勢，又氣又懼。一面將法國近期的無理行爲照會各國，以求得國際社會的公道，一面又密諭沿江沿海統兵大臣，亟力籌防，嚴行戒備。

密諭發到福州閩浙總督衙門，總督何璟收到後，命人飛騎送往船政局。

何璟是個老官僚了，道光二十七年的翰林，與李鴻章同年。他雖然没有戰功，但遇事敢言，爲政幹練，故而遷升順遂，同治二年，便做了安徽按察使，又升湖北布政使，同治九年便擢升巡撫。同治十一年，曾國藩病逝江督任上，何璟正做江蘇巡撫。他上疏朝廷，請求爲曾國藩在江寧立專祠，一時朝野都認爲他體恤功臣，能仗義執言。



官場跟軍營差不多。再樸實的鄉巴佬在軍營中呆久了也會變成兵油子。若要使軍營常有生氣，便必須不斷地退去兵油子，補進鄉巴佬。同樣，再有血性的書生，官場呆久了，也會被磨光浸疲，直到從頭到尾都磨得光光的，浸得黑黑的，熏得蔫蔫的，當然也有不老松、常春藤，但古往今來都很少見到。可惜的是，官場有官場的規矩，不能像軍營一樣時常吐故納新，故而官場朝氣少，暮氣多，銳意進取者少，因循塞責者多，廉潔自愛者少，同流合污者多。這也真是無可奈何的事！

何璟年輕時也曾踔厲風發過，如今年過六十六歲，封疆大吏做了十四五年，早已做煩做膩了，當年的上進之心蕩然無存。

上個月，懷着振衰起疲、一展抱負之心的張佩綸奉旨來閩會辦軍務。這位名滿天下年方三十六歲的都察院左副都御史，以天使的身份面對着包括何璟在內的八閩官員。因爲張佩綸一向敢於參劾大員，故他一到福州，便有人投匿名狀，告福建提督在元貪墨荒謬，列出了四大罪行。張佩綸爲着要建立自己鐵面無私的清官形象，立即查辦，没有幾天便一一查實。他將彈劾書專遞京師，在元被交部嚴議。身爲總督的何璟有疏忽之失，也在彈章中被附帶指責了一句。何璟由此知張佩綸得太后特別寵信，飛黃騰達在指日之間，便乾脆將閩浙軍務防務大事都交給張佩綸，由他作主。基隆戰爭爆發後，他來到福州城外三十里的船政局。

這個船政局正式的名稱叫做福州船政局，因局址在閩江馬尾港，故習慣上都叫它馬尾船政局。同治五年由當時任閩浙總督的左宗棠所創辦，是與江南製造局、金陵製造局同時期開辦的官辦洋務企業。江南局重在造槍彈，金陵局重在造機器，馬尾局則專造輪船。馬尾局聘請法國人日意格爲總監督人。三十年來，在左宗棠、沈葆楨等人的督理下，已造出了萬年青、安瀾、飛雲、伏波等十餘艘兵

輪，裝備着南北洋水師。眼下，該局已有造船、模型、裝備等二十個車間，三座船臺，一座鐵船，共有人員三千餘，並設立了船政學堂。中國海軍史上的一些著名人物，如嚴復、鄧世昌、劉步蟾、薩鎮冰等人都是船政學堂畢業的學生。顯然，馬尾船政局是當時閩浙最大的洋務企業，也是全國最大的一批洋務企業中的一個。海域軍情緊急，馬尾局便成爲第一個重點保護的對象。

常住該局的還有一位船政大臣何如璋。何如璋是一個庸吏。擺架子，謀私利，這一套他都行，若論真才實學，却和大多數官場人物一樣胸無點墨。

海疆風聲一緊，他就巴不得有人來替代他。現在，張佩綸神氣十足地來到馬尾，何如璋則有獲救的感覺。張佩綸拍着胸脯對何如璋說：『有我在，你就放心好了。洋人我是琢磨透了，他們一貫欺軟怕硬。我張某人的硬漢子是出了名的，諒他們不敢胡作非爲。』

作爲船政大臣，何如璋對洋人的品性和軍事實力還是有所知的。他心裏想，洋人難道還會怕你張佩綸這個硬漢子？也未免太狂了吧！他知道戰爭一旦打起，局面一定不妙，眼下正需要有一個人自己挺身來做出頭鳥，將來好代他承擔責任。

他以滿臉信任的姿態說：『張大人，您是太后派下的欽差大臣，何制臺都把閩浙軍務大事交給了你，我自然沒有話說的。馬尾船政局如何克敵制勝，就全聽您的指揮了。』

論職守，何如璋是船政局的主人，論資格，遠在張佩綸之上，張佩綸生怕他不聽調遣。現在聽他這麼說，恰合心意。張佩綸正要藉這塊地方好好施展自己的軍事才幹，便毫不客氣地說：『這段時期，馬尾船政局一切就交給我了，我雖不贊同用上千萬兩銀子建造這個船廠，但既已花二十年建成了這個規模，這船廠便是國家的一筆財產。我身爲福建軍務會辦大臣，有責任保護它。何大人，你放一百個心，船廠在我張某人的手裏必定安然無恙！』



『好，好，張大人文武全才，年輕有爲，我放心。』何如璋點頭彎腰地笑說，腦子裏想起了一樁大事。

六月初七，法國海軍中將孤拔接奉政府的密電後，率領一支由八艘艦艇組成的龐大船隊，突然出現在閩江入海口，從指揮艦上放下一隻小快艇。小快艇開足馬力，溯江而上，很快便來到馬尾港，被船廠巡邏人員攔截住。『我們是法國船隊。』快艇上站起一個穿西裝革履的年輕中國人，用帶有閩南腔的官話回答巡邏人員的喝問，又指着坐在他身邊的一個同樣年輕的洋人介紹，『這位是法國伏爾他號油輪副船長米歇爾先生，奉總領隊孤拔先生的命令，特來拜訪福州船政大臣，有要事商量。』

巡邏人員聽說是洋人商量要事，不敢怠慢，忙將客人帶到船政大臣辦事處，去見何如璋。聽了翻譯的介紹後，米歇爾脫下帽子，向中國船政大臣恭恭敬敬地鞠了一躬。行完禮後，米歇爾嘰里咕嚕地講了一通話，翻譯轉述：『我們是一隊法國油輪，是到俄國裝汽油的，路過貴國，一來我們淡水用完了，想補淡水，二來聽說馬尾船廠有一些法國人，總監督日意格先生與我們領隊孤拔先生是朋友。我奉孤拔先生命令，請允許我們船隊開進馬尾港，補充淡水，會會朋友和同鄉。所補充的淡水，我們將按量付款，懇請同意。』

何如璋說：『日意格先生不在此地，他已到香港休假去了。』

日意格不在馬尾，是他們早已知道的。米歇爾故作驚訝地問：『那太遺憾了，不過，還有別的法國同胞，我們也想見見聊聊。』

何如璋問：『你們準備呆多久？』

米歇爾答：『頂多衹呆一個禮拜。』

何如璋答應了。

下午，八艘洋輪前後有序地開進馬尾港，在船廠的指定處停泊下來。隨即，自稱商船總領隊的孤拔，便由實爲海軍中尉名爲伏爾他號副船長的米歇爾和翻譯陪同，前來拜訪何如璋。孤拔五十餘歲年紀，兩鬢斑白，面色粗糙，然身材結實挺直，精力充沛。

他首先感謝中國船政大臣接受他的請求，然後叫米歇爾捧出兩樣禮品來：一個尺餘長的單筒望遠鏡，一個小碟子大的金殼懷錶。

何如璋特別喜歡洋人的望遠鏡。他曾借日意格的望遠鏡玩過。站在屋頂上，用望遠鏡一望，整個馬尾船廠都收入眼中，連五里之外船塢裏停的幾隻什麽船都看得清清楚楚。現在有人將這個好玩意兒送給他，他怎不接受！他高興地接過望遠鏡後，又將金殼懷錶也收下，心裏想：這隻表過些日子送給何璟，讓老頭子也歡喜歡喜，年終考績時在奏疏裏爲自己説幾句好話。

次日，何如璋回拜。他的回禮也是兩樣，一對康熙年間景德鎮御窑廠燒製的高頸大肚青花瓷瓶，一座浙江青田八仙漂海石雕。每件都由四個工役擡着，加上翻譯、隨從、僕人在内，一行十多人，浩浩蕩蕩體面排場地來到領隊船伏爾他號。

孤拔高興地收下禮物，讚不絶口，又興致勃勃地陪同他在伏爾他號上上下下前前後後地參觀。伏爾他號堅固威武，艙房裏面佈置得富麗堂皇，電燈光明亮如晝，更有綵燈紅紅緑緑的，恍如仙境。比起船廠製造的伏波、安瀾來，伏爾他號簡直就是瑶池裏的畫舫，可望而不可即。大清國的福州船政大臣，不斷發出由衷的讚嘆。



參觀完後，孤拔又設宴招待客人。精美的巴黎大菜，甘醇的馬賽葡萄酒，加上主人的殷勤相勸，直把何如璋弄得腦子醺醺的，心裏甜甜的。

從第二天起，八條輪船都在不停地灌注淡水，米歇爾也真的把在馬尾船廠的所有法國匠師都請到船上去喝酒叙鄉情。到了一個星期期滿了，翻譯陪着米歇爾再次來到船廠，説有兩條輪船出了毛病，擬請馬尾的法國匠師去修理，匠師修理期間的工錢，由他們支付，船廠可以停發他們的工資。

何如璋滿口答應，並大方地對米歇爾表示：匠師的工資仍由我們支發，你們要請哪個就請哪個好了。

米歇爾對何如璋的慷慨表示感謝。誰知這一修便修了五六天，至今仍停泊在馬尾港，何如璋再也没有去過問。現在張佩綸來了，何如璋想起了這樁事，請他去看看，今後萬一出了什麽事，責任便可以由他來承擔，與自己無關。

張佩綸也覺得不應該停這麽久，便同意去看看。來到船上，孤拔、米歇爾連連説抱歉，經全面檢查後，又發現了新的問題，有的零件還須重新在馬尾製造，故而耽擱了時間，説罷又拿出一萬法郎的支票來，説是按國際通例，法輪在馬尾停泊超過十天，應支付停泊費。何如璋、張佩綸都不知道有没有這個國際通例，他們衹知道中國百姓的漁船、政府的官船停泊在任何一個港口碼頭，都不需要支付停泊費。本來嘛，一隻船停在這裏，又没有喫你的，拿你的，這個地方空着也是空着，客人認爲没有理由付款，主人也不好意思收款。中國是禮義之邦，既然自己人可以不收錢，又怎麽能收洋人的錢？有朋自遠方來，不亦樂乎！如果真的是朋友，不但不收停泊費，還有好飯好菜招待你呢，盡地主之誼嘛！但洋人的習性摸不透，何况在越南戰場上，中法兩國還處在敵對的關係，對這隊法國商船多少還

林旺發掏出懷錶一看，驚道：『現在是一點三十八分，離宣戰時間不到半個鐘點了。不管他們有没有收到，都要告訴他們這件事。』

『來不及了！』何璟已氣得手足失措。

『到電報局發電報呀！』

林旺發提醒了制臺大人，巡捕奉命立即飛馬奔赴福州電報局。

馬尾電報局很快收到了這份緊急電報。當譯電生譯到『宣戰』二字時，兩手不自覺地發起抖來，正要將下面一句話翻譯出來時，『轟隆隆』，巨大的砲聲由江面傳過來，震得電報房的彩色玻璃『哐啷』作響，譯電生手中的筆也被震得摔到地上。

此刻，會辦福建海疆事務大臣張佩綸、船政大臣何如璋正在床上睡午覺，突然間被這震天動地的砲聲震醒，何如璋瞟了一眼架在桌上的那隻孤拔送的懷錶，長短針標明的時間是：一點五十六分。

一股混合强烈刺激味道的濃煙彌漫在馬尾港，整個船廠立即陷於驚駭恐怖之中。

『張大人，制臺衙門來電，法國洋輪要向我宣戰。』

譯電生匆匆將電文全部譯完後，急急忙忙趕到張佩綸的住所，一邊遞過電報，一邊氣喘喘地説着電報的主要内容。

張佩綸拿起一件長袍子披在身上，顧不得正三品大員的尊嚴，赤着脚從床上跳到地下，接過電報紙，急速地掃了一眼後，便奔到窗口旁向江邊看去：往日平和秀美的馬尾港，此刻已淪爲殺氣騰騰的水上戰場。

下午一點半鐘，奉孤拔之命，八艘法國輪船一齊掀掉罩在砲位上的帆布，露出船頭船尾所安裝的德國克虜伯砲廠最新出産的遠射程强火力的鋼砲。和平友好的商船僞裝剥去後，顯現的是兇惡猙獰的兵艦原形。所有艦上的人員都各就各位，就像獵鷹盯兔子樣的死死盯着前面一百多丈遠的中國兵艦，指揮艦的發號令臺上站着的正是法國海軍中將孤拔，舉着一支單筒望遠鏡，紋絲不動地瞄着前方，他旁邊站的是海軍中尉米歇爾。

隨着潮水的退下，前面的兵艦的艦尾正在慢慢漂下，眼看所有的艦尾都已漂下，孤拔掏出胸前口袋裏的懷錶，打開看了一眼，對着身旁的米歇爾下命令：

『各艦作好準備！』

『各艦作好準備！』米歇爾將命令傳下去。

『開砲！』孤拔惡狠狠地吼着。

『開砲！』米歇爾的喊聲剛落，伏爾他號左邊的豺狼號已迫不及待打響了第一砲。接着維拉號、臺斯當號、特隆方號等其他法國兵艦相繼發出砲彈。

中國兵艦上的人員，從艦長到水手都没有預料到這一點，就在一片慌亂之中，最靠近法艦的琛波和永保兩艦已被砲彈打中，艦艇上到處都是火焰，正在可怕地慢慢往下沈。

張佩綸冲出門外，來到江邊，眼看着琛波、永保兩艦被烈焰包圍着，漸漸失去了平衡，一頭高一頭低，摇摇擺擺地在江面上掙扎，不覺跌足長嘆，心中已失了方寸，衹一個勁地大聲喊叫：『爲何不打砲還擊！』緊跟在他身後一起跑到江邊的船廠協辦禀道：『主砲位在船頭，他們無法還擊！』

『該死！』張佩綸情急之中罵道，『這些蠢猪，還不快把船頭掉過來。』

『來不及了！』協辦綳起着臉答。難道就這樣讓他們活活的打！張佩綸痛苦萬分。眼看着自己的兵

艦被擊中而不能還手，心中悔恨不已：悔不該上當受騙，悔不該前幾天没有下死決心讓這些魔鬼離開馬尾！除了痛苦和悔恨，張佩綸拿不出一點實際辦法。

他能做什麽呢？他既不能跳到閩江裏去將中國兵艦的船頭都扭轉過來，將砲火猛烈地對着那一群卑鄙無耻的騙子强盜，又不能飛到伏爾他號去，怒斥孤拔、米歇爾，叫他們停止這種罪惡的行爲，以正義去壓倒邪惡，用良知去熄滅戰火。他一無實戰經驗，二不懂船砲戰術，此時，即使他能藉用電報指揮江上的中國兵艦，他又能指揮出個什麽名堂來？

張佩綸想大罵一通引狼入室的何如璋，但何如璋連影子也看不到了，氣得他在岸上毫無目的地來回奔走，没有走幾步，便已兩腿發軟，渾身顫抖，終於癱倒在江邊。江面上，馬尾港裏的中法兩國水戰越來越慘烈了。

孤拔爲他們的突然襲擊獲得成功而大聲獰笑，他又下達了『連續發砲』的命令。一發發兇猛的砲彈呼嘯着向中國艦隊打去，有的打在船上，立刻引發出一片煙火，有的打在江上，則馬上激發幾丈高的水浪。

中國的水師官兵並不是懦弱的，他們經過幾秒鐘的思索後，便明白過來這是怎麽一回事。儘管事前無一絲毫準備，且眼下的處境極爲不利，憑着軍人本能的血性和勇敢，他們在没有統一的指揮下，艦自爲戰，人自爲戰，給予侵犯者——無耻的騙子以猛烈的回擊。

福勝、建順兩艦的艦頭上都各裝有兩座十八噸的大砲，他們一面急忙掉轉船頭，一面用船尾所安裝的十噸砲向敵艦開火，豺狼號衹得集中火力對付這兩艘中國兵艦。

揚武號的船尾裝有兩座十二噸的砲位，在十一艘中國兵艦中，揚武號是船尾火力最强的一隻。眼



看着船頭一時掉不過來，艦長決定充分發揮自己艦尾的優勢，認真對付這群卑劣的洋鬼子。他看出伏爾他號是敵艦隊的指揮艦，便命令砲手瞄準着號令臺射擊。兩發砲彈同時從揚武號艦尾射出。妙極了！第一砲便恰好打中伏爾他號的艦橋，橋上的五個法國兵頃刻之間便斃了命。第二發砲彈打中了發號臺，發號臺被打得稀巴爛，衹可惜偏了點，那個罪惡的大頭子孤拔没被擊中，他被震倒在地，爬起來後又哇哇直叫，命令打砲。揚武號的尾砲又接連發出幾發砲彈，雖壓住了敵艦的火力，但遺憾的是未打中伏爾他號的要害。這時，一艘在伏爾他號旁邊的魚雷艦偷偷地對着揚武號發出一枚魚雷，魚雷箭一般地在水中向揚武號飛去，打在右舷下。

轟的一聲，揚武號爆炸。開戰後的二十七秒鐘，立了大功的揚武號悲壯地沈没了。

這時，福星、濟安、飛雲等兵艦都中了敵砲。就在隨時都有滅頂之災的時候，各艦上的砲手仍在用尾砲回擊敵艦的挑戰，維護着中華民族的尊嚴。

振威號是一艘剛出廠的新艦，它的砲位上裝的也是德國克虜伯廠新出的鋼砲。現在它的船尾後面跟着的是法國的維拉號和臺斯當號兩艘兵艦，他們正利用船頭主砲位的優勢，全力猛撲振威號。振威號毫不畏懼，一邊用尾砲英勇還擊，一邊全速掉頭，在掉頭的過程中，恰遇法國的特隆方號向它側面駛來。振威號狠狠地射出一砲，擊中特隆方號船頭側面，一股濃煙立時將特隆方號的船頭罩住。

特隆方號没料到振武號的砲火威力這樣大，氣急敗壞地也向振武號發來一排砲彈，有兩發打在振武號的船舷上，立刻穿成兩個大洞。江水從洞口急湧而入，振武號還在繼續掉轉船頭。好了，主砲位正好面對跟蹤的維拉號和臺斯當號。振武號將一肚子仇恨發出去，一排砲彈連珠般射出，兩艘敵艦都被打中了，維拉號在江面摇摇晃晃，似要沈水。這時，伏爾他號身邊的魚雷艦從烟火中衝進，瘋狂地

向振武號發射一顆魚雷，擊中了它的船頭。就在振武號即將沈水，砲位就要沈没的那一瞬間，振武號用盡全身力氣，將最後一顆克虜伯砲彈射出。它迅速直前，將法艦臺斯當號的旋轉輪打得粉碎，輪機手及其身邊的揮旗人被擊斃，身後的艦長右臂離開身體不知去向。就在這個勝利的砲聲中，振武號帶着對船廠、對閩江、對父老鄉親的深深眷戀，永不屈服地沈入江底。

這就是中國近代史上著名的馬尾之役。從打第一砲開始，到振武號的沈没，前後不過半個鐘頭，中國十一艘兵艦全部被擊中，傷亡將士七百餘人，經營了三十多年的福建水師全軍覆没；而法國八艘軍艦無一沈没，衹有兩艘遭到重創，死傷不過三十來人。

大清帝國在世界面前再一次暴露出它的衰敗無能，懦弱可欺！

當看到振武號悲壯沈江的那一刻，癱倒在岸邊的張佩綸眼前一黑，暈了過去。

『轟隆隆，轟隆隆』，猛烈的砲聲將張佩綸驚醒，他看到身邊不遠處車間騰起了煙火。

『不好了，法國人的砲打到岸上了！』一肚子造船技術却憚於兵戈的船廠協辦，嚇得臉色慘白，他本能地意識到，必須離開這裏，否則將性命不保。

『張大人，我們快走！』協辦扶起張佩綸，張佩綸的兩腿仍然無力。

『快過來扶着張大人往後山走！』

協辦招來幾個工役，大家架起張佩綸，扶着協辦，轉身向後。

張佩綸覺得自己此時離開船廠，正好比守城的官員棄城而逃。臨陣棄逃，論律當有死罪！張佩綸心裏一震，不由地停住脚步。船廠的第一號主管官員，自然是船政大臣何如璋。『何大人呢？何大人在哪裏？』他茫然地問身邊的工役。『何大人早已轉到後山去了。』一個工役答道。何如璋早已走了，



這話使張佩綸驚虛的心略爲安定下來。論職守，自己是整個福建海疆的會辦大臣，不衹管一個馬尾船廠，馬尾的守土之責在何如璋身上。他都先走了，我還等什麽！

『轟隆隆，轟隆隆』，又是一陣砲轟聲，江面上得勝的法國艦隊掉轉砲位向岸上打來，他們在發泄征服者的淫威，試圖徹底摧毁這個中國最大的造船基地，炸死手無寸鐵的三千員工！可憐的馬尾船廠四處受炸，房屋倒坍，數十名員工倒在血泊之中，更多的人在抱頭鼠竄，向樹木茂集的後山奔去。

一發砲彈就在張佩綸等人的身邊炸開，塵土飛揚，剛纔還是一塊平整的地面上，立時出現了一個足可埋下四五個人的墳坑。

從小在錦衣玉食的官衙里長大的張佩綸，從來没有見過這種驚心動魄、生死繫於瞬間的戰爭場面。此時，他早已方寸大亂，六神無主，衹有求生的本能在强烈地驅使他挪動脚步，一步一步地向後山密林裏逃去。這一逃，鑄成了張佩綸終生不能洗刷的耻辱。他那令人目眩的光彩形象，因此而黯然失色，轟然圮塌。

## 二　馬尾一仗，毁了兩個清流名臣的半世英名

馬尾之役的慘敗，震驚全國，朝野均爲之悲沮，更爲舉國同憤不能寬恕的是駐在船廠的兩位大員的行爲。福建海疆事務會辦張佩綸和船政大臣何如璋，竟然貪生怕死，臨陣脱逃，致使繼三號的江上全軍覆没後，四號、五號在法艦的砲擊下，船廠因無人主持秩序大亂而損失慘重。

慈禧太后甚是惱怒，立即將張佩綸、何如璋罷官削職，過兩天，又將張佩綸薦舉徐延旭、唐炯的事加上一個『濫保匪人』的罪名，新賬老賬一起算，發往邊塞流放充軍。接着又將閩浙總督何璟、福

建巡撫張兆棟一併解職，勒令致仕回籍，詔命東閣大學士、軍機大臣七十三歲的左宗棠赴福州督辦軍務，欲藉他的聲威鎮撫東南，懾服法人。調楊昌濬爲閩浙總督。同時下詔宣討法國罪狀，公開向法國開戰。

聖旨下到福州的時候，張佩綸尚躲在馬尾港三十里外的彭田鄉。

張佩綸在彭田鄉已經十一天了，這十一天裏，他一直在極度的痛苦中度過。出事的那天下午，他被船廠協辦和一群工役攙扶着來到鼓山脚下，想在一家農舍裏安頓下來，誰知那農夫聽説他們是船廠逃奔出來的，便不讓他們進屋。工役特别説：『這位是福建海疆會辦張大人。』那農夫冷冷地看了看張佩綸，不屑地説：『張大人我們也不接待！馬尾港打了敗仗，帶兵的大人應堅守陣地，士兵們死在沙場，你做大人的却逃跑，有良心嗎？』

説罷『砰』的一聲把大門關了。

張佩綸受了這番指摘，滿臉羞慚，衹得繼續向前走。又走了十多里，來到彭田鄉。吸取鼓山的教訓，他們不再找普通農舍而是去找鄉長。彭田鄉的鄉長是一名老紳士，聽了介紹後，對着衣衫不整的張佩綸十分鄙夷地説：『你就是那個號稱清流健將的張幼樵嗎？哼，你也有今天！想當年我的堂弟衹因一個小小的過錯，你就上章糾彈他，工部爲他求情，你硬是不罷休，一連三疏，終於害得他連降兩級。老夫還以爲你是一個正派的人，原來你纔是一個真正不負責任、不要人格的大姦佞。你滚吧，老夫家裏不能容忍你這個口是心非的清流！』

這一頓奚落，真的把張佩綸的臉面掃盡，恨不得去掘地以藏。

本來想離開彭田鄉，遠遠地走去，衹是經這兩番辱駡，張佩綸心更虚，體更弱，實在不能再走了，



# 第八章 諒山大捷



幸而附近有一所尼姑庵，庵裏衹有一老一小兩個尼姑，都是膽小的女人，看來了一大群身着官服的男人，不敢阻擋，船廠的逃命者再也不敢打起張大人的牌子了，胡亂在尼姑庵裏住了下來。

第二天、第三天，張佩綸接連打發人去船廠探聽消息，晚上回來時都説，這兩天法軍天天向船廠打砲，車間多半被炸毁，何大人没有下落，其他管事的一個也找不到。

第四天晚上，派出的工役回來説：法國軍艦開走了，砲不打了，但船廠的人恨死了兩位大人，何大人藉押送銀兩回福州離開了船廠。工役對張佩綸説，不要回船廠了，回去後會被人打死，不如乾脆在這裏呆着，過幾天再回福州去。

張佩綸聽到這些話以後，心裏有説不出的恐懼和悔恨。他知道自己的罪過太大了。法國的軍艦在馬尾二十多天，居然就輕信謊言没有看出它的真正意圖，怎麽糊塗至此！

砲火一響，自己就驚惶失措，拿不出一點辦法，平日裏那多主意都到哪裏去了，難道説對軍事的籌畫衹能由安静的書齋裏産生，一到真刀實槍的戰場，就一點謀略都出不來了？尤其千不該萬不該的是，不該離開船廠，那天怎麽就這樣懵懵懂懂，這樣混賬！

張佩綸想到錐心的時候，捶胸打背，嚎啕痛哭！他想起僅僅衹在三個月前，自己還是一位令人敬仰畏懼的堂堂都察院左副都御史，十多年裏，劾大員，糾顯宦，談洋務，議兵事，直贏得海内盛譽，天下聞名。説起張佩綸，誰人不稱讚是一個氣貫長虹、節如勁竹的清流名士？他的那些擲地有聲的奏疏，多年前便有琉璃廠的書商找上門，請求讓他們選擇其中一部分雕版付梓，刷印幾千份，好使那些敬仰他的人天天誦讀，張佩綸答應過兩年再説。儻若不是做這個背時的福建軍務會辦，來到這個倒楣的馬尾船廠，要不了多久，他就可以由副都御史而升都御史，由都御史而拜大學士，他的那些皇皇奏

議，便會被千百萬士人奉爲經典，惠及今時，澤被後世。

可是現在，一切都改變了，一切都破滅了。張佩綸想，他一定會遭到嚴懲，因爲結怨太廣，仇家太多，那些人必定會羅織罪名，周納深文，甚至有可能被判處殺頭抄家。

至於那些金聲玉振般的奏疏，更會成爲一堆廢紙，再也沒有人去理睬了。『張佩綸』三個字，從此以後將會成爲『衹會爲文，不會辦事』，『口頭上的英豪，骨子裏的懦夫』等等的代名詞，千秋萬代成爲士大夫的反面教材。

張佩綸這樣想來想去後，萬念俱灰，身如槁木，連起床的力氣都沒有了，一天到晚僵卧冷床，氣如遊絲，奄奄待斃。

聖旨到了福州後，會辦衙門的官員們四處查訪，終於在彭田鄉的尼姑庵裏找到張佩綸。聽完聖旨，他暗自慶幸没有殺頭，一絲生機又從體內恢復。他無理由也無臉面作任何申訴，叩頭謝恩完畢，稍過幾天便穿起囚服踏上戍途！一路上他時刻擔心，生怕再有後命。

果然不出他所料，不少人上摺痛斥他，更有許多清流黨的怨敵，此時都要將他從戍途上召回，交刑部議決，處以立決。慈禧權衡了一下，沒有召他回京，衹是將戍邊的年限由五年增至八年。

張佩綸剛披上囚衣，陳寶琛又中箭落下馬來。本來，馬尾之戰爆發前，因擅許賠償法人五十萬軍費一事，慈禧早已對陳寶琛不滿，戰火燒起來之後，陳寶琛又奉曾國荃之命巡視長江入海口及沿海防務要塞，督促加强戰備，防禦法國兵船從長江口打入。

陳寶琛在巡視過程中，親眼看到海防要塞軍紀渙散，防守鬆懈，將士們對從西洋進口的槍砲火藥的使用，懵然不知。軍中賭博之風盛行，有的通宵不眠，一夜之間的勝負達數百兩之多。營官尅扣軍



餉幾成通例。更爲嚴重的是，前綫最高將官陳湜萎靡貪侈，險詐驕縱，不僅品性惡劣，而且才能平庸，當此非常之時，恐壞國家大事。陳寶琛回到江寧之後，把這些情況如實告訴曾國荃，豈料曾國荃不但不支持陳寶琛，反而指責他不該隨便批評前綫將士，擾亂軍心。

原來，陳湜乃曾國荃的同鄉姻親，又是百戰沙場過來的生死之交。曾做山西巡撫時，陳爲山西按察使。曾做江督時，又奏調陳爲水陸馬步統領。陳的貪驕，曾不是不知，但陳是他的心腹，他有意維護。陳寶琛不知深淺，口無遮攔，曾如何不惱！

但陳寶琛依然秉他在京時的清流亢直之氣，認爲不向朝廷如實反映，則有負太后的重託。聯繫到曾國荃平日的倚老賣老荒廢公事，陳寶琛憂心忡忡，於是給慈禧上了一道辭氣激烈的奏疏，在稟報江南海防的實情後筆鋒直指陳湜：『直視兵戎爲兒戲，等紀律於弁髦。其才智足以濟其姦，貪權適以成其驕。在曾國荃不過任用姻私，失知人之明，在國家則直豢養無賴，釀翫兵之禍。臣若謬託和衷，坐觀成敗，於曾國荃則爲姑息，於皇太后、皇上則爲不忠。』

既已點到曾國荃，陳寶琛乾脆一吐痛快：『曾國荃自奉命督防以來，初尚踴躍，一入直境，日就頹廢，老病日增，志氣日挫。見賓客則卧榻而呻，談戎機則涕流而道，觀其愁苦龍鍾之態，幾若旦晚就木之人。若以爲真耶，孱暮衰氣豈可臨戎；若以爲僞耶，挾詐畏難豈非負國？』

陳寶琛這一道密摺進京不久，便有平時用重金收買的宮廷耳目密報曾國荃。曾國荃、陳湜知道後，怒火萬丈。這些白刀子進紅刀子出的人對背後搗鬼的秀才恨之入骨，報復起來決不手軟。

曾國荃一面指使人上奏朝廷，無端給陳寶琛加上一個收受法國人五萬兩銀子的賄賂罪名，又無中生有地說陳寶琛在江南期間狎娼嫖妓，行爲不軌，有傷風化。還有人上奏揭老底：保舉徐延旭、唐炯

是張佩綸與陳寶琛的合謀；張既是濫保匪人，陳不應逃脱責任。

江寧城裏，曾國荃從此不理睬陳寶琛。所有會辦南洋事務大臣應該參與的事情，曾國荃一律不讓他參與，將陳寶琛晾在一旁，無事可做。陳湜更指使一些兵痞子在陳寶琛的住宅四周尋事生非，無理挑釁，弄得陳寶琛形影孤單，凄凄惶惶，日不能食，夜不安寢，處境尷尬，心緒煩亂，如坐針氈，如處火爐，狼狽至極！

這時，陳寶琛纔悔不該來到江寧做曾老九的會辦，纔知道清流衹能存於京師，離開京師那個圈子，則孤立無援，寸步難行；也終於明白，世事的複雜，實事的難辦，遠非書齋裏可以想得到的，至於忠誠正直、廉潔律己，這些書生們所推崇的品德，也衹是在文章裏纔有光彩，而在現實世界中，它們並没有多高的地位，更没有絲毫的力量可言！

陳寶琛的迂腐，終於爲自己招來苦果。慈禧採取對張佩綸同樣的手法，新賬老賬一起算，一道上諭，將陳寶琛連貶五級！

陳寶琛身心交瘁，心灰意懶，他也不想回京師去做一個低微的小京官，便藉母老爲由，回籍侍親。朝廷很快批下來，成全了他的『孝心』。

陳寶琛離江寧那天，江寧各大衙門無一人相送，倒是一群丘八在碼頭上焚紙燃砲，意謂送瘟神，弄得陳寶琛又憤又羞，欲哭無淚，如漏網之魚般匆忙開船。

誰知陳寶琛這次回籍，一住便是二十四年，直到光緒、慈禧相繼過世，宣統登基之後纔回到京師，那已是白髮皤然，垂垂老者了。可憐一個正派清流名士，直到臨死還不知道他這一生究竟栽倒在何人的手裏！



# 第八章 諒山大捷

而就在他黯然離寧的時候，恭王府裏的鑒園主人在私心慶賀，醇王府的高參孫毓汶在暗自得意，李鴻章也有出了一口氣似的舒坦。至於那些遭張佩綸、陳寶琛糾彈的人則更是彈冠相慶，喜形於色。更有許多對清流抱有仇恨、討厭、嫉妒、輕視種種複雜心態的人，此時都把目光盯在這幾年甚得聖眷、官運極好的清流中的幸運兒張之洞的身上，且看他究竟有幾分能耐！

馬尾之役的戰況很快便傳到廣州，接着，嚴懲福建大員及對法宣戰等聖諭都下達到各省，張之洞這些日子來心情甚是沈重。他既爲戰事失利而憂憤，更爲老友的不幸而痛苦。他實在不明白，一向精明氣壯的張佩綸，何以在戰場上如此窩囊無用，再不濟，也不能臨陣脱逃，這不是有無指揮才能和臨陣經驗的事，這是關乎於責任操守的大是大非！

張佩綸多年來在張之洞腦中的高大形象開始低矮褪色，兩廣總督的心裏不由得對老朋友生發出幾分鄙薄來。

朝廷已向法國宣戰，兩廣毫無疑問成了備戰的重點，廣東又是重中之重，廣東軍事上的要務首在增强武器裝備。張之洞請張樹聲通過李鴻章的關係，爲廣東再購買二十尊德國克虜伯鋼砲，又請彭玉麟派人去香港向英國軍火商買一批槍枝彈藥。

就在這時，桑治平、王之春從越南回到了廣州。

在衙門簽押房裏，桑、王將此次去越南實地考察一個多月的情況向張之洞作了詳細報告。

目前中國在越南的兵力有四支，即駐紮在諒山的由廣西巡撫潘鼎新統領的桂軍約三千人，駐紮在鎮南關的由提督銜總兵楊玉科統領的滇軍約一千五百人，駐紮在文米的由原布政使王德榜統領的湘軍約一千二百人，以及駐紮在宣光一帶的由劉永福統領的黑旗軍約四千人。四支人馬合起來雖近萬人，

但各自獨立，沒有形成一股統一的力量。名義上潘鼎新負有總指揮權，但楊、王、劉均不服他。潘鼎新的桂軍其實多爲安徽子弟，是新淮軍，軍紀差，力量弱，潘本人遵循其老主子李鴻章的旨意，重在和而不在戰。桑、王都認爲潘不能擔負越南戰場上的主帥重擔。

張之洞凝神聽着這來自前方的實實在在的消息，心裏琢磨着，潘鼎新任不了主帥，誰又來做頭領呢？

桑治平、王之春興奮地告訴張之洞，他們這次在宣光山林裏遇到了一個奇人唐景崧。

唐景崧這個人，張之洞數月前已風聞其名。他原本是吏部的主事。越南出事後，他主動請纓入越，要爲朝廷招撫黑旗軍。唐景崧的這個行動，對於京師官場而言乃是一個驚人之舉。隨着太平軍、捻軍之亂的次第平息，十餘年來，京師又恢復過去的文恬武嬉歌舞升平的時代。京中各部曹的官員習慣於按部就班，因循守舊，巴望的是公務少，拿錢多，遷升快。漕運早已恢復，海運也已暢通，南方的稻米瓜菓絲綢茶葉源源不斷地運進京城。人在北京，可以坐享各地的美味。大部分京官不願外放，儻若硬要外放，最好是兩司巡撫，若放的是道府一級，則非江浙蘇杭不可，若分到雲南、陝甘，即便是連升兩三級，也都視爲畏途，千方百計找門子拉關係，以求改調或乾脆免去。大家都如此習以爲常的時候，突然冒出了一個唐景崧，居然要離開京師安樂窩，到萬里絕域去招撫嘯聚山林的劉永福。不要說越南乃蠻荒小國，眼下又正處在兵凶戰危之時，單說招撫劉永福便風險極大，儻若事機不成，豈不貽笑天下？京師中那些老成穩重、聰明圓熟的大小官僚對唐景崧此舉大不以爲然。但也有人深爲讚賞，認爲這纔是英雄豪傑的作爲，正所謂『萬里覓封侯』。不歷艱險，不行萬里，如何成得了大功業？李鴻章、曾國荃等人讚賞，張之洞也讚賞。他笑着對桑、王說：『唐景崧是今天的張騫、班超！』





# 第八章 諒山大捷

桑治平告訴張之洞，唐景崧爲劉永福籌畫了上、中、下三策。上策是乘越南內憂外患之際，揭竿起義，取代陵福而做越南王。下策爲據守宣光一帶，坐待法人得勢而被驅逐。中策是與潘、王、楊等人合作打敗法人而保持在越南的地位。

張之洞說：『劉永福接受了哪一策？』

王之春說：『中策。』

張之洞點點頭後又問：『你們見到了劉永福嗎？』

『見到了，並與他相處了三四天。』王之春說。

關於劉永福，張之洞衹知道他早年參加過天地會，與朝廷對抗過，失敗後率部逃到越南，因爲打贏過法國人，早兩年被越南封爲宣光副提督，其他方面所知甚少。

『劉永福這個人怎麼樣，可用不可用？』

桑治平說：『這個人雖識不了幾個字，但頭腦明白，一直沒有忘記自己是中國人，他手下的黑旗軍也還可以打仗。在他所接受的唐景崧的中策基礎上，我們勸他打敗法國人，藉立功之機回國，結束異國他鄉的流浪歲月。他同意了，但提出三個要求。』

張之洞忙問：『他有些什麼要求？』

桑治平說：『第一，他希望回國後，能給一個相應的官職，他的部屬能至少保留一半人。』

張之洞說：『立功受賞這是正理。保留一半舊部，也可商量。此事將來由我奏請朝廷。』

『劉永福認爲潘、王、楊部均不可指望，故他希望能讓唐景崧回廣西招募一支二千人的子弟兵，由朝廷發餉。』

『這個也好辦！』張之洞爽快地答應了。

『第三，劉永福希望能由馮子材來指揮在越南的中國軍隊，請總督敦勸馮子材出山入越。』

張之洞頗爲喫驚地說：『劉永福信得過馮子材？』

王之春說：『劉永福講，若由潘鼎新做主帥，必不能服衆，若馮子材出山，打敗法國人或有希望！』

聽了桑治平、王之春的禀報，對越南的戰事，張之洞的心裏踏實多了。

爲鄭重其事，張之洞專門從虎門、黄埔前綫請回彭玉麟、婁雲慶、吴宏洛，又召集包括粵軍提督、總兵在内的廣東省的高級文武官員，一起商討越南戰場上的局勢及應對策略，會議開了整整三天。會後，張之洞又和桑治平私下計議了兩個晚上，最後對越南局勢形成一個較爲完備的認識。張之洞和桑治平都認爲，軍事實力上，中國跟法國比，若比水上之仗，是絶對不如，若比陸地之仗，除武器不如外，其他方面多有勝過之處：如兵力上可以超過法國，對地理的適應上要强過法國，供應給需上也比法國有優勢。在越南北圻要打贏法國不是不可能的。擴充軍隊很有必要。張之洞決定召唐景崧回國，由他在廣西招募四營一千五百子弟兵，并發給他二萬銀子的軍餉。但目前在越南缺的是一個能得衆望的軍事統帥，故請馮子材出山是最重要的事情。考慮到各方面的原因，張之洞接受桑治平、王之春的建議，親自到欽州去敦請馮老將軍。

二十年前，張之洞做客胡林翼武昌署中時，便聽胡説起過馮子材。那時他以總兵身份駐軍鎮江、丹陽一帶。胡林翼和湘軍將領們都看不起緑營，獨對馮子材表示佩服。馮子材的過人之處，除馮本人武功超衆用兵有方外，還表現在他的廉潔上。當時湘軍爲籌軍餉而建厘金制，無論水陸，遇關設卡，



凡經商做買賣的，值百抽十。緑營本有固定軍餉，不能抽厘，但許多緑營將領見此有大利可圖，便擅自設卡抽税，與湘軍争利，湘軍對此也無可奈何。馮子材的軍隊所在地鎮江、丹陽本是富庶之區，部屬也有勸馮子材學别的緑營樣，但馮子材却不爲所動。所部駐紮鎮江一帶六年，軍紀也較好，没有發生與地方争鬥之事。曾國藩賞識馮子材，經他力薦，馮子材得以升廣西提督，並獲黄馬褂之賞。同治九年，出駐鎮南關，平定越南北圻匪盗。光緒元年任貴州提督。三年前，因年高而致仕，家居欽州原籍。

欽州屬廉州府，向正西方向走二百餘里是劉永福的老家上思，往西南方向走二百餘里，則到了越南的邊界。從廣州去欽州，以走水路爲宜。

張之洞請桑治平再麻煩一次陪他走一趟，桑治平對馮子材心儀已久，欣然同意。這種出訪，通常都是大根陪護，但這些天，他正害着病，於是就由前向纔從山西來投奔的張彪頂替。

張彪是山西榆次人，二十剛出頭，因拳脚功夫好，當年在太原府時與大根要好，又因爲都姓張，便結爲拜把兄弟。大根没有親兄弟，便將張彪視同手足。衙門裏有大根忙不過來的事，大根便請張彪幫忙，幾件事辦得好，得到了張之洞的讚賞，便正式招進衙門做了馬弁。張之洞來廣州，本來張彪要跟着來，恰逢母親病逝，便回榆次辦喪事去了。在家裏住滿一百天後，他千里迢迢一人趕來了廣州。

小海輪沿着近海區走了三天，這天傍晚由龍門海駛近淡水灣，然後再從欽江入海口溯流而上，不到十里便是古老的欽州城了。剛踏上碼頭，便見欽州縣令劉勉勤帶領一班人馬迎上來，一個粗壯的漢子舉着一把碩大的淡黄色萬民傘走在最前面。張之洞見到這把萬民傘，眉頭馬上皺了起來，命令立即收起。劉縣令笑容可掬地對張之洞說：『打萬民傘迎接貴客，是欽州縣由來已久的風俗，請大人賞臉

接受吧！』

張之洞板着面孔說：『什麽樣的貴客可以享受這種禮節？』

劉縣令答：『知府以上的文官，參將以上的武官，發了大財的商賈，這些人都可以享用萬民傘迎接的禮節。還有兩種人，一是新科進士回籍，二是年過八旬四代同堂家風清白的百姓，祝壽時也可以動用一次萬民傘。』

聽到這裏，張之洞的臉色開始緩和下來，對着劉縣令和其他前來迎接的人說：『在別的地方，萬民傘是用來送那些爲百姓做了好事的清官離任的，想不到貴縣的風俗當作迎接客人用。我向貴縣提個建議，今後官員，無論文官還是武官，以及發財的商賈來欽州，一概免去這個禮節。官府的開支乃民脂民膏，百姓一絲一粟都來之不易，能省則省，切不可鋪張講排場。至於商人，爲富不仁者多，不能再以萬民傘來助長其氣焰。但貴縣對新科進士回籍，和四代同堂家風清白的八十老者祝壽動用萬民傘，却是很好的舉措，可以起着激勵士人發憤讀書，敦勸百姓尊老齊家的好作用，今後應當保持。本督還希望兩廣各縣都向貴縣學習，凡對厚風俗、利教化的良行善舉，縣衙門都應當予以表彰推行。』

劉縣令和所有前來迎接的人員，齊聲稱讚制臺大人的這個好建議。張之洞高聲說：『今天，就從我開始，收起萬民傘，我們一路步行進驛館。』

想不到張之洞如此體恤民情，大家不約而同地歡呼起來，簇擁着他一同進城，引得許多百姓圍觀，都在悄悄議論：兩廣還從未見過這樣平易的大官！

喫晚飯時，劉縣令對張之洞說：『宋知府昨夜派急足通知卑職，說大人到欽州的目的是看望馮老將軍。馮老將軍住在荔枝灣，我這就派人到荔枝灣去告訴他，叫他明天上午到城裏來，如何？』







原來是昨天廉州府通知欽州縣的，怪不得劉縣令事先就在碼頭上等候，張之洞的本意是並不想這麽麻煩縣衙門的。他說：『不要麻煩馮老將軍了，我們到荔枝灣去看他。』

劉縣令說：『荔枝灣離城有二十多里，路不好走，還是叫他來吧。』

張之洞放下筷子，沈下臉說：『我是專程來看望馮老將軍的，幾百里的路都走了，還在乎這二十多里嗎？馮老將軍快七十歲了，叫他進城，我們舒舒服服地坐着，於心也不安呀！再說，我還要藉這個機會查看查看貴縣的風氣和田裏的農活哩！你明天和我一道去，我們都不穿官服，也不騎馬坐轎，馮府不要事先通知，沿途百姓也不要驚動。你能走嗎？』

劉縣令雖不到四十，却因長期養尊處優，早已發福，肚子大得像懷胎七八個月的孕婦一樣，平時連一兩里路都不願走，來欽州做了近三年的縣令，足跡不出城外五六里。現在要他走二十多里的路，他如何喫得消？但在這個年近半百的總督面前，他敢露出半點爲難嗎？忙連聲答：『能走能走，卑職也常常到四鄉去視察民情的，天氣熱，明天我們早點喫飯，早點動身。』

『好，明天我們五點半鐘喫飯，六點鐘動身，沿途也不打尖了，中午之前趕到荔枝灣。』

張之洞也不同縣令商量，就這樣做了決定。

## 三　海隅荒村，張之洞恭請馮子材出山

次日清早，張之洞、桑治平、劉縣令連同張彪及縣衙門裏的兩個僕人，一共六個人，組成一個不大不小的行列，向荔枝灣走去。

早上天氣涼爽，帶露水的晨風吹到臉上濕潤清涼，望着四周的青山綠水，碧葉黃穗，張之洞心裏

很是舒坦，不斷地向劉縣令問欽州的民情民風。劉縣令昨夜作了充分準備，要在總督面前表露出好形象，故走了十來里路狀態還算好。眼下正當七月下旬，儻若在山西，氣候明顯地是秋涼了。但廣東天氣炎熱，雨水充沛，依然是盛夏的光景。過了九點，太陽便曬得使人難受了。張之洞也漸有勞累之感，看身旁的田疇，比起城郊來又差得太多，顯得有點貧瘠荒涼，他的心情受到影響，更覺勞累不堪。回頭看了看一旁的劉縣令，也開始汗流滿面，喘着粗氣，步履蹣跚了。他拍了拍劉縣令的肩膀笑着說：『老弟，歇會兒吧，你是太胖了，負擔重，走遠路，瘦人要沾光。』

一聲『老弟』，把劉縣令的眼睛說得大大的。他壓根兒沒想到，這位制臺大人竟然這樣隨和平易！他略帶幾分慚愧之色苦笑道：『不瞞大人說，卑職的確是累了。但大人不說辛苦，卑職何敢言累，卑職不善走路，都是這身蠢肉害的，今後要下決心餓瘦它！』

張之洞哈哈笑道：『老弟是福氣好，我是想胖也胖不起來，幾十年都這樣了，喫什麼都不長肉！』

衆人都跟着總督開心地笑起來，歇了一會兒後，劉縣令强忍着全身散架似的痛苦，跟着張之洞和衆人一步步地向前走着。終於，僕人告訴他，荔枝灣到了，他忙把這個喜訊告訴張之洞。

張之洞放眼看眼前的荔枝灣，左右兩邊都是連綿的小山，正前方一片汪洋。在陽光照耀下，碧波蕩漾，白鷗起伏，顯然那是南海。近處分佈着大大小小的水田，田裏隨處可見一塊塊突兀而起的黑色大石頭。稻葉青中顯黃，穀穗大多下垂了，但禾苗稀疏，穀穗也不長，看來不像是豐收的景象。左側有一道小山谷，隱隱約約可見山谷裏有房屋村落。欽州縣衙門的一個僕役對衆人說：『馮老將軍就住在那道山谷裏。』

『那我們就到那邊去吧！』



張之洞說罷，先邁開步，大家都跟了上來。

田裏有幾個漢子在勞作，擡起頭來，以頗爲驚異的眼光看着這一行陌生的客人。

快要到小山谷的口子邊，衹見附近的一塊小田裏，有一個人正牽着一條大水牛走上田塍。那人頭戴一頂斗笠，身穿一件白布無袖短褂，一條過膝蓋的半長黑布褲，赤脚上流着泥水，個子矮小，從背影上看，像是一個十五六歲未成年的男孩。

僕役走上前去指着山谷問：『馮府在這裏嗎？』

那人轉過身來，摘下斗笠，大家這纔發現原來不是小孩，而是一個老頭子。這老頭子滿頭白髮，却沒有留鬍鬚。他一邊用手理着頭髮，一邊問：『你們去馮府做什麼？』

老頭子說着扯了扯繩索，大水牛跟在後面邁開笨重的四蹄。

『我們去馮府找馮老將軍。』

老頭子牽着水牛慢慢地走在前面，又問：『找馮老將軍有什麼事嗎？』

僕役頓時神氣起來，帶着幾分自豪的口氣說：『制臺張大人從廣州來到欽州，督署的桑老爺和我們縣令劉老爺陪着他老人家一起來見馮老將軍。』

『制臺張大人？』老頭子突然停住脚步，盯住僕役的臉問：『你是說他和劉太爺一起來看馮老將軍？』

『是呀！』僕役挺了挺胸脯。

老頭子的目光迅速打量了衆人一眼問：『他在哪裏？』

張之洞從這一道目光中看出一種迥異常人的神采，驀然間一道靈感閃過：莫非此人就是馮子材？

他忙跨前一步，走到老頭子的身邊：『老人家，我就是張之洞，特地從廣州來荔枝灣拜訪馮老將軍。』

老頭子没有吱聲，將張之洞從頭看到脚，與此同時，張之洞也將眼前的小老頭認真地看了看：頭臉不大，面色黑裏透紅，極少皺紋，兩道眉毛不太濃密，眉梢處長着幾根特別明顯的長壽眉，身軀短小却匀稱協調，年近古稀却精力彌滿。

『啊，你就是張大帥，真正是遠來的稀客貴客。』老頭子臉上露出燦爛的笑容來。『老朽就是馮子材，張大帥這麽遠來荔枝灣，老朽不敢當，不敢當。』

『你就是馮老將軍！』張之洞激動萬分，下意識地伸出手來，要來拿馮子材手中的繩索，『我來替您牽牛。』

『使不得，使不得！』馮子材急得忙將手中的繩索握得緊緊的。

劉縣令見狀，趕緊走上去説：『我就是欽州縣令劉勉勤，本縣來給馮老將軍牽牛吧！』

『也使不得，也使不得。』馮子材的手向一邊躲着，正在這時，從小山谷口邊快步走出一個三十來歲穿戴整齊的漢子來。

馮子材高興地説：『我的老二相華來了，讓他來牽吧。』

説話間，馮相華來到父親跟前。馮子材指着張之洞和劉勉勤説：『快來參拜二位大人老爺。』又對兒子説：『你先牽着牛快點回家，好好準備一下，我就來。』

馮相華向張、劉各鞠了一躬，張之洞見馮相華精壯麻利，心裏想：果然虎父無犬子。

馮子材將手中的繩索交給兒子。

張之洞真誠地對馮子材説：『老將軍爲國家立過許多大功勞，而今年事已高，應該在家享享清福，





何苦還要親自牽牛扶犁，做這等艱苦力田之事。』

馮子材爽朗地笑了兩聲説：『兒孫和鄉親們也都對我這樣説，按理應該這樣，家裏既不缺勞力，也不缺錢用，還要我這老頭子下田做什麽？不瞞大帥，我是一世勞動慣了，早年下的是力氣活，軍中二三十年，不是打仗，就是操練，没有一天休閒過，養成習慣了，非動不可。一天不動，這渾身筋骨就酸脹。我下田，説是做農活，其實是活動筋骨，圖個自己舒暢。』説罷又哈哈大笑，大家也都開心地與馮子材一起笑。桑治平想起那年去解州拜訪閻敬銘，一樣地做過大事業，一樣地處過高位，一樣地離開權要退下隱居，打發日子的方式却迥然不同。他對眼前這個開朗爽快的小老頭立即生發親近之感來。

『大帥，你從廣州到荔枝灣這個偏遠的海邊來看我，叫我如何擔當得起！』

馮子材的話，不是表面上的客套，而是發自内心的感慨。

六十八年前，馮子材出生在這裏一個半農半漁的家庭。家裏苦，他從小没有讀過一天書，但天生聰明機靈，學什麽會什麽，而且比別人都幹得好。他種田，是一個好莊稼漢，打魚，是一個能幹的漁民。二十多歲時投軍，做了一名緑營士兵。憑着勇敢和機智，他一步一步地從最低級的武官升了上來，職位迫使他不能不識字。識字讀書之後，他纔明白，原來書裏有許多智慧，那些自己用多年的摸索，用血和汗換來的見識，前人早已將它記録在書上了。馮子材後悔讀書太晚，也因此對有學問的人十分尊敬。

三年前，他卸下貴州提督的要職，回到荔枝灣安度晚年。表面看起來，他已不過問世事，但多年的高級武官養成了他關心天下大事的習慣。他知道越南的戰事，也知道新來的兩廣總督便是大名鼎鼎

的名士張之洞。馮子材對張之洞很敬重。一敬重他的探花出身。三年一次的進士考試，全國十八行省，有多少異才俊秀，此人居然可以名列鼎甲，不由得馮子材不佩服。二是敬重他的清流名望。十多年來張之洞的一係列奏疏名動海內，身處軍界要職的馮子材還能不知？他常常讀登載在邸報上的張之洞的奏疏，並要手下的文案和兒孫們認真閱讀，視之爲文章範本。

這樣一個巍科清望、令他敬重已久的總督大人，親自來到這個荒寂得幾乎無人知曉的海邊小山谷來看望他，豈不令他感激，令他興奮！

『應該，應該。』張之洞高興地說，『您是大英雄，二十多年前，我還是一個年輕舉子的時候，便已聞您的大名，景仰您的功業，衹是沒有機會拜訪您，這次來到兩廣，是朝廷送我這個好機會，我怎能放棄！』

『大帥言重了。』馮子材咧開嘴大笑起來。桑治平在一旁看着，心裏想：此人年近古稀，然笑起來却不乏孩童的天真，看來是一個胸襟光霽、克享遐齡的老人。

兩榜出身的劉勉勤也一路走一路思量：這樣一個矮矮小小單單薄薄的老頭子，竟是一個戎馬終生軍功卓著的帶兵將領，真是怪事！眼前的荷笠老者和想像中的綠營提督，怎麽也對不上號，合不了榫。他甚至有點懷疑，這是不是一個假冒者？

馮子材帶着大家很快便到了自家門口。比起廣州城裏大商巨賈的住宅來，馮家的府第固然粗樸簡陋，但在鄉間山裏，却是名副其實的高門大宅。穿過一座三層樓高的木石牌坊，便算正式進了馮府。這裏大大小小高高低低地分佈着二三十間房子，全是馮子材和他的兒孫們及家裏的男工女僕所住的房屋。衆人在馮子材導引下踏進一間大廳堂。廳堂寬敞明亮，擺着一色的傚明紅木傢具，正中供奉着一尊陶瓷關帝全身像，兩旁站着他的兒子關興和護刀將軍周倉。三尊陶像面前香煙繚繞，鮮菓滿碟，給廳堂增加一份濃厚的兵家氣氛。

剛一落座，便立刻有幾個僕人上來沏茶，擺糕點，馮子材向大家告辭一會。片刻光景，再出廳堂的老將軍身穿一套黑亮的香雲衫，脚踏一雙泰西黑皮拖鞋，腰杆挺拔，精神抖擻。頭上的白髮和渾身的黑裝對比分明，益發顯出老英雄烈士暮年壯心不已的氣概。張之洞和桑治平都在心裏暗暗叫絕，對此行的成功更添幾分信心。

『老將軍，您的身板真好！』張之洞不覺脱口讚道。

『託大帥的福。』馮子材中氣充足地說，『老朽雖已六十八歲，却還能喫能睡能喝酒，過會兒，我要與大帥痛飲三百盃，一醉方休！』

馮子材的軍人豪氣，令衆人肅然起敬。

張之洞忙笑着說：『我的酒量不大，不要說三百盃，衹怕五六盃就要醉倒在這荔枝灣回不去了。』

『好哇！要真的醉了，就在我這裏多住幾天，我餐餐請大帥喫剛出海的石斑魚、大龍蝦。』

說罷，又哈哈大笑，那一股氣流彷彿有震動屋瓦的力量。

張之洞趁勢說道：『現在還不是醉酒喫海鮮的時候，老將軍，國家局勢嚴峻得很，法國人已欺侮到我們的頭上來了。前幾天，馬尾船廠遭法國人砲擊全軍覆沒的事，想必老將軍已有所聞。』

『我知道。』馮子材自己臉上的笑容頓時消除。『左相和沈文肅公苦心經營了幾十年的福建海軍，片刻之間便全軍毀滅，太令人傷心痛心了。』

『朝廷爲此已向法國公開宣戰，沿海沿江各重要港口碼頭都要嚴加提防。』

『廣東的防守在廣州，廣州的防守在黄埔，黄埔的防守在虎門。』馮子材以一個軍事行家的口吻説着，『不知黄埔港和虎門海口防守力量如何？』

張之洞答：『我來廣州後没幾天便去了黄埔和虎門，實地查看了一番。黄埔有張軒帥在，虎門有彭大司馬親自坐鎮，武器裝備也還算强。』

馮子材沈吟片刻説：『淮軍軍紀平素不大好，但打起仗來，還能同心協力，武器裝備在廣東來説要算好的了。湘軍軍紀要比淮軍好一些，但裝備不如淮軍，不過有彭大司馬親自坐鎮，想必也可放心。』

想起馬尾船廠的慘禍，又想起在虎門時彭玉麟的話，張之洞憂心忡忡地説：『我們的船砲不如人家，法國人若發起瘋來拚命，虎門和黄埔都有可能守不住。』

『那就讓他進來好了，我們關門打狗！』馮子材捋起香雲衫衣袖，揮舞着手臂。那手臂雖瘦，却像鐵棍一樣的堅硬有力。『法國人是客，我們是主，他闖進我們的家裏來了，我們還没辦法收拾嗎？他十個人，我用百個人、千個人對付，塞斷珠江，圍困他三五個月，餓也要餓死他們。我們中國人與洋人打仗，眼下主要還不是輸在武器上，而是輸在氣勢上。仗還没打，被他的船砲嚇住，心裏先自慌了，如何能打得贏？兵法上説，三軍之帥在氣，氣不餒，則兵不敗。』

這番鏗鏘有力的話，雖然有點像在指責張之洞剛纔所説的船砲不如，令他略爲不快，至於塞斷珠江，事實上也辦不到，但清流出身的張之洞仍爲馮子材這番氣勢、這番血性所感動，所激昂。是的，武器是不如人家，但人家已是殺氣騰騰打上門來了，難道就因此而卑躬屈膝、舉手投降嗎？武器不如的時候，更要提倡氣勢和血性。

# 第八章 諒山大捷

張之洞動情地説：『老將軍説得很好，法國人若真的闖進廣東内河來，我們就按你所説的關門打狗，十個百個打他一個，磚塊石頭一齊上！』

『正是這樣，正是這樣！』馮子材舒心地笑起來，露出一口整齊未缺的大牙齒。

這時，一個僕人走進來，附着馮子材耳朵説了兩句話，馮子材起身説：『大帥走了半天路，一定餓了，我們現在就去喫飯。匆忙之間，没有好招待的，上個月我的一位老部屬送我兩對東北熊掌，現在已開始在火上煲了，晚上請大帥和諸位嘗嘗東北黑瞎子的味道。』

衆人聽了這話都很高興，尤其是劉縣令，過去衹是在書本上看到炖熊掌是一道特別珍貴難得的美食，今天跟着張制臺，真的撈到了口福。

馮子材將大家引到餐廳，一張十人坐的大圓桌上早已擺滿各色海鮮山珍。廣東人本就講究喫，馮府上下更對喫重視，雖然是匆忙間操持，但菜肴數量之多，烹飪之精，已令張之洞、桑治平等人大爲驚訝了。馮子材不斷地給張之洞挾菜，又不停地勸酒，自己是大塊喫肉，大口喝酒，談笑風生，不拘不束。一向與文人學士打交道的兩廣總督，第一次感受到一股濃厚的豪放粗獷之氣。不知不覺間也受到了感染，心緒變得興奮起來。

張之洞對武夫向來懷有偏見，認爲他們粗俗、卑陋，今天他纔發現，其實與武夫在一起也有很多快樂和興奮。喫喝談笑之間，生命便充滿了人性的真趣，許多不必要的思慮和憂愁自然就遠遠地離你而去了，這有什麼不好！

喫過飯後，馮子材陪張之洞等人參觀他的兵器庫。兵器庫裏也有西洋人造的快砲和駁殼槍，但更多的是刀矛劍棍，中國古老的十八般武器，件件皆全。看過兵器庫後，馮子材又帶他們去看宅院後的

習武坪。這是一塊方圓十餘畝的大土坪，土坪上豎立着不少拴馬樁和箭垛，堆放着各種石鎖石臼，另一角有十幾個人在練習棍棒。馮子材指着領頭的漢子介紹：『那是我的長子相榮，他有上百個徒兒，現在比我神氣。』

順着馮子材的手勢，張之洞看到一個身材不高的中年漢子，正在揮動一根棍子做示範動作，遂問道：『老將軍有幾位公子？』

『就兩個。』馮子材笑了笑答，『孫子倒不少，大大小小加起來有七個了，還有三個孫女。』

『好福氣呀！』張之洞隨口讚道。

『我還餵了十多匹好馬。』馮子材得意地說，『要不要去看看？』

張之洞心裏一動，這個老將軍真非比等閒，有人有槍有馬，若世道一亂，他真可以佔山爲王，做一方豪强！這種局面，哪個文人可以做到？

看了馬圈後，馮子材請張之洞回到客廳休息喝茶，經過半天的交往，張之洞對請馮子材出山的念頭更堅定了。這的確是一個不可多得的將才，越南戰場的統帥，非他莫屬。不過，畢竟年近七十，他還願意重披戰甲，親赴凶危之地嗎？

張之洞思忖片刻後，決定就此切入正題。

『老將軍，我想請教你，法國人本是在越南北圻一帶與我較量，這次突然犯我海疆，六月中旬，攻打基隆砲臺，七月初又襲擊我馬尾船廠。這兩次海盜行爲究竟是爲了什麽？老將軍戎馬幾十年，深知用兵之道，請指教指教。』

從見到張之洞那一刻起，馮子材的腦子裏就一直在想：他到荔枝灣來做什麽，是因爲視察到了廉







州而就近看看我這個老頭子，還是專門爲了一件事來的？聽了這話後，他明白了，原來因初掌軍權不懂軍事而來當面討教的。馮子材頗爲感動。這幾年的兩廣總督，從曾國荃到張樹聲，仗着自己昔日的戰功，從來不將他這個綠營宿將放在眼裏，用兵打仗的事，沒有一次諮詢過，他也索性不過問。現在張之洞親來荔枝灣討教，給他一個很大的臉面。與所有久任要職的致仕官員一樣，馮子材也是十分看重在位者對自己的態度的。他思索了一下，鄭重回答：『依我看，這是敲山震虎。』

『敲山震虎』這四個字同時在張之洞和桑治平的心中震蕩，不約而同地將目光盯住這位年雖邁氣猶雄的前綠營提督。

『四年前，我率兵在鎮南關外住了三個月，對法國與越南之間的關係比較瞭解。越南君臣既昏庸又懦弱，法國控制它不需要多大的力氣，這中間主要是防着我們中國這一層。我們中國不想把北圻交給法國，也不希望法國通過紅河進入雲南，所以這幾年一直有軍營駐紮在那裏。在陸地上，法國人雖然槍彈也比我們好，但我們還是可以和他們拚一拚的，中法之間有勝有負。但在海上，法國則佔絶對便宜。上次打諒山不利，他們便想利用自己的長處，用海戰來迫使朝廷讓步，所以有了基隆和馬尾之戰。法國的目標還是在越南。』

馮子材這一席話，使得張之洞和桑治平大受啓發。是的，打基隆，打馬尾，都祇是手段，目的是要逼中國軍隊退出越南。不愧是老於軍事的將領，一眼便看穿了法國人的鬼蜮伎倆。

『老將軍説得很好，使我們茅塞頓開。』張之洞望着馮子材説，『老將軍多年爲廣西提督，又在越南駐紮過，依您之見，如果我們齊心合力，同仇敵愾，是否可以在越南打贏一場大仗，殺下法國人的威風？』

『當然可以。』馮子材不假思索一口咬定下來。『不瞞大帥說，當年在鎮南關，我就想過，我們中國所有在越南的人馬聯合起來，打它一場大仗，狠狠地殺一殺那些洋鬼子的威風。但一來當時朝廷没有向法國宣戰，二來我也不具備聯合其他人馬的地位，所以也祇是空想而已。』

張之洞聽了這話很高興，立即接話：『老將軍，現在朝廷已公開向法國宣戰，可謂天時已備，假如給您一個地位，讓您有統帥所有在越各路軍隊的權力，您是否還願意將您當年的設想變爲現實？』

『這個嘛，』馮子材這時纔真的明白了：原來張之洞是想請我出山！他心裏一陣驚喜。人們常説老驥伏櫪志在千里，馮子材就是這樣一位志在千里的老驥。過去的輝煌，既是他生命中的亮光，也是他生命的支柱。在回首往事的時候，他常有按捺不住的再創輝煌的雄心，祇是時過境遷，今不如昔，許多該具備的條件都不具備。在新總督這番熱切的心情面前，面對着這個重大的問題，馮子材猶豫起來。他的一隻手用力地摸着乾瘦的尖下巴，沈吟良久纔開口，『不瞞大帥説，光緒七年軒帥也曾派人來過荔枝灣，請我出山帶一支人馬再進越南，我以年邁力衰爲由推辭了。我其實並不年邁力衰，而是不願領這個命。』

『爲什麼？』想不到在關鍵的時候，馮子材退縮了，張之洞略感失望。他急切地想知道，這位老將軍推辭張樹聲的理由。

『這最主要的原因，也就是我剛纔説的，那年軒帥來找我時，條件仍不具備，一則朝廷未宣戰，二則軒帥也祇是叫我帶一支人馬入越，並未賦予全權指揮的權力。另外，在對待洋人的態度上，我與軒帥也有很大的不同。我這老頭子是倔强的，寧折不彎。洋人欺壓我們，我寧願死，也要痛痛快快跟他們幹一場。軒帥不是這樣，他與李少荃一鼻孔出氣，祇是忍呀忍呀的，我也不願在他手下做事。』



張之洞心裏舒了一口氣，説：『這些顧慮現在都可不必有了，老將軍還有别的什麼難處嗎？』

『軒帥雖然不做總督了，但在越南的軍隊主要還是淮軍的勢力，廣西巡撫潘鼎新坐鎮北圻。潘這個人還不如張，不好相處，我去越南的話，如何與他共事，彼此的位置又如何擺？』

這倒真是一個大難題！潘鼎新身爲廣西巡撫，按朝廷的制度，他並不是張之洞的下屬，張之洞無權將他從北圻調回，更無權罷他的巡撫之職；何況潘是淮軍宿將，資格比起張之洞來要老得多。有潘在北圻，馮就不可能做統帥，這也是明擺着的事情。張之洞雙手輕輕地來回搓着，手心沁出熱汗來，一時想不出一個兩全其美的辦法。桑治平也在爲此思索着，他也一樣想不出一個好主意，見張之洞頗爲爲難，不能不插一句話來爲總督解圍：『老將軍，此事容張制臺與朝廷再商量，除此外還有别的難處嗎？』

馮子材望了桑治平一眼後説：『除開淮軍外，北圻的最主要的軍隊便是黑旗軍。劉永福是中國人，却領了個越南的提督職。此人是個梟雄，不服管束，什麼人都不在他的眼睛裏。我在北圻三個月，没有與此人見過面。聽人説早年投過長毛，與我的軍隊交過手，若叫我去指揮他，怕不行。』

張之洞聽到這裏，心裏大爲舒暢起來，忙説：『老將軍，你知道這次是誰賣力推舉你嗎？仲子，你對老將軍説説。』

桑治平笑了笑，將前向在宣光與劉永福會面的情形簡略地説了説後，强調指出：『劉永福一再講，越南戰事，祇有老將軍您出來，纔能壓得住臺面，潘鼎新究其實不是一個帶兵打仗的料。他的黑旗軍一定配合老將軍，爲中國人争一口氣。』

馮子材快活地笑了起來，説：『没料到，劉二這個人看人還有眼光，不計前嫌，氣量也不錯。不

過，他手下那班子人馬我不稱心，不怕大帥說我老頭子背後嚼人，他率的黑旗軍裏强盜毒販子、烏龜王八蛋，什麽都有，不能指望那些人做大事。』

張之洞忙說：『老將軍知道他有個幫手唐景崧嗎？』

『聽説過，據説也是廣西出的進士，在朝廷官做得好好的，却主動請纓來越南，給劉二當參軍。』

桑治平說：『我在宣光跟唐景崧相處過三天，此人有才有識，張制臺已答應由唐景崧親自回廣西招募四營子弟兵。這四營子弟兵可以作爲配合老將軍的一支兵力。』

馮子材點點頭，没有做聲。

張之洞將馮子材的每句話、每個動作都看在眼裏。他看出馮子材雖有顧慮，但率兵出關的可能性是存在的。他決定對這位當年叱咤風雲的老將軍動之以情，曉之以理，務必要使他丟開顧慮，重上沙場。

『馮老將軍，』張之洞斂容凝望着馮子材，聲調厚實而沈重，『我雖没有明說，大概您也聽出來了，我這次來荔枝灣，就是專程來請您出山，請您率子弟兵再赴關外。促使我作出這個決定的，一是老將軍您本人幾十年來的戰功，二是桑先生和雷瓊道王道臺此次去越南後當面聽的劉永福的推薦，來到荔枝灣，親眼見到您精力旺盛，氣概不減昔日，更使我欣慰。』

『歲月不饒人，精力、氣概都不如從前了。』馮子材忍不住插了一句話。桑治平發現，自從見到馮子材以來大半天了，這好像是他說的第一句嘆老的話。

張之洞笑着說：『趙王問廉頗老矣，尚能飯否。我看中午餐桌上，您大塊喫肉，大口喝酒，知廉頗未老！』





馮子材又開懷大笑起來，依然是滿臉的燦爛。

『自從道光二十年，我們與洋人在南海上開仗以來，四十多年間，直到最近的基隆、馬尾之役，我們與洋人打過多次大仗，但每次都是我們喫虧，尤其是法國人更可恨，不僅用武力，而且還利用傳教士欺侮我們。這個令人惱火的法國，是與我們結下深仇大恨的了。這次基隆、馬尾之役更是猖獗至極。』

『這兩次海戰，真把中國軍人的臉丟光了。』馮子材狠狠地插話。

『是的。』張之洞趕忙抓住這個話頭。『凡有點血性的中國軍人，莫不爲這兩次的失敗而痛心疾首。所以我們想趁着朝廷與法人宣戰的機會，請老將軍出馬，大家全力支持，周密計劃，在越南北圻打一個大仗，殺下法國人的威風，爲中國百姓，更爲中國軍人爭這一口氣。』

這幾句話說得馮子材胸腔裏的熱血開始加速流動起來，他在心裏頻頻點頭，兩隻眼睛緊緊地盯着滿身書生氣的制臺大人，聚精會神地聽他說下去。

『來荔枝灣之前，我和彭大司馬、張軒帥以及桑先生都仔細計議過，海戰，我們的船砲的確不如法國人，取勝的把握不大；但陸戰，我們的武器差不了多少，至於地理、民情、軍需供應等方面，我們更要勝過法國。所以，衹要馮將軍出馬，我們對在越南打一場大勝仗是很有信心的。』

『大帥分析得好，海戰或許不如人，陸戰並不弱得太多。』做了幾十年陸軍將領的馮子材，深爲讚許張之洞的這番中肯之言。

桑治平插話：『老將軍過去打長毛、打捻子，戰功雖多，但終究衹是朝廷的忠臣，若這次在越南打贏了法國，那就是我們堂堂華夏的英雄。』

這兩句話的背後，其實還藏着許多話，諸如打贏長毛、捻子，究其實還是在替滿人賣力，悠悠史册對此事的評價究竟如何還很難説；但若打贏法國，那就是建的岳飛、戚繼光的功業，千秋萬代都會長受敬重，久享祭祀。但這種話，不是至親深交，豈能隨便説出，衹可點到爲止，能不能意會得到，就衹能看這位老軍人的悟性了。

不料，馮子材兩眼突然放出一束亮光來，興奮地望着桑治平，許久，纔長長地吐出一句話：『桑先生這話，説到馮某的心坎裏去了。馮某從軍數十年，近十幾年來，常爲此事感到遺憾。桑先生此話，給我指明了一條光明大道。馮某願赴越南，衹是手中無兵無餉，如何打仗？』

『你需要多少兵？』張之洞問。

『大約要六七千人。』馮子材胸有成竹。

『兩廣各鎮緑營，隨你挑選好了。』

『哼哼。』馮子材冷笑兩聲，『不怕大帥你笑話我不自量，在馮某看來，兩廣緑營，無一兵可挑。』

張之洞尚在驚愕之中，桑治平插話：『如此説來，請老將軍自募子弟兵如何？』

『要打勝仗，也衹能如此了。』馮子材斷然回答。『衹需三個月，我馮家子弟兵就可以出關，衹是這筆軍餉如何辦？』

張之洞摸了摸下巴上濃密的長鬚，思索了一下説：『我回廣州後，即刻給你撥五萬銀子，供你招募，以及在國内訓練之用。三個月若出關，我按過去湘軍的規矩，每名陸勇月發四兩二錢，按月發足。你看如何？』

馮子材當然知道，當年曾國藩給湘軍陸勇每月發四兩二錢銀子，是有點重賞之下招勇夫的味道，遠比緑營的待遇要高。湘軍戰斗力强，這是一個重要的原因。他於此看出張之洞的誠意，忙説：『這當然很好了，關鍵是今後不要欠餉。』

『這你放心。衹要我張之洞做兩廣總督，就不會欠馮老將軍的餉，要不要我給你立個字據？』

『那倒不必。』馮子材有點不好意思地笑起來。

『那就這樣定了。』張之洞起身走到馮子材的身邊，握住馮子材的雙手。『那我即刻上奏朝廷，請朝廷委任老將軍幫辦廣東軍務之職。老將軍奉旨後便可在廣東招募子弟兵，三個月出關。今後仗怎麽打，我們再隨時互通聲氣，相機行事。』

馮子材也站起來，略帶激動地説：『馮某本不想再過問國事了，衹爲大帥親臨荔枝灣的情義不能負，故答應大帥之請，組建馮家軍，再進鎮南關。不過，馮某最後還有一點請求。』

『老將軍儘管説。』雖然話説得爽快，但張之洞的心裏却冒出一絲涼意，他不知道這位暮年烈士出山時還有什麽特別的要求，萬一答應不了，又如何辦呢？總不能讓前功盡棄吧！

『潘鼎新現在是以廣西巡撫的身份幫辦關外軍務，按常規當節制所有駐越南的軍隊，但此人雖爲淮軍頭領二十餘年，其實不懂打仗。我衹希望大帥給我一個答覆：馮某在越南，不歸潘鼎新指揮，遇事直接與大帥商量，緊急關頭，要給馮某以調度指揮其他在越軍隊的權力，若這點權没有，即便出山也可能無功而回。』

馮子材的這個最後請求，實際上又回到先前所説的在越南的地位問題。張之洞不能不佩服馮子材的老辣，轉來轉去，還是轉到這個重要的事上來了。看來，馮子材所募的子弟兵不能從藩庫裏開支。若從自籌而來，則屬團勇一類的軍隊，可做湘勇前例，不按朝廷經制之師對待；不是經制之師，自然

可以不受制度所限，不歸潘鼎新指揮可以行得通。至於緊急關頭，指揮全越清軍，到時再說。想到這裏，張之洞斬釘截鐵地說：『可以，老將軍的子弟兵祇聽老將軍您一人的將令，不但潘撫不能約束，即便本督，也不遥制，相信老將軍當會以國家爲重，以朝廷爲重，以老將軍數十年來所成就的英名爲重，善自處理。』

馮子材感到了一種全權的信任感。他緊握張之洞的手說：『那就這樣説定了，走，我們一道喫熊掌去。』

第二天上午，馮子材正要陪同張之洞一行到荔枝灣四處走走的時候，廉州府快馬趕來的衙役報告一個不幸的消息：張樹聲已於三天前病逝廣州。張之洞大喫一驚，急忙告別馮子材，匆匆回奔五羊城。

## 四　來了個精通十國語言的奇才

張之洞匆匆趕回廣州，先不回衙門，逕直來到高隆街張樹聲在穗的寓所。這裏已經是白花如雪，挽幛如林了。李鴻章送的挽聯貼在丈八白綾上，高高地懸掛在靈堂正大門的兩側楹柱上，十分引人注目，其餘映入眼簾的盡皆淮軍系統的高級文武官員的挽聯。他們挑盡字典中的最好詞語，不惜破格逾等吹捧曾與他們一道平髮平捻，而今無官無職的那個皖北强梁。在踏入張府的那一刻，張之洞直覺這是駐粵淮軍集團在着意爲之。他們近在給廣東粵軍以威脅，遠在向朝廷施加壓力，其用意則很明顯：淮軍團結一致，力量强大，不可輕慢。

清流出身的張之洞本能上有一種不可名狀的壓抑之感。





張樹聲的長子張華奎，見張之洞一身平常裝扮，也不見祭禮奠儀等等，心中老大不快，前去碼頭迎接的兵備道李必中悄悄對張華奎説明了原由。張華奎見張之洞家門都没進便來弔唁父親，又感動了。他趕忙以孝子之禮跪着接待，將張之洞引到張樹聲的靈柩前。

張之洞對着靈牌凝思着。想當年這位淮軍統領指揮千軍萬馬，搏擊沙場，是何等威風凛凛叱咤風雲，而今説走就走了，生前的戰功、袍澤一樣也帶不去。做過統帥，做過巡撫，做過總督，不料到了最後却一官半職都没有，靈牌上的頭銜空空蕩蕩的。此刻的祭堂儘管熱熱鬧鬧風風光光，但那位長眠者的心境，一定冷落寂寥，有苦難言。想到這些，一絲人生無常的感嘆，不由自主地在張之洞的腦中湧起。他跪在張樹聲的靈柩前，滿懷哀憫地磕了三個頭。

張華奎恭恭敬敬地扶起張之洞，將他帶到書房坐下後，將張樹聲的遺摺捧了出來，請張之洞代爲轉奏朝廷。張之洞打開前總督的遺摺，認真地看着。前一段文字依舊是爲自己辯護，祇是語氣較往日低沈，遺摺的最後，張樹聲以一個深受厚恩的三朝舊臣的身份，鄭重敦請朝廷變法自强：

『西人立國之本體，在育才於學堂，論政於議院，輪船大砲電綫鐵路皆其用，中國遺其體而求其用，常不相及，縱令鐵艦成行，鐵路四達，猶不足恃也。宜採西人之體以引其用，則奠國家長久之業矣。』

張之洞雖不能完全讚同這個意見，但張樹聲臨死仍念念不忘國家的忠心却强烈地震動了他。何況此刻戰火已經點燃，斷殺在即，藉張樹聲的身後之事安撫淮軍，讓湘淮粵三軍精誠團結一致對外，乃眼下的頭等大事。張之洞站起來，誠懇地對張華奎説：『請大公子放心，本督將親自擬摺爲軒帥請恤。』

第二天，張之洞盡心盡力地爲張樹聲擬了一道請恤摺，以繼任者的身份，歷叙張樹聲在兩廣任上的政績，再一次爲張樹聲洗刷這幾年來所受的指摘。又追叙張三十餘年來的戰功，請求朝廷將其任上的處分予以開除，生平事跡交國史館立傳，並在原籍和立功省份建祠享祭，蔭子庇孫。又换上素服，帶着一班高級官員再次親臨祭奠，在張樹聲的靈前親自宣讀這道請恤摺，請前總督在天之靈安息。張華奎和守靈的淮軍將士無不感激，鄭重表示：朝廷已發出對法宣戰的指令，淮軍將士聽從制臺調遣，同仇敵愾，堅守大清南大門。

料理完前總督的喪事後，張之洞全力以赴辦理另一件大事：籌餉。

眼下當務之急是要拿出一大批銀子出來，這批銀子的主要用途：一是從洋人軍火商手裏買二十座克虜伯鋼砲及一萬顆砲彈，二爲唐景崧新募的景字營及馮子材即將招募的子弟兵發放餉銀，三爲湘淮粵三軍因備戰而必添的急用軍需和賞銀，這幾項款子加起來，將在百萬兩左右。

這可是一筆龐大的數字，要是在先前的山西，如同上天摘星攬月，是想都不敢想的事，廣東富裕，或許可以四處騰挪擠壓，凑起這百萬銀子出來。他將巡撫倪文蔚、布政使龔易圖、按察使沈鎔經等人找來商量，孰料這幾位熟知錢糧底細的人聽後大爲犯難。倪文蔚告訴張之洞，早在去年，便因海防喫重，經費不敷，張樹聲不得不奏請朝廷同意，向香港匯豐銀行借高息銀二百萬兩，去年八月提取一百萬，今年三月又因庫款緊絀提取一百萬，向匯豐銀行所借的二百萬銀子已全部提盡。

張之洞還不知有這件事，心裏也焦急起來，頓時有一種『空存抱負却無法展佈』之感。他想起二十年前胡林翼對他説過的一番話來。那是在武昌撫臺衙門裏，身在安徽前方的湘軍首領曾國藩給胡林翼來了一封十萬火急的信。信上衹寫了幾句話：請在十天内速籌八萬兩銀子，不然將人心潰散，無法



維繫。胡林翼拿着這封信對侍立一旁的張之洞説：『現在正是春荒時節，湖北農人行乞啃樹皮度荒，道路上衹見難民，没有商人，厘卡收不到厘金，街市蕭條，也收不上税，而四處要錢要糧的信函不斷前來，藩庫一洗再洗，幾乎淘空。我現在到哪裏去弄八萬兩銀子。但没有餉銀，軍隊隨時都會嘩變，又怎麽能指望他們打仗，這也是實情，真難辦呀！』

看着恩師滿臉憂愁一籌莫展的樣子，張之洞也覺得心頭茫然。他絞盡腦汁，想爲恩師分憂：『奏請朝廷，讓户部撥下銀兩呢？』

胡林翼摇摇頭説：『朝廷這些年來也是山窮水盡，走投無路了，纔要各省自籌餉銀。向朝廷要銀是一句空話。再説，即使能給你一點銀子，十天之内也到不了安徽呀。』

『可不可以請江蘇、河南、山東就近接濟呢？』

『别省接濟？』胡林翼冷笑道，『誰會接濟你？别説他們也一樣地拿不出銀子，就是拿得出，他會拿銀子來讓你成事，讓你立功出風頭？也就是我胡林翼，纔和曾滌生患難與共，急他之急，别的省巴不得你湘軍全軍覆没，他在一旁看火色哩！』

張之洞聽了這話，心裏驚道：『這國家難道就是湘軍的，與他們無關？各省官吏原來都存這種心，怪不得長毛能得逞。』

『香濤呀，』胡林翼嘆了一口氣，語重心長地對着他説，『讀書做文章畢竟是容易的事，治理天下，真正的硬功夫在於經濟二字。是否社稷之臣，就看這經濟二字做得如何。至於經濟中，理財又是頭一項，你今後要在這方面積纍些實學。曉得理財，纔可談事業。』

張之洞重重地點了點頭，將恩師這幾句話牢牢地記在心裏。

前幾年在山西，因爲來不及大興作，銀錢一事尚不太突出，現在這百萬銀子的大事硬邦邦地擺在面前，張之洞似乎突然深刻理解了恩師二十年前的教導：經濟、理財，真正是治天下的第一樁大事。

他雙眉緊擰地問龔易圖：『你可以擠出多少銀子出來？』

布政使哭喪着臉，摸着腦袋想了半天說：『頂多二十萬，這還得擔風險，準備捱罵。』

張之洞聽了很不高興：『堂堂廣東省藩庫，就這樣窘迫！這話怎麽講？』

龔易圖解釋：『藩庫賬面上是有些銀子，但一項項都有安排，挪動不得。能挪動的銀子，今年春上都動用了。現在祇能在上繳朝廷的銀子裏扣除一點，這就要擔風險。給廣州商人加重稅收，就得準備捱罵。』

二十萬兩解決不了大問題，怎麽辦呢？張之洞望着衆人：『就不能有別的法子了？』

龔易圖咬了咬嘴唇，說：『法子衹有一個，那就是再向香港匯豐銀行去借商銀。』

對呀，張樹聲可以借，我爲什麽不可以借！張之洞立即作了決定：『就按龔方伯意見，再向匯豐去借二百萬兩。』

『太多了，太多了！』老邁的巡撫忙搖手，『張大人您不知道，英國人的息太重了，我們還不起。』

『多少息？』這是第一次與外國商人打交道，張之洞不清楚洋人的行情。

『五五的息錢。』倪文蔚的神情很是憤慨。『軒帥去年八月借二百萬，借據寫好按五五還息，到今年八月我們就要還息十一萬，我們至今一錢息銀未還。到明年八月還的話，息上再生息，就不衹二十二萬了。如果再借二百萬，光息錢就會把我們拖垮！』

山西的錢莊老闆若放四分的息，便會被罵爲黑心。洋人竟然收五分五的息錢，豈不貪婪太甚！







『不能低一點？』張之洞問倪巡撫。

『洋人從不討價還價。』龔易圖儼然一個與洋人辦交易的老手。

『那就借一百五十萬吧！』

『張大人，我看先借一百萬吧。』倪文蔚說，『以後要用的錢再想辦法，先把這個難關過了再說。』

『好，就依倪撫臺的意見，先借一百萬。』張之洞想了想：也是，息錢太重了，能少借就少借點。

他轉臉問龔易圖：『上次的錢，軒帥是通過誰去與匯豐銀行打交道的？』

龔易圖答：『軒帥請盛宣懷的朋友鄭觀應去辦的。』

『鄭觀應這個人，張大人知道嗎？』沈鎔經插話。

張之洞搖了搖頭。

『鄭觀應寫了一部書，名叫《盛世危言》，說的是中國應該向西方學習的事。張軒帥遺摺中的辦學堂開議院等話，就是受鄭觀應的啓發。彭大司馬也很看重這部書，還親自爲它作了序。』

彭玉麟願爲之作序，可見這部《盛世危言》不一般。張之洞問臬司：『你能找一部給我看看嗎？』

『我家裏就現有一部，明天送給您看。』

張之洞又問：『鄭觀應這個人呢？能見到他嗎？』

龔易圖說：『他正在南洋經商，一時回不來。』

『喔。』張之洞輕輕點頭。『那這次叫誰去和匯豐銀行打交道呢？』

沈默片刻後，倪文蔚說：『前兩天，我衙門裏的巡捕趙茂昌對我說：劉玉澍從香港帶回一個奇人，英語流利，還能講德國、法國、俄國好多個國家的話，又在香港住了三四年。若叫這人去辦借款的

事，應該不在鄭觀應之下。』

能説這多國家的洋話？張之洞心裏生出幾分疑惑來，問：

『劉玉澍是個什麽人，他莫不是從香港帶回一個騙子？』

倪文蔚説：『劉玉澍是早些年分發來粤的候補知府，福建人，對洋務極有興趣，也能説幾句英語。今年春上，福建沿海一帶風聲緊，軒帥見他人尚可靠，又是閩人，便派他到福建去打探情況，隨時報告軍情，上月他取道香港回廣州。劉玉澍帶的這個人我没見過，不知他是不是騙子。張大人如果對此人有興趣，明天我叫趙茂昌帶着劉玉澍來見您。』

趙茂昌是廣東巡撫衙門的文巡捕，江蘇武進人，人長得清秀，文筆書法都不錯，聰明伶俐會辦事，深得倪文蔚的賞識。他十五歲入錢莊學徒，二十歲納資捐了個佐雜小官。巡撫衙門有報往總督衙門的公文要件，倪文蔚常遣趙茂昌親自遞送。趙茂昌也熱心於此事，跑總督衙門的脚步甚爲勤快，對張之洞格外殷勤。張之洞對他的印象也很好。這次，劉玉澍從香港帶回的奇人便是先告訴趙茂昌，再由趙茂昌告訴倪文蔚的。

『好啊，明天叫趙茂昌和劉玉澍一起來見我。』

第二天上午，張之洞在簽押房接見趙茂昌和劉玉澍，没有任何寒暄，待二人坐定後，開門見山便問劉玉澍：『聽倪中丞説，你從香港帶回一個能講幾個國家洋話的人。你把這個人的情況跟我細説説。』

劉玉澍是第一次見張之洞。他見這個名滿天下的總督，大眼大鼻滿口大鬍鬚，臉上無一絲笑容，一副冷峻威嚴的樣子，心中不免有幾分怯意。趙茂昌見狀，忙笑嘻嘻地爲劉玉澍打氣：『不要緊張，







張大人最是平易隨和，你慢慢地説。反正你已經對我講過，有遺漏的地方，我幫你補充。』

經趙茂昌這一開導，候補知府心緒平静下來，向張之洞禀報：『卑職上個月結束福建的差事，從厦門乘船，取道香港回廣州。在船上餐廳裏，我看到一個年輕的中國人正跟一個英國人興致勃勃地聊天。卑職也略爲懂一點英語，但不敢跟洋人直接對話。這個年輕人能操一口流利的英語，卑職很是羡慕，一邊喫飯一邊仔細地聽他們談。許多話聽不懂，但卑職大致聽得出他們在談莎士比亞的戲劇，談狄更斯的小説，間或也談到牛頓、法拉第。卑職對這個年輕人肅然起敬。』

莎士比亞、狄更斯、牛頓，這些名字，張之洞還是第一次聽到，他不知道他們是些什麽人。劉玉澍既然聽到别人談這些名字便肅然起敬，看來都是英國了不起的人物。若是一個平素熟悉的幕僚，張之洞一定會問個究竟。但對初次見面的這個候補知府，張之洞尚不願如此不耻下問，他衹是隨意點點頭，表示在認真地聽。

『傍晚，我到餐廳喫晚飯，又見這個年輕人與另外兩個洋人在高談闊論，這次我却一個字都聽不懂，不知他們説些什麽。衹見這個年輕人一邊口不停地説，一邊手舞足蹈，那兩個洋人頻頻點頭，時時露出會心的笑意，看得出那兩個洋人是很欣賞這個人的。卑職心裏納悶，見一個侍應生過來，我悄悄地指着那兩個洋人問他。侍應生告訴卑職，這是兩個德國人。卑職聽了一驚，莫不是這個年輕人在跟兩個德國人講德語。怪不得我一個字聽不懂，這個人不簡單，我要跟他聊聊。』

張之洞一隻手在輕輕地捋着長鬚，臉上露出微微的笑意，顯然，他也被這個既能跟英國人談話，又能跟德國人談話的年輕人給吸引住了。

『我一邊慢慢地喫，一邊注視着對面的餐桌，見他們三個人走出餐廳，我也便跟着出來。走到甲板

上，兩個洋人與那個年輕人握手道別，我趕緊跨上一步，衝着那人的背說，喂！年輕人，請到我房間裏坐坐好嗎？那個年輕人回過頭來，朝我一笑點了點頭。我這時看清這個年輕人鼻梁很高，眼睛深陷着，兩隻眸子灰灰藍藍的。卑職突然一驚：莫非他不是中國人，是個洋人不成？再細細地看，他的皮膚黃黃的，辮子黑黑的，一身藍底金花寧綢長袍上罩了一件考究的黑細呢馬褂。他是個中國人呀！』

趙茂昌『撲哧』一聲笑了起來，張之洞也聽得有趣，忍不住插話：『這個人到底是不是中國人？』

『大人問得好！一到房間，卑職第一句話就問他，你到底是中國人還是洋人？那人大笑起來，露出一口雪白好看的牙齒，用不太規範的閩腔官話說，我是中國人，不是洋人。卑職試探着問，你是福建人嗎？他答，我正是福建人。卑職一聽樂了，這麼說，我們是同鄉了。年輕人，你叫什麼名字，他說我姓辜，名鴻銘，字湯生。卑職也將自己的名字告訴了他。卑職稱讚他英語、德語都說得好，了不起。他笑着說，我不但會講英語、德語，我還會講法語、俄語、葡萄牙語、拉丁語、意大利語、希臘語、馬來語，連同我的母語漢語，我懂十門語言。卑職想，這真是一個罕見的奇才，便問他，你怎麼會講這麼多的洋話。他於是告訴我，他出生在南洋檳榔嶼，父親是中國人，母親是葡萄牙人。養父母是英國人，十歲時跟着他們去了英國。在英國讀完大學後，又去德國學工程，再到法國留學，故而能說這麼多洋話。』

張之洞笑道：『這麼說來，我明白了，他原來是個混血種，又是中國人，又是洋人。』

『大人說得對極了。』趙茂昌忙恭維。『劉玉澍還說，他親耳聽過這個辜鴻銘的一則笑話。卑職從這則笑話裏知道辜鴻銘是個極聰明風趣的人。』

『什麼笑話？你說說。』張之洞很有興致地問。





『劉玉澍和辜鴻銘一起坐船從香港來廣州，辜鴻銘和船上一個法國老太太用法語談得火熱。法國老太太說，我身體不好，醫生建議找個好地方療養一段時期，聽說廈門是個好地方，最宜療養，不知是不是這回事。辜鴻銘說，不錯，廈門真是一個好地方。我剛到廈門時，站不起，衹能在地上爬着走，成天睡在床上，拉屎拉尿都不能控制。在廈門住了兩年後，不但可以走路了，還能跑步。成天在四處跑，拉屎拉尿，也都正常了。法國老太太聽後高興極了，說，先生這麼重的病都療養好了，我一定去。當辜鴻銘將他與老太太的談話告訴劉玉澍後，劉玉澍問他，廈門哪有這麼好，你不是在騙人家嗎？辜鴻銘說，我沒騙她。我一歲時，父母就帶着我在廈門住了兩年。一歲的小孩子當然不會走路，衹會爬，拉屎拉尿也沒有節制。到了三歲，自然會走會跑，也不隨便拉屎拉尿了。我哪裏騙她？』

『哈哈哈，』張之洞禁不住大笑起來，『這個混血種太有趣了。下午你們帶他來衙門，我見見他，合適的話，就讓他在我這裏做事，我身邊還真缺少一個這樣的人哩！』

中午，張之洞把辜鴻銘的情況告訴桑治平，請他尋兩本洋人的書，一本法文的，一本俄文的，下午帶着這兩本洋書和他一起會見辜鴻銘。桑治平聽說天下竟有這樣的奇才，又驚又喜，一口答應。

下午四點，張之洞處理好應辦的公事，將已在會客室等候一個鐘頭的辜鴻銘和陪他前來的趙茂昌、劉玉澍招了進來。

辜鴻銘踏進簽押房門的時候，張之洞擡起頭來，將他仔細地審視一番。的確如劉玉澍所說，此人隆準碧眼，黃膚黑髮，一副華夷混合外表。高挑的身材，穿一套筆挺的細呢藍底條紋西裝，腳上是一雙發亮的黑皮鞋，頭上留的是西式分縫短髮，渾身流露出一股英挺峻拔的氣概。桑治平看在眼裏，心裏想，辜鴻銘的這種氣概更接近洋人，加上他的高鼻子灰藍眼珠，真可以稱得上三分中國模樣，七成

外國味道。

『你就是辜鴻銘？』待大家都坐下後，張之洞直接發問。

辜鴻銘也將張之洞認真地打量一眼後，嗓音洪亮地回答：『是，我叫辜鴻銘，字湯生。』

儘管語音不太準確，但張之洞和桑治平都能聽得懂。

『你是福建人？』

『祖籍福建同安，屬泉州府。』

『聽說你生在馬來亞的檳榔嶼，你家是從哪一代離家出洋的？』

『高祖尉庭公十五歲跟人漂洋過海到馬來亞務農，因勤勞刻苦，中年以後家道殷實。曾祖禮歡公因此被推舉爲檳榔嶼華人首領，先祖龍池公一直在當地政府任公職，先父紫雲公在檳榔嶼主持一個橡膠園。到我這一代，辜家在馬來亞已是第五代了。』辜鴻銘這一番不假思索如流水般的應答，令張之洞頗爲滿意：生長在海外，却没有忘記祖宗根系，是個真正的中國人。

『聽說你在泰西很多年，在那裏讀的大學，爲什麽没有留在泰西做事而來到香港，這次又願意跟着劉玉澍回國來呢？說說你的這個過程吧！』

張之洞習慣性地捋起長鬚，微露一絲笑意的雙眼盯着坐在對面的這個華夷混血兒。

略爲思考一下後，辜鴻銘用四聲不太協調的福建官話說：『我在檳榔嶼長到十歲時，義父布朗先生要回他的祖國英國去。布朗先生喜歡我，向我的父親提出帶我到英國去讀書。因我還有一個兄長在檳榔嶼，於是父母就同意了。臨走時，父親叫我在祖宗的牌位上磕三個頭，叮囑我，今後不論到了哪裏，不管在泰西生活多久，都要永遠記住自己是中國人，根在福建同安。』





張之洞和桑治平聽了這句話，不覺爲之動容。一個已在海外居住四五代的中國人，竟然有如此深厚的家國情誼，這是他們過去從來没有想到的。眼前這個年輕混血兒的分量，在他們的心中顯然加重了。

『我到英國後，布朗先生安排我在中學讀書，讀拉丁文、希臘文、法文和德文。後來我進了愛丁堡大學的文學院，畢業後，又到德國萊比錫大學學土木。從德國出來，布朗先生將我帶到巴黎，讓我跟一個很漂亮很富有的妓女做鄰居。』

『跟一個有錢的妓女住一起？』趙茂昌忍不住插話，布朗給辜鴻銘的這個安排太使他羨慕了。

張之洞等人雖没有插話，但這句話也大大提高了他們的興頭。

『我起先不願意。布朗先生嚴肅地對我說，你小小的年紀，我叫你跟她做鄰居，難道是讓你當嫖客嗎？你不要小看了她，她雖是妓女，却是一個很有本事很有頭腦的人。她的客人都是法國上流社會的頭面人物，你可以在這裏見到很多人，可以由此看到法國的上層社會究竟是個什麽樣子。這個妓女對中國有很濃厚的興趣，你可以給她講中國，她會給你講她的客人們。你在她這裏可以學習別處學不到的許多學問。我這是真正地在培養你。你住在這裏，好比再上一個大學。』

把妓女的住處當作大學，就好比將京師的八大衚衕當作國子監一樣，用這樣的方法來培育自己的義子，這洋人教育子弟的做法真令人匪夷所思。張之洞停止撫鬚的右手指，聚精會神地聽這個混血兒的下文。

『我在這裏住了半年，親眼見到法國的不少部長、議員和將軍。他們一個個衣冠楚楚地進來，風度翩翩地出去，而在那個女人的房子裏却幹着荒唐下流的勾當。那個妓女親口對我講了許多關於這些人

的愚蠢貪婪卑鄙可恥的故事。她使我對巴黎上層社會徹底失望和厭惡。』

桑治平沈吟着。他想起自己過去壯游天下時，什麼地方都去過，就是没有去過妓院，以爲那是低賤骯髒之處，非君子該去的地方。現在聽辜鴻銘説來，倒真的是放棄了一個最能洞悉官場的地方。京師八大衚衕，每晚該有多少化了裝的大官顯宦頻頻出没。如果有一個八大衚衕的名牌妓女朋友，她一定可以向你提供許多最爲隱秘又最爲可靠的朝廷真情。唉，這個機會再想彌補都不可能了！

『我回到蘇格蘭，跟布朗先生談起在巴黎的感受。布朗先生對我説，不衹是巴黎，倫敦、柏林也是一個樣的，法國、德國和我們英國，都是世界的强國，世人不知內裏，以爲什麼都很好。其實，高層官場已腐化墮落，總有一天國家會要崩潰的。後來，我去看望我的老師愛丁堡大學的老校長卡萊爾。卡萊爾聽了我的訴説後，長長地嘆了一口氣説，孩子，你是中國人，你還是回到你的國家去吧！你的國家有幾千年的古老文明，是世界上最了不起的國家之一。我一向很尊敬黑格爾，佩服他的哲學觀念。後來我讀到一本介紹你們中國最古老的經書《易經》的小册子，纔知道黑格爾的那一套是從中國的《易經》裏學來的。但黑格爾却不説明，這不是在欺騙世人嗎？黑格爾是一個很有學問的大教授，尚且不能完全的誠實，可見這誠實二字之難。又是看了介紹中國的書以後，我纔知道早在幾百年前，中國的學人便在傾盡全力研究「誠意」「不欺」這些大課題，並以「不誠無物」和「慎獨」這樣的高度來修煉自己的品德，積纍了一整套修身養性的有效方法。這比我們西方的學者不知要高明多少倍了！』

一向衹是洋人瞧不起中國，説中國没有鐵路輪船、没有機器砲艦，這些話雖倨傲無禮，聽了很不舒服，但也衹得忍了，因爲中國的確没有這些東西；至於説中國没有學術，没有文明，這就讓人很惱



火。現在第一次聽説泰西也有大學者稱讚中國的古老學術，而且稱讚的是正宗中國儒學，這怎麼能不令視學術爲生命的兩廣總督欣慰！坐在眼前的這個深受泰西文化浸淫的混血兒，在他的眼裏立時變得親切起來。

桑治平插話：『你是聽了這個老師的話，回到東方來的？』

『是的。』辜鴻銘望着桑治平點了點頭，他弄不清楚這個與總督併排坐在一起的人的身份。『我在四年前就離開了蘇格蘭。』

『那你爲何没有很快回國呢？』桑治平接着又問了一句。

『是這樣的。』辜鴻銘整了整脖子上的淺色絲領帶回答，『我離開蘇格蘭後，第一個願望是要回檳榔嶼看望我的母親，我的父親則早在我大學畢業前夕便去世了，他没有等到我學成歸來的一天。我在家裏還没有住到一個月，馬來亞的英國殖民政府得知我的留學情况，委派我一個公職，要我即刻到新加坡赴任，因爲那裏很需要像我這樣懂得多國語言的人做秘書。母親説我應該爲政府効力，我於是接受了這個職務。我在新加坡一邊處理公務，一面利用新加坡的有利條件練習中文，閲讀中文書報。半年下來，我的中文水平提高很快。這一天，突然有一個人來到新加坡，因爲他，使得我終於下定決心辭掉公職迅速回國。』

這是個什麼人，有這樣大的説服力，能使辜鴻銘置母命與政府的委派於不顧，竟然奔回自己的國家？

『此人剛從法國留學回來，途經新加坡，名叫馬建忠。』

馬建忠是個什麼人，張之洞不知道。他問桑治平：『你知道這個人嗎？』

桑治平想了想，問辜鴻銘：『他是江蘇人嗎？』

『是。他告訴我，他是江蘇丹徒人，有兩個哥哥，大哥名叫馬建勛，二哥名叫馬相伯。』

『我就想到他有可能是馬建勛的兄弟。』桑治平説，『馬建勛，我見過一面，那時他在亳州做淮軍糧臺。馬相伯現在天津北洋衙門做事。馬家三兄弟，在江蘇被視爲當年的馬氏五常。』

張之洞點點頭，心裏思索着：馬建忠一回國，李鴻章就通過其兄的老關係將他收羅過去了。這是李鴻章的過人之處。李鴻章可以這樣做，我張之洞現在也是一方總督，我爲什麽不可以這樣做？他李鴻章可以仗着總督的實權，廣納各方人才，我今後也應該如此。收下一個辜鴻銘，通過他的關係再網羅一批留洋人才，看來往後的事情要更多地仰仗從西方歸來的讀書人。一種渴望留住辜鴻銘的願望，在張之洞的心中油然而起。

張之洞的臉上現出藹然之色，問辜鴻銘：『馬建忠和你説了什麽？』

『馬建忠對我説，中國是一個有着五千年古老文明的國家，當中國已經高度發達的時候，歐洲這些國家還處在愚昧摸索之中。中國的四大發明恩惠了全世界，若没有中國人的這四大發明，歐洲决没有今天的發達强盛。我問他什麽是四大發明。馬建忠告訴我，四大發明，一是造紙術，一是印刷術，一是指南車，一是火藥。有了造紙術和印刷術，纔有歐洲的書報，有了指南車，纔有了歐洲輪船航海業，有了火藥，纔有歐洲的大砲機槍。我没有想到，外國引以自豪的這些東西原來都是靠的我們祖宗的發明，我頓時有一種揚眉吐氣之感。』

張之洞説：『我們中國人仁慈，發明了指南車，不去造輪船渡海侵略別人，而是造福遠行者不迷路。發明了火藥不去造子彈殺人，而是做鞭砲，使得過年過節熱熱鬧鬧高高興興。』



桑治平、趙茂昌、劉玉澍都笑了起來。趙茂昌説：『張大人説得好極了，我們中國人是君子，洋人是小人。』

『馬建忠還對我説，』辜鴻銘繼續説下去，『中國有好多種學問。兩千年前有過一次百家争鳴，大家敞開心懷，把自己的聰明才智都表露出來，經過争論，最後歸納爲十大家。他告訴我，儒家叫人如何修身養性，道家叫人如何養心適性，墨家叫人如何勤勞兼愛，縱横家叫人如何從事外交，至於陰陽家、雜家更是有許多神秘的學問，西方人衹能莫測高深，不能窺探其奥妙。要瞭解這些，就得要回到中國去，在那方水土上生存，纔能識那方水土精髓。』

張之洞不覺哈哈笑了起來説：『這個馬建忠也真會説話，他應該到總署去做事纔好。』

『聽了馬建忠這番話，我决心即刻離開新加坡回國。我問他，我回國後要拜誰爲師最好。馬建忠想了一下説，要説中國傳授學問的老師真是成千上萬，就名師來説，也數以百計；但在我看來，都不必去拜訪，也不必去投靠。中國現在最大的問題是國勢頽唐，誰有拯救中國於頽唐之中的本事，誰就是今天中國最大的學問家。我很高興地説，我的想法跟你一樣，回到中國後，要投身於中國的實務中去，各家各派的學説可以利用空暇去瀏覽。』

張之洞想，自己也應該算是一個拯中國於頽唐的大學問家了，不知這個海外學子的心目中有没有自己。

『馬建忠對我説，你若十多年前回國，可以去投奔曾文正公，他是中國公認的有真才實學的第一號大人物。我笑道，十多年前，我還是一個小孩子，他也不會接收我。馬建忠笑了説，是呀，可是他現在過世了，你回國見不到他了。不過，他有一個得其真傳的學生，名叫李鴻章，他是眼下中國公認的

第一號大學問家。你回國後找他，若需要的話，我可以爲你寫一封推薦信。我說，好，我去找他。』

張之洞的臉色立時沈下來。他也知道，無論是聲望還是實力，李鴻章都遠在他之上，但是，當一個海外學子在他的面前如此擡舉李鴻章而全然没有提到他時，他心裏仍然極不舒服。趙茂昌將張之洞臉色的變化看在眼裏，尋思着要在適當的時候説幾句話。

『我離開新加坡，回到檳榔嶼，將這一想法告訴母親，母親支持我。此時恰好有一支英國探險隊要到中國去，我就隨着他們一起出發。在翻越滇緬邊境時，我們遇到了許多險惡，我意識到隨時都有生命的危險。我志不在探險，如果死在那裏，將大爲不值，我於是離開探險隊來到香港。在香港遇到一個人，他告訴我，要到中國去投李鴻章，你這點學問遠遠不够。不如在香港住幾年，多讀點中國書。我聽信了他的話，一住三年。上個月，我偶然遇到了劉玉澍先生。他對我談起了您，我在香港的報紙上也看過關於您的介紹，於是就隨他來到廣州，希望見到您。』

聽到這裏，張之洞纔舒服過來，看來海外還没有無視我張某人。張之洞臉上變化的這一小細節，又被趙茂昌看在眼裏。他趕緊對張之洞説：『這幾天，我和辜先生談了幾次話。我告訴他，馬建忠的話説得不準確，當今天下第一大學問家不是李中堂，而是我們張制臺。』

張之洞聽了這話很高興，滿臉堆上笑容，和氣地對辜鴻銘説：『你就在我這裏住下來，不要到别的地方去啦。我以後常給你講中國學問，中國最大的學問在我的肚子裏。』

辜鴻銘認真地問：『請問張大人，你肚子裏的這門學問叫什麽？』

『這門學問叫什麽？』張之洞哈哈笑起來，『它叫天人合一之學，是天底下最高最深的莫大學問。我今後慢慢地傳授給你吧！』



桑治平想起張之洞要他找的兩本書，連忙拿出來，走到辜鴻銘的面前説：『這是一個朋友送我的兩本書，可惜我不懂洋文，你能幫我看看嗎？』

辜鴻銘接過來，看了看上面一本的封面，又翻了翻，説：『這是笛卡兒的《哲學原理》，此人已死去二百多年，是法國很有名的哲學家、科學家。他寫了很多書，這本《哲學原理》是他的代表作，這是法文原版。因爲講的道理太深奥不好讀，我在巴黎時用了整整一個星期纔讀完。』

辜鴻銘把《哲學原理》還給桑治平，將手中的另一本封面瞄了一眼，説：『這是一本俄文小説，書名叫《父與子》，作者是俄國著名作家屠格涅夫。這本書别看它厚，很好讀，作者才華過人，語言優美。我在愛丁堡大學讀書時，一天就把它讀完了。』

這番話使在座的兩個中國讀書人聽了目瞪口呆，做聲不得。張之洞深感當今中國，正缺少也正需要的就是這種人，不管他提出什麽要求，要多高的薪水，也要把他留在兩廣總督的幕府裏。

張之洞滿是關愛地對辜鴻銘説：『辜先生在海外十多年，積纍了豐富的西方學問，又學過泰西語言，國家正要的是你這種人才。我想請你留在廣州，跟我一道做一些對國家和百姓有用的實事。至於薪水和待遇，我都會從優考慮。你願不願意留下，有什麽要求嗎？』

『我願意。』辜鴻銘爽快地回答，『我現在也提不出什麽要求，以後我想起什麽，再給大人提出。』

『好。』張之洞滿意地點點頭，將辜鴻銘從頭到脚又重新打量了一番，説：『你不向我提要求，我要向你提一個要求。』

辜鴻銘有點緊張，不知這位自己國家的大官員會提出什麽要求來。

『辜先生，你既然已回到中國來，就要做一個完全的中國人。今後在我的衙門裏做事，不要穿這身

西裝，明天趙茂昌帶你到城裏裁縫店去做三套衣服，冬天一套，夏天一套，春秋一套，就算是我送給你的禮物。另外，你的頭上沒有辮子，要把辮子留下來，一時長不出，先去買條假辮子來。對朝廷來說，這有沒有辮子，不是一個留頭髮的問題，而是忠不忠的大事。這裏面的緣故，叫劉玉澍告訴你吧！』

『我知道。』辜鴻銘說，『我第一次離家到英國去的時候，父親就對我說，今後不管遇到什麼情況，你頭上這條辮子一定要留下來，這是中國人的標記。』

『那後來爲什麼沒有了呢？』桑治平望着辜鴻銘頭上梳得很好的西式分頭，饒有興趣地發問。

辜鴻銘笑了笑說：『我剛到英國時，學校裏的同學都笑我腦後的辮子，說它是猪尾巴。我記着父親的叮囑，不管別人如何取笑，我一直不剪。一直到十七歲那年，我進了愛丁堡大學，我的一個同班女同學對我說，你的這條辮子真可愛，烏黑油亮，好玩極了，你送給我吧！我很喜歡這個美麗的英國姑娘，心裏猶豫好長一會，最後還是下了決心，當即拿剪子剪了辮子，對那姑娘說，你喜歡它，就送給你吧。那姑娘很感動地收下了。』

滿屋子人都笑了起來，桑治平笑道：『原來辜先生是個多情的男兒，祖宗傳下來的辮子爲一個姑娘而剪了。』

張之洞關心地問：『後來那個姑娘嫁給了你嗎？』

『沒有。』辜鴻銘似乎並不把它當作一回事，『畢業後她去維也納學音樂，我去萊比錫學工程，就那樣分了手，再沒見面。』

趙茂昌忙問：『你後來娶的哪國女子？』



『我至今未成家。』辜鴻銘說，『馬建忠對我說，中國古代男子是三十而授室，我還衹有二十八歲，不急。』

『好！』張之洞說，『到時我來給你找一個好姑娘！』

辜鴻銘笑了笑，沒做聲。

張之洞也起身說：『眼下就有一件緊要的事要你來辦。你帶着兩廣總督衙門的公文到香港去，找到匯豐銀行的老闆，爲兩廣借一百萬兩銀子。具體如何辦理，過會兒桑先生再給你詳細交代。』

辜鴻銘等人剛出門，巡捕便進來報告：『粵海關道黃萬全求見。』張之洞叫巡捕帶他進來。

## 五　馮子材威震鎮南關

黃萬全進來向張之洞打個躬後，即從左手衣袖袋裏掏出一個五寸長兩寸寬的紅紙袋來，雙手捧上，說：『這是七、八、九三個月公費銀，三張銀票，每張三千兩，共九千兩，請大人過目。』

張之洞大喫一驚：這是怎麼回事！是行賄嗎？光天化日之下，一個粵海關道竟然敢來總督衙門公開行賄，是這個道員膽子太大呢，還是把我這個制臺太小看了呢？張之洞想到這裏，心裏一股怒火猛然升起。他拉下臉來厲聲喝道：『你這是幹什麼？還不趕快給我收回去！』

黃萬全瞪大着兩隻眼睛，茫然望着張之洞那張鐵青的長臉，托紅紙袋的手不由得抖了起來。『大人，您千萬別誤會了，職道沒有別的意思，這是粵海關的例行公事。』

例行公事？張之洞想，這中間必有名堂，便將拉長的臉收回來，語氣和緩地說：『你坐下說，這到底是怎麼回事？』

黃萬全這纔明白張之洞還不知這件事情，神色安定了許多。他坐下，將紅紙袋暫時又放回衣袖袋裏，悄悄地說：『大人原來不知道，容職道稟告，這是一樁已奉行十多年的成例了。早在同治年間瑞麟任兩廣總督時，因督署開支龐大，公款不够，當時的粵海關道傳璟爲總督分憂，每個月從關稅中提取一千兩銀子以補充開支，從此便成定例。不管誰做粵海關道，他都照樣上繳這些銀子，也不管誰做了粵督，都照樣接收；不同的是，這筆銀子是一年年增加，從一千到一千五，到二千。上年曾九帥來廣州後，他的開支更大，遂乾脆來了個每月三千，一季上繳一次。職道以爲大人已經知道，故未說明，這是職道的不是，希望大人寬恕。』

張之洞想：總督衙門的開支不够，就從粵海關稅中提取，這不明擺着是從國庫中揩油嗎？這樣明目張膽地侵吞國庫，居然可以名正言順地成爲慣例，居然可以奉行十多年而無人告發，這國法紀綱到哪裏去了！常言道上行下傚，上樑不正下樑歪。總督衙門可從海關稅中取錢，巡撫衙門便可以從鹽稅中取錢，縣衙門便可以從賦稅中取錢。這樣一來，豈不全亂了套？這個成例要廢除掉，不能再沿襲下去了！正要這樣對黃萬全說，轉念一想：一個月三千，一年便是三萬六，眼下唐景崧、馮子材新招的勇丁要軍餉，在越南的各支隊伍也望銀眼穿，大戰在即，銀子就是士氣，銀子就是勝利，剛纔還在要辜鴻銘到香港去借洋款，爲什麼這筆銀子不收下？既然已實行多年，這三千兩銀子從關稅中提出早已有了合法的途徑，就讓它這樣繼續吧，我張之洞今天就拿這筆錢去補充軍營好了。

『黃道。』

『職道在。』

『這筆銀子既已成十多年的定例，本督也不想改變。你就從這季度的九千兩開始，每季度上報一個





冊子，交給督署軍需處，由軍需處作補充軍餉用。督署衙門的其他任何開支均不得用它，我今後還要專摺向朝廷奏明此事。』

『大人清廉，職道欽佩，職道這就去辦。』黃萬全忙起身告辭。

黃萬全走了以後，張之洞想，還不知兩廣各級衙門這種陳規陋習有多少。本是違法行爲，大家都這樣做，見怪不怪，就成爲合法的了，真是豈有此理！他恨不得立即就來一個全面肅清官場風氣的舉措，但戰火彌漫，形勢逼人，眼下最大的事情祇能是全力備戰，其他事，不得不壓一壓了。

是的，戰爭已是當前舉國關注的頭號大事了。

法國海軍六月攻打臺灣基隆失敗後，八月中旬，在司令孤拔的率領下，再次侵犯臺灣。法艦十一艘攻打基隆，又派出五艘進犯滬尾。當時這一帶的清兵僅三四千人，爲全力保滬尾，不得不放棄基隆。法軍佔據了基隆這個臺灣北部的重要港口，並向四路擴大它的侵略領地，部署向臺北推進。臺灣巡撫劉銘傳不得不向他的老上司李鴻章請援。李鴻章却祇派遣劉銘傳留在大陸的老部屬一千五百餘人，坐英國貨船由臺東登岸。這支軍隊對臺灣局勢的緩解幾乎不起作用。劉銘傳對此大爲失望，他致電李鴻章，再次告急。李鴻章回電劉銘傳：現在北洋祇有快碰船二隻，斷不足以抵擋鐵艦的巨砲，即使派到臺灣來也無濟於事，祇得請求朝廷另設他法。

閩浙總督左宗棠上疏朝廷，責問南北兩洋的兵輪爲何坐視不救，應當立即開赴臺灣救急。於是朝廷命兩江總督曾國荃派出兵輪五艘迅速赴難。兩江水師統領吳安康率領開濟、南琛、南瑞、馭遠、澄慶五艘兵輪駛向臺灣海峽。行到浙江洋面，突遇九艘法艦。時大霧迷蒙，吳安康以寡不敵衆爲藉口，令各艦駛入鎮海。結果馭遠、澄慶二輪爲法艦所擊沈。南洋援臺一事宣告失敗。正當臺灣局勢危急萬

# 第八章 涼山大捷

分的時候，幸而法國海軍中將孤拔病死澎湖，軍心受到影響，攻打臺灣的砲火逐漸淡了下來，臺灣纔免於全島淪陷。

在越南北部，法國陸軍對清軍的進攻也在全面鋪開。經過三個多月的操練，唐景崧所招募的景字營開出鎮南關，協助劉永福駐紮宣光附近。經張之洞奏請，朝廷授劉永福記名提督，並加唐景崧五品銜。緊接着，馮子材在廣東招募的十八營子弟兵，也操練成軍，由他的兩個兒子相榮、相華分任左右翼長，由欽州、上思浩浩蕩蕩開進越南。古稀名將統率的這支七千人的新粵軍，給整個越南北部戰場注進一股强大的活力，駐紮關外的所有清軍莫不爲之一振。

與此同時，廣東碣石鎮總兵王孝祺也奉張之洞之命，統率八營將士由梧潯溯西江，經龍州出鎮南關。王孝祺安徽合肥人，是張樹聲的小同鄉，也是張樹聲插起招軍旗的第一批鐵杆兄弟，二十餘年來跟着張樹聲轉戰南北，纍功升至總兵。王孝祺驍勇善戰，却也强悍任性，他跟吳元洛等其他淮軍將領一樣，原本壓根兒瞧不起無一天沙場履歷的文人張之洞。幾個月下來，他從張之洞對張樹聲和淮軍的一連串舉措中，看出新總督的才幹，也看出此人雖不是帶兵打仗的將軍，却有鎮撫全局的帥才氣度，遂樂意聽從命令，帶兵入越，再立新功。

這三支人馬共三十營一萬二千將士出關入越，無疑大大增加了朝廷在越南北部的軍事力量。

其實，朝廷早已在越南投入不少兵力。此時，廣西巡撫潘鼎新統帥兩個精鋭新兵營駐紮在諒山城內。環繞着諒山的有三路人馬，分别爲駐在谷松的中路蘇元春十八營，駐在南甲的西路楊玉科九營和駐在那陽的東路王德榜十營。這三支軍隊距諒山均衹百來里路程。此外，還有劉永福的四千黑旗軍。所有在越南北圻的朝廷軍隊加起來不少於三萬人，若是紀律嚴明，武器精良，指揮有方，這三萬人馬





堪稱一支雄師勁旅，不但可以有效地抵禦法軍的挑釁，甚至可以將侵略者趕出北圻。可惜，事實不是這樣。軍紀散漫，武器低劣，是當時清末軍營的通病，出關入越的與在國內的，沒有什麽區别。更糟糕的是官銜最高、負有統帥所有在越軍營的廣西巡撫潘鼎新，是個徒有空名無真本事的老官僚，各路統領差不多都不買他的賬。馮子材的十八營子弟兵，入越後一直在鎮南關外徘徊着，要靜觀形勢的變化。他拒絶接受潘鼎新的調遣，潘鼎新也不敢指揮他。

法國則不斷地向越南加强軍事部署。老將尼格里任總指揮，頻頻向清軍挑起戰事，試圖憑藉强大的國力和精良的軍事裝備，把所有北圻的清軍趕回關內，讓越南北部成爲法蘭西的殖民地。孤拔統率的海軍進犯臺灣，其戰略目的仍是配合越南。這一點，經馮子材一針見血地指出後，張之洞也越來越看清楚了。他上疏朝廷，明確指出，儘管法國在東南海疆挑起事端，而其用意却在越南，故振全局在争越南，而争越南又在此數月內。

辜鴻銘不負所望，從匯豐銀行借來了一百萬洋款，張之洞用這筆洋款迅速從洋人軍火商手中購買槍砲彈藥，同時在軍餉上也儘量滿足前綫將士的要求。又接受辜鴻銘的建議，在香港定購大批西方報刊，派專人每天送到廣州督署，由他翻譯，擇其重要者，送給總督，以便從西方報載中掌握法國的軍事動態，爲越南戰爭提供訊息。

十一月，法軍七千人在遠征軍總司令波里指揮下，大舉進攻豐穀，王德榜大敗，向蘇元春求救。蘇元春竟然按兵不動。半個月後，法軍又大舉進攻谷松等處，王德榜也坐視不救。蘇元春無奈退兵威埔。張之洞得知此事，對蘇元春、王德榜的行爲甚是惱火。他一面上疏朝廷，一面任命馮子材爲幫辦廣西軍務，以便讓馮取得僅次於潘鼎新的軍事調遣權。十二月，法軍乘連敗清軍中路、東路的兵威進

攻諒山。潘鼎新既已失去中、東兩路的屏障，西路楊玉科又戰死沙場，遂丟掉諒山倉皇逃命。逃跑途中，從馬上摔下來，跌斷左手。他又羞又急，從諒山逃到幕府，從幕府逃到憑祥，又從憑祥逃到龍州廳，驚魂尚未安定。法軍攻陷諒山，又佔領鎮南關，將一座數百年的雄關徹底摧毀後纔退出。關內關外難民，跟着逃兵一起沿着北江流竄。廣西全省大震。

朝廷對潘鼎新這種棄城而逃的行爲非常憤怒，立即下令撤職嚴辦，並命廣西按察使李秉衡護理桂撫一職，擔當起統領越南北圻一帶的重任。

諒山丟失，固然給越南戰局帶來極大的不利，但天下事禍福相依，因潘鼎新的革職導致李秉衡的上任，又給局勢帶來新的轉機。

李秉衡是清末官場上不多見的清廉能幹之員，雖是捐納出身，却操守甚佳，早在做府縣官員時，就有『北直廉吏第一』之譽。張之洞欽佩李秉衡這種爲官之風，他以晉撫身份向朝廷推薦了一批人才，李秉衡也列在其中。

經張之洞的推薦，李秉衡很快便擢升爲浙江按察使，隨即平移廣西。李秉衡感激張之洞的知遇之恩，張之洞也對李秉衡格外信任，二人之間相處融洽。

就在朝廷任命下達的同時，張之洞也給即將出關統兵的李秉衡一封急信。信上說，這兩個月來越南戰局惡化，關鍵在於各路統領不能協調合作，而這種局面根本原因又出在潘鼎新的身上。潘鼎新德不能服衆，才不足以制敵，希望李秉衡以前車之覆爲鑒，將越南北圻的軍事總指揮權交給馮子材，由馮全權督辦關外軍務。

張之洞對李秉衡說，如今的局勢，與咸豐十年江南大營潰敗時差不多。當時朝廷爲了挽回敗局，



不得不將東南事權委之於曾國藩一人。眼下馮子材、劉永福都是可獨當一面的人。爲此，他爲前綫謀畫一個大的戰略部署：東西兩綫合作用兵，東綫諒山委之於馮子材，西綫宣光委之於劉永福。

這時候，馮子材的心情正頗爲抑鬱。原來，潘鼎新既是巡撫，又兼廣西陸路提督之職。他被撤職後，朝廷任命蘇元春爲廣西提督，却並不按常例擢升他這個幫辦。六十八歲的原廣西提督看到四十歲的蘇元春位居他之上，心中甚是不快。

李秉衡帶着張之洞的信，一到鎮南關，便去拜會駐在關外的馮子材。

『老將軍，』李秉衡誠懇地說，『局勢危殆，關外各軍群龍無首，我雖奉朝廷之命護理巡撫在關外督戰，但其實不懂軍事，還請老將軍出面，挑起這副重擔。』

馮子材冷冷地說：『蘇元春不是擢升廣西提督了嗎？這重擔自然由他挑，我不過幫辦而已。』

李秉衡說：『蘇元春雖被升爲提督，但他的聲望和能力畢竟不能與老將軍相比，王德榜在上次戰事中與他結了仇，現在如何會聽他的？王孝祺是淮軍宿將，資歷年歲都已在蘇元春之上，他也不會聽蘇元春的。至於劉永福，他早就說過，衹服老將軍一人。』

馮子材冷笑道：『既然這樣，又何必讓蘇元春佔着廣西提督這個位置呢？』

李秉衡見馮子材年近古稀，做過多年的提督了，如今還這樣計較名位，心裏雖不以爲然，嘴上仍耐心地解釋：『三個多月前，老將軍尚未來越南，潘鼎新便已向朝廷推薦了蘇元春出任廣西提督。他是廣西人，在廣西辦了多年的團練，與廣西村寨頭領、土司交往頗多，也算得上一個地頭蛇，故而潘鼎新推薦他，朝廷也便接受了；但在越南做各路人馬的統帥，他顯然不夠資格，更不能跟老將軍比。老將軍二十年前就是提督了，還在乎這個官銜嗎？再說，與一個兒輩的人去慪這個氣，也不值。』

李秉衡的這番話不無道理。馮子材想：我都快七十歲了，已致仕多年，還在乎職務高低嗎，祇是心裏不順氣罷了！

已是正午時候，他留下李秉衡在軍營喫午飯，彼此都不再談這件事。喫過午飯後，他安排李秉衡休息，自己也照例睡午覺。馮子材倒下後很快便鼾聲大作，書生出身的李秉衡面對着嚴峻的局勢心中焦急萬分，坐立不安。正在這時，軍中信使來到營外。李秉衡忙走出門，指着信使手中的一封用火漆封口的信函：『這是什麽？』

信使答：『這是兩廣總督衙門發給馮軍門的信。』

『噢。』李秉衡心裏想：又有什麽緊急軍情嗎？『你直接送給馮老將軍吧！』

原來，信使送來的並不是緊急軍情，而是張之洞寫給馮子材的私人信件。信上說：上次在荔枝灣，老將軍説過要有制勝之把握，必須有統率各軍的權力，當時鑒於潘鼎新以桂撫在關外督軍的緣故，不便答應，祇能在今後相機而動。現在潘已去職，蘇元春雖升爲提督，但难負衆望，不能統轄各軍，廣西提督亦未有轄制關外各軍之權，我已請李護撫臺恭請老將軍出面主持大計。時機已到，盼老將軍以國事爲重，臨危受命，挽回大局，爲華夏争光。近日，外國報紙透露法國遠征軍中的一個重要消息，願老將軍切實把握。從敵人營壘獲取軍情，常常是出奇制勝的秘訣。老將軍用兵一生，自然比別人更深知此中道理。另紙附辜鴻銘翻譯的英國《泰晤士報》上的一則花邊新聞：法國遠征軍東綫總指揮尼格里少將貪戀女色，跟一個河內歌女打得火熱，居然將歌女從河內召來諒山相伴，軍中多有不滿。

馮子材看到這則消息，一個想法突然冒出來，他仿佛從中看出打勝仗的苗頭了。



他興沖沖地走進李秉衡的休息間，爽快地對愁眉未展的護理撫臺說：『我同意出面指揮全局軍務，但你要蘇元春、王孝祺、王德榜等人保證，完全聽我的將令，不得稍有違抗；若有違者，老夫將以軍令處置。』

李秉衡聽了這話，愁雲頓時消去，高興地撫着馮子材的雙肩說：『老將軍放心，這事包在我的身上。說句實話，蘇元春他們也是從心裏服老將軍您的。』

馮子材從明暗兩方面制定他的作戰計劃。明的一面，即保衛鎮南關，收復北圻失地。馮子材帶着蘇元春等人仔細查勘鎮南關四周的地形，決定將軍營移進關內距關樓八里處的關前隘。此地東西高聳，中間兩道山嶺相距約四十丈寬，馮子材在這裏築一道兩人高連接東西山嶺的土石長墻。墻外挖一條一人深的大溝，東西兩道山嶺上建三座砲臺。王孝祺的軍營紮東嶺，蘇元春率部紮三里之外的幕府，王德榜率部屯於五里外的油隘，構成對關前隘大營的犄角之勢。馮子材和他的兩個兒子則率部紮在土石長墻內。

王孝祺私下問馮子材：『鎮南關內外佈置得這樣嚴密，法國已經將關樓焚燬而去了，他還會再來嗎？他若不來，我們豈不白費力？』

馮子材笑道：『法國人想要獨吞越南北圻，不容中國插手，祇要我們還有一支人馬在這裏，他就不安心。現在我們有七十多營、三萬將士紮在鎮南關內外，他更是一天到晚喫睡不香，要不了多久，便會主動來找我們挑戰的。』

王孝祺說：『鎮南關內外現在可以説是嚴如鐵桶，諒他們再來，也佔不到便宜。不過，法國人乖滑，他們在關口上一旦失利，便會撤退逃跑。我們若採取包圍陣式，截斷他的後路，將他們全部殲滅

在此地就好了。但這要事先知道他們從哪條路來，先期埋伏在那裏纔好，如何能預先知道呢？」

馮子材遥望着關外草樹濃密的荒蕪之地，沈默良久後，悄悄地說：「辦法是在想，能不能成功，就祇有看天老爺幫不幫忙了。」

原來，暗的一面在同時進行，不過他不想對王孝祺明說罷了，這種事祇能越隱蔽越好。

馮子材在越南住過幾個月，與當地人有些聯係，通過他們的查訪，很快便落實《泰晤士報》的花邊新聞說的是實情。這個歌女名叫谿笋。谿笋已没有父母，有個大姐已出嫁，還有一個小妹在一家小餐館當招待，日子過得都不寬裕。谿笋做歌女，收入也不多，她其實並不愛這個法國老頭，祇是圖他的錢而已。

打聽到這些情况後，馮子材叫他的小兒子相華裝扮成一個越南生意人的模樣，在本地翻譯的陪同下，悄悄來到法國人佔領的河内城。傍晚的時候，他們找到谿笋的大姐谿草家。谿草和她的丈夫阮志清對這兩個不速之客的來臨頗爲驚訝。

翻譯對谿草夫婦說：「我是從順化來的。」

順化是越南的都城，從順化來的，意味着是從朝廷來的。谿草和她的丈夫都是小老百姓，翻譯隨意編造的第一句話，便將兩個人鎮住了。他們瞪着兩隻眼睛怯怯地聽着。

「我給你們說實話吧。法國人在我們越南是呆不久的，朝廷上下，從國王到各位文武大臣都恨死了法國人，請中國派兵到我們國内來，就是爲了要把法國人從我們越南趕出去，跟法國人混在一起是没有好下場的。」

谿草的心在怦怦亂跳，妹子跟一個法國將軍相好，最近又去了諒山這些事，她都是知道的。親戚



朋友、左鄰右舍中有知内情的，都在背後指指點點，還有的人罵谿笋是越姦。作爲親姐姐，谿草也爲妹子擔着心。她有時也勸妹子不要跟法國人混在一起，但妹子不聽，又常常拿點錢給她花，她也便不說什麽了。現在，這個男子板着面孔說出這種硬話來，着實讓她害怕：莫非他是朝廷派來的人，要來捉拿妹子？谿草看了看丈夫，丈夫的臉色也明顯地變了。

「你的妹妹谿笋做了法軍頭領的情婦，還跟着他去了諒山。」

「我們不知道。」谿草想爲自己打掩護。

「這件事，英國的報紙都登出來了。」翻譯瞪了谿草一眼，「不知道，我今天就正式告訴你們。」

阮志清急了，說：「我們不是越姦，谿笋也不是越姦，她祇是圖那個法國佬的錢罷了。」

「做法國佬的情婦，就有越姦的嫌疑，到時法國佬被趕出越南後，你妹子的日子就不好過了。」翻譯這一副政府代言人的模樣，使谿草夫婦更害怕了。

「我這就去諒山，叫她回河内來，離開那個法國佬算了。」谿草以哀求的口氣說，「求求你們，今後不要找她的麻煩。她也是命苦，没有法子。」

「離開就行了，就没事了？」翻譯冷笑道，「除非爲國家立有功勞。」

阮志清問：「她一個小女人，能爲國家立什麽功勞？」

相華開口了：「祇要她願意，她可以立大功。」

翻譯把相華的話轉告後，說：「這位便是我們從中國請來的將軍。他的軍隊很强大，法國人打不過他們。若你妹子能够幫忙的話，打贏法國人要省事很多。你的妹子立了功，朝廷自然不會再找她的麻煩了。」

谿草忙問：『她怎樣幫忙呢？』

相華通過翻譯與他們交談起來。

『要你妹子努力打聽法國人的軍事情況，遇有大事，應立即報告我們。』

『這些情況如何到達你們那裏呢？』

『你們兩夫婦明天跟我們一起去諒山，找一處離你妹子最近的地方住下來。你去見你妹子，將這件事告訴她，要她一有事就告訴你，然後你再告訴我們的人。我們有人天天來聯繫。』

谿草兩口子對坐着不開口，相華從口袋裏拿出一錠銀子來，說：『這是五十兩紋銀，先給你們，事情辦好了，再給你五十兩。另外，給你的妹子三百兩銀子。』

望着這一錠沉甸甸的銀子，阮志清的眼光頓時亮了。他一年辛辛苦苦，起早貪黑地做事，一年下來，賺不到二十兩銀子，辦好這件事，一下子就是一百兩銀子，抵五年的辛勞，妹子還可以得三百兩；如果再從妹子那裏分一百兩的話，就可以起屋買田，做起富人來，一家子舒舒服服了，何況還可以爲妹子洗去越姦的恥辱。他用肩膀碰了碰妻子：『怎麼樣？』

谿草的想法跟丈夫一個樣，於是點了點頭，答應下來。就這樣，谿笋的姐姐夫便在諒山住了下來，尼格里的動向也便隨時傳到馮子材的耳朵裏。

這一天，由谿笋那裏傳來一個極爲重要的消息：後天，也就是二月七日，尼格里將率大批人馬從諒山出發，沿神木、敦土一綫從東邊進攻鎮南關。尼格里已向波里誇下海口：一舉踏平鎮南關，將中國軍隊徹底趕出關外。

馮子材得到這個消息，將鎮南關的軍事力量作了一番調整，又安排駐紮油隘的王德榜部先天夜裏



# 第八章　諒山大捷

潛伏在敦土，待戰鬥打響後，切斷法國人的後逃之路。同時，馮子材又飛騎將這個消息告訴西綫的劉永福，一旦鎮南關的仗打贏了，便乘勢進攻宣光、光復、廣威、敦江等，來個東綫西綫全面開花。

果然，二月七日一大早，尼格里便帶着裝備精良一千名法國士兵浩浩蕩蕩向鎮南關開赴，真的沿着神木、敦土一綫前進。王德榜看着這一隊法國人從眼皮底下走過，又緊張又興奮。這個跟着左宗棠轉戰南北的前楚軍首領，兩個拳頭攥得緊緊的，暗暗下定決心，一定要把後門關得牢牢的，讓這群趾高氣揚的洋鬼子有來無回，一個也不能跑掉。

中午時分，尼格里來到鎮南關口。尼格里也是戰火中打出來的軍人，是一個富有經驗的強悍的指揮官。當他的軍隊來到鎮南關口時，便藉助望遠鏡將關前隘中國軍隊兵力部署都看清楚了。東西兩道嶺上的砲臺顯然都是爲了保衛進口關隘的。西邊的砲臺，其火力點又集中關隘後，對關隘前威脅最大的是東邊的砲臺。

尼格里知道，要打開關隘，必須先要拿下東嶺的三座砲臺。他將部隊分成兩部分，自己帶六百人進攻東嶺，參謀長米歇爾率領另外四百人攻打正面的土石墻。

他指揮士兵構築臨時工事，裝上砲架，開始對東嶺砲臺發起猛烈的攻擊。守衛在這裏的王孝祺早有準備，沈着應戰。

雙方的砲火都很激烈。法國人倚仗着先進的軍事裝備，和屢戰屢勝的昂揚氣概，全然不把中國軍隊放在眼裏。中國軍隊憋足了一肚子怒火，又加之這次早已成算在胸，也一掃過去的怯弱和慌亂，並不害怕山下敵人的囂張氣焰。尼格里與中國人打過幾次交道，還是第一次感受到這種與往日不同的氣氛。他不時拿起望遠鏡向嶺頭遙望，又哇啦哇啦不停地叫喊着。他手下三十多門大砲，隨着他的喊叫

和手臂揮動，將一發發帶着火光的砲彈飛一般地向山頭射去。

臨近傍晚時，山頭中國軍隊的砲聲突然稀少起來。原來，平素預備的砲彈打得差不多了，臨時從大營裏趕運上山的幾十箱砲彈却大部分是啞砲，有的甚至射到一半便頭重脚輕似的栽了下來。王孝祺看到這個情況，氣得頓脚直跳：『他媽的，這是怎麽回事！這砲彈是哪裏造的？』

『這是江南製造局造的。』砲手指着木箱上的黑字說。

『我操他八輩子祖宗！這不是要老子的命嗎？』王孝祺氣得將印有『江南製造局』字樣的一個空木箱用力向砲壘外甩去。

他還不解恨，又破口大駡：『這些傢伙統統都要抽筋剥皮下油鍋！老子一個也不讓他活！』

這個意外的變故很快便讓尼格里看到了，他興奮地大聲喊叫：『上帝啊上帝！中國人没有砲彈了，我們把砲架推過去，瞄準好，一發一發地打！』

法國兵一個個拍手叫好，肆無忌憚地將砲架推移過去。射程近，法國大砲的威力更大了。没有多久，三號砲臺便被炸毁，二十多個砲手全部犧牲。

王孝祺氣得昏了頭，大叫：『兄弟們，跟着老子衝下去，跟洋鬼子們拚了！』

正在這時，相榮已來到山頭。他一把扯住王孝祺的手說：『王鎮臺，你這樣下去，不是明擺着去送死嗎？家父要我來告訴你，既然砲彈是啞的，守住幾座空砲臺也無用，不如乾脆放棄，我們在關前跟他們來個肉搏戰。』

正說着，法國人的砲彈如雨點般射來。二號砲臺裏的砲手們剛剛走出，砲臺便被法國人的砲彈炸毁，眼看一號砲臺也即將同此命運，王孝祺衹得哀嘆一聲，帶着駐守在東嶺的所有將士下了山。

# 第八章　諒山大捷



尼格里見東嶺很久没有一發砲彈射出，知道中國軍隊已無還擊力量了，便將令旗一揮，二百名法國士兵扛起三十多門輕型鋼砲，很快便架到東嶺上，扼控關隘口的東嶺三座砲臺便這樣全部落入法國人的手裏。

三個月前的那一幕即將在鎮南關再次重演！形勢的嚴峻令馮子材和所有中國將士們心頭萬分沈重。幸而，此時天色已完全黑下來，法國人要喫飯、睡覺、休整了，白日的鏖戰，遂暫時停止。這一夜，古稀老將軍望着關樓上的一彎冷月，久久不能安歇。戎馬一生的榮譽，軍人的尊嚴，志士的愛國情，交織在一起，促使他作出背水一戰、殺身成仁的悲壯決定。

天亮的時候，他把王孝祺、蘇元春等高級將領和兒子相榮、相華召在一起，沈痛地說：『東嶺的砲臺已經丢失，鎮南關面臨隨時被攻破的危險，現在我們面前衹有兩條路。一條就是像有些人那樣，爲保自己的命而棄關逃跑。自己的小命暫時保住了，但成百上千的士兵和百姓要因此而喪命，朝廷也不會輕易饒過，撤職罷官，自不待言，充軍殺頭也不爲過，即便不死，萬千人口駡手指，活着比死還受罪。』

馮子材炯炯發亮的眼睛將四周人掃了一眼，見所有的人都在屏聲静氣肅然恭聽。他繼續說下去：『還有一條路那就是奮勇向前決不後退半步，與敵人拚到底。各位將軍們，老夫爲大家所選擇的就是這條路，而且衹有這條路。不要說拚命沙場馬革裹屍是我們做軍人的本分，單從今天的局面來看，我們也衹有選擇這條路，纔是死裏求生的惟一希望。』

馮子材又用堅定不屈的目光將大家打量了一眼，見衆人的目光裏都没有難色，心裏頗爲滿意，嗓

門更洪亮了：『各位將軍，法國人祇有一千來人，我們有三萬人，三十個對一個，優勢在我們一邊，關鍵是要大家都不怕死，團結一致，和法國人拚到底！』

蘇元春插話：『老將軍說得對，我們是三十個對一個，人多勢大。現在的危險主要是東嶺砲臺被法國人佔去了，對我們大爲不利。我提議趕緊將西砲臺移下來，安在東嶺山脚下，仗打起後，砲火對準東嶺，壓住法國人的火力。我們全力以赴殲滅長墻外的法國兵，先把眼前的敵人喫掉後，再對付東嶺。』

馮子材說：『蘇軍門的建議很好。你現在趕緊下令，把西砲臺移下來。』

蘇元春立即吩咐旁邊的一個參將去西嶺傳達命令。

就在這時，一個把總慌慌張張地進來報告：『不好了，老將軍，法國人已在填溝了。』

『慌什麼？讓他們去填！』馮子材的臉色突然變得鐵青，他猛地撕開身上的黑馬甲，吼道：『各位兄弟，爲國立功的時候到了！誰是英雄好漢，誰是孬種混蛋，鎮南關頭見個明白！老夫今天就把這條老命送在這裏，你們統統都要跟着我上來！』

說着，他將掛在柱子上的一把寶劍『嗖』一聲抽出，那劍全身上下發出凜凜寒光。

『這把劍是二十多年前文宗爺給老夫的獎賞，它就是我們大清王朝的國法軍紀。蘇軍門！』

『在！』蘇元春應聲答道。

『今天，這把劍就交給你，你代老夫執行王法。等下砲聲一響，全體將士都要跟着老夫衝鋒上陣。有畏葸不前臨陣逃脱的，你立即用此劍斬下他的頭來。』

『是！』蘇元春響亮地回答，鄭重地接過劍來。

『老將軍，有一隊法國兵已衝過溝來了！』先前的那個把總，人還沒進門便大聲叫起來。

『傳我的將令，開槍射擊，打爛他們的狗頭。』

馮子材的聲音剛落，外面的砲聲便已鞭砲似的響了起來。

一會兒，西嶺砲臺的人前來報告：『西嶺十二門大砲都已移到東嶺脚下安裝完畢。』

馮子材下令：『向東嶺山頭開砲，壓住法國人的火力。』

外面的砲聲槍聲喊殺聲越來越大，馮子材手一揮說：『我們都上土石墻！』

王孝祺忙阻止：『老將軍，外面槍子太密集，你不要出去，我們代你上墻指揮！』

『那不行！』

馮子材從桌上拿起一條又長又寬的青色土布，將自己的頭頂圍扎起來，笑着說：『包上它，就不怕砲子了！』

說着，大踏步走出營房門，帶着二子和諸將一起上了土石墻。

墻外，清軍和法軍正在作殊死的搏鬥。儘管山脚的砲彈對東邊嶺頭上法國人的火砲構成壓力，但法國人佔據地勢居高臨下，仍然有不少砲彈落到墻外溝邊，可怕地威脅着守衛關隘的清軍。趁着這有利的機會，深溝又被法國人填滿了一段，大批洋兵哇哇亂叫如潮水般地踏過深溝，直向土石墻外撲來，形勢越來越危急了。

『馮相榮、馮相華！』

『在！』見老父厲聲呼叫，馮氏兄弟愣了一下後馬上高聲回答。

『跟我到墻外去！』馮子材將上衣脫下甩掉，露出黑瘦的光膀子來，又隨手從身邊的一個士兵手中

奪過一把長矛。

『爹！』馮相榮忙去搶父親手中的長矛，『你老不要下去！』

馮子材將手中的長矛往墻上用力一戳，瞪着眼望着兒子：『你怕死？』

『不是！』次子相華也來勸阻，『爹，你呆在這兒，我們下去。』

『老將軍不要下去！』諸將也都來阻擋。

馮子材陰沈着臉，拿起這根一人半高的長矛，快步奔下土石墻。相榮、相華知道父親的脾氣，再也不說話，急忙各自操起一把大砍刀緊隨着父親下去了。

馮子材來到墻外，站在一塊突兀的青石上，咬緊牙關死盯着一群群跨過深溝來到關隘口的法國人，萬丈怒火升騰在他的胸中。穿出雲層的朝陽，照在他飄拂的銀鬚上，照在他頭上的布帕和脚上的草鞋上，照在他手中那根閃閃發亮的丈八長矛上。這是一尊頂天立地的英雄雕塑，這是一股衝霄長虹的浩然正氣，這是一座萬古不倒的巍峨山峰。懦弱的大清王朝，你是多麽地需要千千萬萬個馮子材啊！多災多難的中華民族，你是多麽地需要這種不畏強暴、誓死捍衛民族尊嚴的氣概啊！

『相榮、相華，我們爺兒三個跟他們拚了！』

馮子材大叫一聲，從青石上跳下來，手中的長矛直向一個法軍小頭目的胸膛刺去。相榮、相華緊緊地護衛着老父，揮起大砍刀，左右砍殺。

王孝祺看到這一幅壯烈的情景，早已熱淚盈眶。他振臂高呼：『兄弟們，馮老將軍跟法國人肉搏了，我們都下去吧！』

蘇元春也高高揮起手中的寶劍，大喊起來：『馮老將軍都親自上陣了，我們還怕死嗎？』





# 第八章　諒山大捷

古稀老英雄這一壯舉，成了清軍將士最強有力的號令，最崇高的榜樣。頃刻之間，這些平時散漫疲沓、畏難怕苦的綠營團勇彷彿吞下了仙丹靈藥，渾身上下立時平添無窮的膽量和氣力。斷腿斷臂、流血死亡的恐怖好像都不存在了，眼中衹有馮老將軍英勇殺敵的偉岸身軀，胸中衹有不共戴天的仇恨，聚集在土石墻後的兩萬多清軍如波濤如海浪般涌向墻外，山脚下的十二門大砲也一齊向東嶺山頭射擊，頑強壓住法國大砲的火力。在一股強大力量支持下的清軍，此刻總算像個真正的軍隊了！他們三個四個圍住一個法國人，大刀長矛，一齊向侵略者頭上身上刺去。可憐這些一向驕横狂妄自以爲東方無敵手的法蘭西子弟們，今兒個懵了頭，暈了向，他們壓根兒也没想到鎮南關内竟然有如此強硬的對手：難道他們不是中國來的兵油子，難道他們今日真的是神靈附體？常言說，一人不怕死，十人不能敵。現在兩萬多人都不怕死了，千名洋鬼子豈能抵抗得住？法國人平時打仗得手，靠的是槍砲的威力，一旦短兵相接，槍砲就失去了優勢，需要的是棍棒拳脚的功夫，而這一方面，洋人普遍不如中國人。

不到半個鐘點，跨過溝來的法國人便大部分躺在墻外起不來了，没有過溝的見勢不對，紛紛後撤。這時，王德榜率領的軍隊從敦土埋伏點衝了過來。他們人多勢衆，又見前方打贏了，更是氣勢十足，早已嚇破膽的法國兵見了這批截斷歸路的中國軍人，不由得更加心虛膽戰，除開極少數的幾十個逃出包圍圈外，幾乎所有人都成了刀下之鬼。至於那個頭頭米歇爾，因爲服裝與衆不同，多時便成了衆矢之的，早被剁成一堆肉醬了。

尼格里没有想到敗得如此之慘，氣得口吐鮮血，昏倒在地。身邊的副官知道砲臺保不住，便趁着還有十幾發砲彈的機會，叫人背着尼格里，慌忙從山背後逃走了。

東嶺砲臺很快便被奪回。

還沒有到中午，鎮南關隘之仗便以法軍全軍覆沒而獲得大勝。乘着這股強勁的軍威，馮子材指揮東綫的蘇元春、王德榜、王孝祺一鼓作氣向諒山進發，幾乎沒有費多大力氣便光復諒山，接下來又連連收復文淵、穀波、委坡、船頭等地。

捷報傳到西綫，劉永福的黑旗軍和唐景崧的景字營聯合起來，一舉光復被法國人佔領多時的西部重鎮宣光，緊接着又拿下廣威、鶴江等地。越南北圻的大部分土地已在中國軍隊的控制之下。

這是一個多麽令人興奮的喜訊，這是一個多麽令人珍貴的勝仗啊！中國人對這個勝利已盼望了四十多年！自從道光二十年的鴉片之戰以來，凡中國軍隊與外國軍隊一接火，便注定是中國失敗，外國獲勝。中國人打不贏洋人，似乎已成了舉世皆知的定理，在許許多多中國人的心中，對洋人的恐懼，早已深入骨髓。這種心理，四十多年來一直沈重地壓在大清帝國的頭上，從朝廷到民間，在洋人的面前都直不起腰，挺不起胸！

現在終於有了這一場關外大捷，馮子材統率的中國軍隊在越南北圻爲大清帝國，爲中華民族揚了一次眉，吐了一口氣。捷報傳到廣州，全城喜氣洋洋，張之洞更是興高采烈。他感謝馮子材和關外的三萬將士揚了國威，振了民氣，也感激他們爲他這個兩廣制軍贏得無上臉面。

他以兩廣制軍的名義命令，東綫統領馮子材稍事休整後立即進攻北寧、河内，西綫統領劉永福迅速攻佔興化。東西兩綫齊頭並進，互爲聲援，爭取儘快光復整個北圻；並以此爲基礎，將所有侵犯越南的法國軍隊全部驅逐出境，使越南重新回到中國的懷抱，成爲中國一個穩定可靠的藩屬國。他隨後又給朝廷上摺，詳細稟報關外大捷的前前後後，在表彰馮子材、王孝祺、蘇元春、王德榜、劉永福、







唐景崧等人的功勞的同時，也不忘將自己如何謀畫運籌的過程叙説了一番。又着重提出收復河内，全驅法人的宏偉構想，請朝廷准予按此執行，大張遠威，以申天討！

不料，事情遠不是張之洞想的這麽簡單順利。就在關外大捷剛剛獲勝的時候，一場以口舌爲刀槍的外交談判便已開始。

究其實，中法的外交會談，在兩國衝突發生之後，就一直沒有停止過，主持這件大事的便是有當今中國第一臣之稱的李鴻章。

李鴻章治理國家的大計簡單地説，對内興辦洋務，徐圖自强，對外息事寧人，以夷制夷。在外交上，凡與洋人衝突，他的主張是能和則和，不能和則盡量減少損失，中國自己無法調停，則請別國洋人出面幫助。

面對着與法國人的糾紛，他採取的亦是這個辦法。先是簽訂條約，希望和平解決衝突。不料法國人並不接受這個條約的約束，蓄意挑起更大的戰爭。李鴻章擔心，戰爭打響之後，中國軍隊喫虧更大。早在第一次鎮南關大戰之前，他便委託中國海關税務司駐倫敦辦事處的英國人金登幹，去巴黎代表清廷與法國政府秘密和談。法國代表態度强硬，爲了贏得談判桌上的更大籌碼，他們發起了這次的再打鎮南關之役。孰料遭到慘敗，法蘭西舉國嘩然，反對黨議員紛紛責難政府，茹費理内閣不能得到議院諒解，引咎辭職。法國代表一改往日的傲慢無理之態，表示願意全數撤退停留在臺灣海峽的艦艇，解除對臺灣的封鎖，用來換取中國的開放海口允許法國商船出入。李鴻章認爲法國能讓到這種地步便是和談的最大成績了，立即命令金登幹在此條約上簽字，並電令中國所有在越南北圻的軍隊立即停戰，限期撤退。張之洞的宏偉構思付之流水，他對李鴻章的怨恨又加深了一層。馮子材、劉永福等

眼看着到手的功勛而不能建立，更是扼腕嘆息，憤憤不已！

自從國門被强行闖開以來，直到清王朝覆滅之前，七十餘年間這惟一一次的對外勝仗便這樣了結了。它本該以輝煌的句號來結束，却以遺憾無窮的省略號而令人長嘆。這真是中華民族訴説不盡的悲哀。

然而，它畢竟是一個勝仗，它使這場戰争的最高主帥張之洞贏得朝廷上下一致讚揚，奠定了他日後縱横政壇的厚實基礎；它也使這位主帥更加堅定開創一番宏圖大業的雄偉信念。同時，它又使得這位名流出身的總督逐漸滋生了捨我其誰天下獨尊的倨傲心態。

張之洞在總督衙門舉辦了一個大型慶功會，除中國官場人員外，還特爲邀請法國之外的所有在穗各國領事以及洋商、教會方面的頭面人物參加。他向這些平日趾高氣揚的洋人繪聲繪色地介紹中國軍隊英勇殺敵的感人場面，着意渲染這次大捷所帶來的重大國際影響，使得這些洋人面對美酒佳肴而坐立不安，一個個争先恐後地端起酒盃，向這個身材矮小、模樣醜陋的制臺大人表示祝賀。辜鴻銘跟在張之洞的身邊大出風頭。他時而用英語、德語，時而用俄語、日語，流利無誤地翻譯着，令慶功會上的所有中外賓客驚訝不止。他們在私下議論：張大人從哪裏請來了一個這樣的翻譯奇才！

慶功會結束的時候，七十歲的兵部尚書彭玉麟來到張之洞的身邊，激動地説：『老弟，我盼望多年的勝仗，終於在你的指揮下打成了，爲我們中國人争了臉面。我今天真是太高興了！』

張之洞開懷大笑：『大司馬，我們再來爲關外大捷痛飲一盃！』

立時便有一個侍者端來兩盃酒，彭玉麟擡起手來輕輕地接住：『我已經喝得太多，不能再喝了，老弟你也不要喝了。酒不能多喝，喝多了頭就會暈暈的，忘乎所以。』

## 第八章　諒山大捷



張之洞聽出了彭玉麟的話中之話，忙説：『大司馬説得好，我們不能讓關外人捷暈了頭。』

『正是這話。』彭玉麟收起笑容肅然説，『關外大捷誠然是一件大喜事，但我今天要特別提醒老弟的是，這場勝仗主要是機緣凑泊，切不可引爲常例。我戎馬一生，深知真正的勝負之别在於實力的較量。若論實力，我們遠遠不是法國人的對手，更不要談美國、英國、德國了。提高實力，這纔能使中國永遠立於不敗之地。』

張之洞點點頭説：『大司馬所言極是。我也想到這一層了。』

『鄭觀應過幾天就要從南洋回來了，你應當召見他。他是一個很有頭腦的人。』

『好！』張之洞立時想起《盛世危言》一書中所説的種種實業救國的舉措來，他也很想見見這位識見遠在常人之上的商人。『關外的戰争結束了，我正要和鄭觀應談談他的救危之策。』

彭玉麟發亮的雙眼緊緊盯着張之洞，語重心長地説：『我已經老了，無所作爲了，這些年來一直是少荃當家。他雖精力旺盛，雄心勃勃，但年過花甲，歲月不饒人。中國的事情，已經責無旁貸地落在老弟你的肩上，你可要十分清楚地看到這一點啊！』

張之洞凝視着白髮蒼蒼的老英雄，重重地點了點頭，好半天，纔從牙縫中擠出一句話來：『中國不會衹有一個李少荃的！』

# 第九章　試辦洋務

## 一　爲籌銀錢，張之洞冒險重開闈賭

鄭觀應從南洋回到廣州的當天下午，張之洞便丟開手頭的要務，在總督衙門單獨接見這位《盛世危言》的作者。鄭觀應雙眼深陷，形容清奇，迥然別於官場上那些腦滿腸肥、大腹便便的庸官俗吏，不能不令張之洞刮目相看。

四十多歲見多識廣的鄭觀應，在這位新近立下大軍功的制臺面前並無半點自卑之感。他侃侃而談自己少年去上海錢莊做學徒，後來又去輪船招商局做事的經歷，當談到他如何擠垮美國旗昌公司的時候，張之洞聽了捧腹大笑，極口誇獎他的膽識和氣魄。從下午到深夜，張之洞從這位涉足洋務十多年的實幹家那裏獲得了許多新的知識。夜已深沈，鄭觀應告辭的時候，張之洞請他考慮振興粵省實業的方案，鄭觀應欣然答應。

三天後，鄭觀應向張之洞提交一份長達十五頁的興粵實業方案，其中包括治水師，設水師學堂，造軍艦，練陸軍，辦軍火廠及煉鐵廠和機器鑄幣廠等。鄭觀應這些建議均合張之洞的心意，他決定全盤採納，逐年實施。

當務之急是要編練一支不同於綠營、團練的新式軍隊。這支軍隊要全部使用西洋武器，並按西洋操演之法予以訓練。張之洞將此事交給熟悉西洋兵法的記名總兵李先義，規定編制二千五百人，期望



它能成爲廣東省的一支百戰百勝的軍隊，故而將它命名爲廣勝軍。

隨後，他在廣州城北石井壙開辦槍彈廠。通過鄭觀應從上海泰來洋行購來一批英國機器。這種機器可造毛瑟、梯尼、士乃得、諸士得四種子彈，每天可生産子彈八千粒。

與此同時，張之洞利用黃埔附近的原博學館舊址，開設水陸師學堂。水師學堂聘請英國教師任教，其中又分輪機製造運用堂和艦船駕駛攻戰堂。陸師學堂聘請德國教師任教，分爲馬步堂、槍砲堂、營造堂。水師陸師學堂的學生規定學期爲三年，畢業後擇優者出國深造，大部分留下作爲水師和陸師的軍事教官。又利用原黃埔船塢，設立造船廠，以便自造小型戰船。

就在張之洞大張旗鼓準備在廣東興辦一番强國實業的時候，一個嚴峻的問題異常突出地擺在他的面前，這便是『經費』二字。練廣勝軍要銀錢，辦學堂要銀錢，造軍艦更要銀錢，一時間各種需要銀錢的稟帖如雪花般地飛到總督衙門，雄心勃發的制臺面對着這些稟帖，愁緒滿懷，一籌莫展。

廣東的藩庫，早在關外大捷之前便已清洗一空，萬不得已纔又向香港匯豐銀行借銀一百萬，到了越南戰爭停火的時候，這筆銀子已用得差不多了。幸虧藩司龔易圖手脚緊一些，使得藩庫還存有十三四萬兩銀子。練軍設廠辦學堂，這幾件事一做，不到三個月，十三四萬銀子便又花光了。當張之洞把黃埔船廠急需二萬銀子購買機件的稟帖交給龔易圖時，龔藩司哭喪着臉對張之洞說：『實在沒銀子了，不要說二萬，此刻就是二千都拿不出。』

『沒銀子怎麽買機件？』張之洞發火了，『這鐵艦也不是爲我張某人造的，誤了事，你龔易圖負得了責任嗎？』

龔易圖這幾個月來，因爲撥款的事常挨張之洞的訓。他發現自從關外那一仗後，張之洞的性格有

了明顯的變化。過去不僅對巡撫兩司這樣的大員客客氣氣，就是對府縣官員也不大發脾氣，現在不同了。他對人說話都帶着命令的口氣，不容你提出不同的看法，甚至連解釋幾句也不耐煩聽，動不動就用『你負得了責任』這樣咄咄逼人的話來壓人。龔易圖聽說左宗棠跟人說話就一向是這種口氣，看來張之洞是在模仿左宗棠。唉，若是這樣，今後得處處小心纔是。

『張大人，』龔易圖用近於低聲下氣的口吻說，『卑職知道造鐵艦是爲了廣東的海防，您爲這些事情操心費力，別人看不到，卑職還看不到嗎？衹是這藩庫確是沒有銀子了，卑職既無點石成金的本事，也不能去强行搜刮百姓啊！』

『誰要你去搜刮百姓了？』張之洞沒好氣地說了一句，便擺了擺手，『你回去吧！』

龔易圖忙起身告辭，直到走出督署大門，纔長長地透了一口氣。

藩庫是沒有多少銀子了，龔易圖並沒有說假話。這些，張之洞心中是有數的。再逼他有什麼用呢？共事一年多了，張之洞已把常與之打交道的這幾個廣東大員摸透了，都不是能吏幹員，更談不上大才，他們衹知道按部就班，照章辦事，沒有人想去出點新主意。若要給他們下一個考語的話，用『平庸』二字最爲貼切。

龔易圖是平庸到了骨髓，再不可救藥了。至於倪文蔚，除平庸外還要加上『老朽不堪』四字。張之洞真想倪文蔚能有自知之明，能自己提出致仕養老；要不，朝廷來一紙命令，調他到別的省去，哪怕是升個總督也罷，到時自己好提名一個能幹的人來接替，大家也好一起共襄大業。可這倪文蔚就是賴在廣州不動，張之洞也奈何他不得。無論是龔易圖，還是倪文蔚，都不能指望他們想出什麼法子來籌集銀錢，這副重擔，衹有自己一人來承擔了。



從哪裏去弄銀子呢？再向匯豐銀行借款是不行了，就是你不怕背重息，但前款未還，又開口，人家也不會借呀！廣東商務發達，從商人那裏去敲點銀子來？但憑什麼叫他們出血呢！弄不好會惹出麻煩來，這條路也不能走。向朝廷開口？練軍設廠辦水陸師學堂，並不是朝廷要你做的事，朝廷又哪會給你撥款呢？儻若引來個『經費支絀，諸務暫停』之類的上諭，反而更不妙！你是執行，還是不執行呢？條條道路都不通，惟一的指望還是靠自己。廣東還有辦法可想嗎？

張之洞身邊最親近的幾個人桑治平、楊銳、辜鴻銘等都知道總督的這個難題，他們也在着急，但也都沒有好辦法。

鄭觀應知道了總督的難處，見衆人都無法爲他分憂，終於忍不住來到督署，找上張之洞。

『張大人，籌款的事，我有個想法。』鄭觀應坐在張之洞的面前，遲疑了一下，說：『我也不知道這個法子可行不可行，我想了好幾天，又想說又怕說。看您好些天了都還沒有好辦法，我衹得横下心來，跟您說說，行不行由您自己拿主意。』

張之洞見鄭觀應這副小心謹慎的模樣，不禁笑了起來，說：『陶齋，你是個走南闖北見過許多世面的人，怎麼也這樣不爽快起來？籌款一事大大爲難了我，我的確還沒有什麼好法子。你有什麼想法你衹管說，能行就行，不能行的我自然不會去做。比如你叫我去打家劫舍，像鼂蓋那樣去取人家梁中書十萬生辰綱，我自然不會幹的。』

鄭觀應也被總督的這句話逗笑了，說：『打劫的事，我當然不會勸您去做。不過，這事，在有些人看來，也是很不光彩體面的，跟取生辰綱也差不了多少。』

『到底是什麼，你就明說，別繞圈子了，說得我心裏癢癢的。』

『好，我就明說吧！』張之洞的這幾句話消除了鄭觀應的心理障礙，他放心大膽說了起來：『大人是北方人，不知南方人愛賭博的特性，尤其是閩粵兩省，不論士農工商、男女老幼個個都嗜賭如命。』

張之洞笑了：『你這話說得也太過分了些吧！』

『不過分。』鄭觀應正正經經地說，『不但好賭，且賭的花樣很多，規模很大。這賭博業就有大量的銀錢在流通。』

一聽到『銀錢』二字，張之洞的興趣立即高漲：『你是廣東人，一定深知其中內情。你倒是要細細說給我聽，讓我也長長見識。』

『我先給大人說說福建的花會。』鄭觀應微微地笑了笑說，『這種花會以三十六個字爲賭。』

『三十六個字！』張之洞插話，『哪三十六個字？』

『沒有固定的，由主花會者選擇，不過都是些常見常用的字，選定後公佈於衆。主花會者，從中挑出一字來，暗地裏寫好，然後用紙包緊密，高高地懸掛在屋樑上。屋裏擺着一張大桌子，桌子上排列着這三十六個字。大家都可以來猜這個字。比如說有人猜，主花會者懸在樑上的字是「鄭」字，於是就在鄭字上押一文錢，也可以押十文八文百文千文，隨你。如果猜中了，主會者則送你三十二倍的錢。若押的一文，則給三十二文。押的千文，則可得三萬二千文。』

張之洞說：『一千文錢變成了三十兩銀子，這不立刻就發了一筆小財？』

『是呀！』鄭觀應說，『故而當地有句流行的話說：一文可充飢，百文可製被，千文可娶妻。如押對了一千文錢，便可以拿贏來的錢討個老婆了。』

張之洞說：『主會者說話算數嗎？如果許多人都押對了，他又付得起嗎？』



『大人問得好。』鄭觀應說，『這主會者必定是有錢人家，要麼有田產，要麼有鋪面，大家信得過，纔會把錢押給他。若是毫無一點家當的人，是不可能做主會者的。這是多年來傳下來的老風俗，若是虧了，主會者賣田賣屋也會要付的。不付會犯衆怒，他也在地方上呆不下去。』

張之洞點點頭，右手習慣性地捋起胸前的長鬍鬚，興致濃厚地聽下去。

『押字的人還可以自己不來，託人辦理，主會者也會僱一批人，稱做走腳。走腳走村串戶，找上門來。你押什麼字押多少錢，走腳給你一張收條，押中了，走腳將錢送上門，從中收取二成的腳費。如此，局面就擴得非常大，甚至閨閣中的女流也可以來押。』

『啊！』張之洞聽來入神了，『福建的女人也有這種興致。』

『女人的興致還大些。』鄭觀應笑了笑說，『大人您想想，這女人平時不出門，外面的事都不知道，日子過得比男人單調枯燥得多。這一押起字來，一顆心就被字給勾住了，日子就過得比平日大不同了。左鄰右舍的女人一見面，談的就是押字，話題就多了；押不押得中不可估計，說起來就更顯得有趣味。於是有的女人就喫齋求卜，有的進寺院燒香拜佛求菩薩保佑，也有的女人真的夜裏就夢到菩薩來告訴她，醒來後趕緊就去押這個字，弄得神魂顛倒，寢食俱廢。您看，這日子過得不就豐富多彩了？』

張之洞笑道：『是不錯，平添了許多內容。』

鄭觀應說：『這不很好嗎，閨閣中最難耐的是寂寞，有這事讓她們去掛心，也就不寂寞了。』

停了一會，鄭觀應又說：『不過，麻煩事也就跟着來了。贏了好，押字換來高興。輸了呢，那就不妙了，丈夫打罵，公婆責備，於是瞞着家人再押，想把本賺回，結果又輸，典當首飾衣物。首飾衣

物當盡，則不顧廉耻了。寡婦因此失節，良婦因此改嫁，傷風敗俗，莫此爲甚。』

張之洞頷首説：『這就是賭博給凡夫俗子帶來的禍害。别的地方衹是男人賭，没想到福建的婦人賭癮也這樣大。』

鄭觀應説：『福建、廣東一帶的婦人大多吃苦耐勞，當家理事的能力往往强過男人，故而她們參與賭博的興趣也不弱於男子。』

『説説廣東吧，廣東人是怎麼個賭法。』張之洞暫且置籌銀於一邊，瞭解民風民俗，對於一個總督來説也是很重要的呀！

『廣東人是拿鄉試中式的姓來打賭，誰猜中誰贏。這叫做賭闈姓。』

『真是豈有此理！』張之洞生起氣來。『鄉試是何等莊重清貴之事，怎麼能跟賭博連在一起！』

『於此便可見廣東人好賭成癖，不管清貴卑污，什麼東西都可以拿來賭，什麼東西都可以賭得有滋有味。我先説幾個小賭給大人聽聽。』鄭觀應端起茶盃，喝了一口，説，『比如有個人有一件很好的衣服要賣，標價三串錢，因爲價太高，没有人來買。於是他拆開來，以一百文錢爲一標，折成三十標，當衆抓鬮，誰抓了這件衣服就歸誰，以一百文錢買三串錢的衣服，太划算了，故人人都樂意來參加。』

張之洞説：『三十人參加，衹有一人得到，没有得到的，那一百文錢不就白丢了？』

鄭觀應説：『没抓到，那一百文錢是白丢了，但損失很小，若抓到了，則收益很大，碰碰運氣嘛，廣東人最是喜歡碰運氣了。一個人的一生説穿了就是碰運氣。小的事碰對了，得小運，大的事碰對了，得大運。一生得了幾個大運，這一生命就好了。連曾文正公都説不信書，信運氣嘛。』





張之洞慢慢捋着黑白相間的長鬚，默不做聲，似有許多感悟一時都向心中湧來。

『民間是這樣，官府也這樣辦。三年前，一個大商人犯了事，他的豪華宅園籍没歸公，作價十萬銀子。没有人買得起，就將它分爲二萬標，一標五兩，結果被城郭一個賣菜的農夫買去了。他拿這個豪宅没有用，於是減去二萬，以四兩一標，再賣，結果被一個秀才買去。那個秀才得了這座宅子，高興得見人就問，你知道我是哪個嗎？』

張之洞奇怪了：『他爲什麼要這樣問？』

『他怕自己是在做夢，要别人證實一下是真的呀！』

『哈哈哈！』張之洞掀開鬍鬚，快樂得大笑起來。

『現在來講這個賭闈姓的事。』鄭觀應見總督大人這樣樂意地聽他講賭博的事，自己的興致也高漲了許多。『闈賭是廣東最大的賭，遍設全省九府四州二廳，没有一處不參與。辦賭的人不是票號老闆，便是本地的大富家，每逢鄉試之年的二月初一日開局，一直到主考進闈之日止。大姓不賭，專賭小姓冷僻姓，辦賭者要把不賭的大姓，如劉、李、張、王、陳等公佈出來，其他未公佈的姓則可賭，以二十姓爲一條。列出若干條來，或十條或十五條。每條都可以押，押金一元、二元直到十元，聽便。然後再以押金多少分爲十類，相同的押金爲一類，一類中又分若干列，一列以千人爲限，滿了一千人後再開一列，故而每一條中列數不等，有的姓押的人多，列數多，有的姓押的人少，則列數少。一元類的一列則爲一千元，二元類的一列則爲二千元。將此分爲兩部分：十成取一歸辦賭的主人，十成取九歸投標者，内中又分頭標、二標、三標。頭標分十成之六，二標分十成之二，三標分十成之一。頭、二、三標這樣分：二十姓中猜中十姓的算頭標，猜中六姓之上的算二標，猜中三姓之上的算

三標。』

張之洞說：『這中間的頭緒還挺複雜的嘛！』

『是很複雜，我祇說了個大概，內裏還有許多細節，我還沒說哩。一元類的頭標是六百元，二標二百元，三標一百元。若是十元類，頭標則是六千元，二標二千元，三標一千元。有幾個人中了頭標，則幾個人平分，比如說，這一千人中有一百人中了頭標，投的都是一元的標，則一百人分六百元，每人分六元，若投的是十元的標，則一人分六十元。因爲參加的人多，所以總數很大，全省大約有二三千萬的投標數。』

『慢點。』張之洞看出這中間的要害來了。他停止捋鬚，打斷鄭觀應的話。『你剛纔說開辦的人抽十成之一，若二千萬的總投標數，他就得到二百萬，若三千萬的總投標數他就得三百萬是嗎？』

『是的。』鄭觀應知道張之洞的心已被開辦者所獲取的暴利打動了。『他這是包贏不輸，而且是淨得，連開支費他都不出，因爲這中間還有一項規定，從剩下的九成再取十分之一來作爲所有的局用及脚費紙張等經費。這筆錢便轉到投標者身上了，開辦人是淨得總數的一成。』

『那不行，官府要抽稅。』張之洞的口氣，聽起來像是三分氣憤七分嫉妒似的。

『這事行了許多年，過去都没有明文抽稅，祇是開辦者背地給各衙門送紅包。紅包有大有小，大的數萬元，小的三五百元不等。自從長毛作亂後，軍餉浩大，藩庫拿不出錢來，巡撫衙門就打起這事的主意了。咸豐三年軍需局成立，便下令要先前辦賭的人出血。辦賭人無法，凑了四十二萬銀子給軍需局。從那以後便成了定例，而且每次都有增加。到了同治二年，增加到一百五十萬兩，抽得辦賭者一個個心疼得不得了。』







『有什麽心疼的？這都是不義之財。辦賭的交出不要心疼，官府抽了也不理虧。』張之洞仿佛一時之間斷然拿定主意似的。『陶齋，你的點子想得好，我也不增加了，就依同治二年的例，一百五十萬銀子。鄉試之年要到明年，祇是我眼下急需銀錢用，等不及，要前年辦賭的那些人馬上凑一百五十萬兩給我應急；不然，明年本督就不准他們辦。』

鄭觀應見張之洞立即就決定下來，而且大開獅子之口，張嘴便是一百五十萬，心裏不免喫了一驚。他既佩服張之洞這種辦事的魄力，又擔心辦賭人反對，因爲十多年前的高額徵稅是要負擔軍餉，現在國內並無戰爭，那些貪財如命的辦賭人會肯出這多血嗎？起身告辭的時候，他特爲叮囑一句：『張大人，這是一件大事，你還得多聽聽別人的看法。特別是廣東省的撫、藩、臬三臺，聽聽他們是怎麽說的。』

張之洞爲此很興奮。他給桑治平、楊銳、辜鴻銘幾個人說了這件事。大家都贊成，尤其楊銳更是拍手叫好，認爲這是取之於民、用之於民的大好事，何樂而不爲？桑治平也覺得事屬可行，祇是不必定一個固定的數目，不如也來個提成，從主辦者的手裏提取四成或五成。張之洞認爲這個建議很好，說：『就定五成吧！官府和辦家對半分。就這樣，他們也賺得太多了。我若不許他們辦，他們一文錢也賺不到。』

張之洞已在心裏將這事定了。過幾天，他把廣東撫、藩、臬三憲請來商量這件事。誰知，他的話纔講完，倪文蔚就連連擺手，龔易圖一臉驚色，沈鎔經面無表情。三大憲的反應，大出張之洞意料之外。

六十五歲鬚髮皆白的倪文蔚急急地說：『張大人，闈賭一事禁止十來年了。那年英翰做粤督時開

禁過一次，結果彈章四起，年底英翰便因此革了職，氣得他一病不起，第二年便含恨去世了。張大人，英制臺是前車之轍，闈賭萬不可再開。』

原來，此賭早已禁止，這一點鄭觀應並未說明，張之洞還不知道。不過英翰革職是在同治十三年，當時正在四川做學政的張之洞知道，他是爲着一樁貪污案被革職的。第二年死時，朝廷又說他與此案無關，還給他一個『果敏』的美謚。

見張之洞撫鬚沈吟，默不做聲，一向會看臉色行事的龔易圖，估計張之洞被巡撫的這幾句話說得打消此念了，便壯着膽子補充：『張大人，卑職知道，您是因爲設廠辦學堂缺銀錢，逼得無法纔這樣做。您這番苦心，卑職明白，別人却不一定明白，還以爲大人您爲謀利而不擇手段。倪大人說得好，闈賭決不能開，因爲這裏面弊病太多，得不償失。』

張之洞目光峻厲地望着龔易圖：『這裏面有哪些弊病，你說說。』

望着張之洞兇兇的眼光，龔易圖生出幾分怯意來。他看了一眼倪文蔚，倪文蔚忙給他打氣：『龔方伯，闈賭弊病，是明擺着的，張大人來廣東不久，不了解內情，你揀幾條重要的，說給他聽聽。』

倪文蔚這種擺老的口氣，幾個月前張之洞還覺察不出，現在聽起來很是不舒服。

龔易圖略爲想了一下說：『這闈賭第一個弊病就是褻瀆了鄉試。鄉試乃朝廷三年一次的掄才大典，入闈者盡皆十年寒窗苦讀的秀才，他們都是功名在身的人，中式者更是將來國家的棟樑之材，怎麼能容忍無知無識的愚民村婦拿他們的姓作爲賭注來戲弄玩耍呢？』

龔易圖的話有道理，做過兩度鄉試主考官的張之洞不能不贊同。

『其次，有押銀元數目巨大的人，爲獲暴利，則拿銀子去收買主考和副主考，請主考、副主考在最後圈點時，照顧他所押的那些姓。這樣一來，鄉試以文錄取便變成以姓錄取了，公正沒有了，王法沒有了，貽害甚大。』



張之洞心裏想：考場舞弊最令人痛恨，如此說來，廣東的舞弊又多了一層，的確有危害。

『第三，鄉試之年，從二月初一日開局，到四月初一放榜，整整兩個月，所有投標之人都爲此事弄得士人無心讀書，農人無心種田，工匠無心做事，商人無心經營。因投標人多，整個廣東士農工商幾乎都停止下來，這對廣東全省有多大影響？』

張之洞心想：影響是有，要說全省士農工商都停業，說得也過分了吧！

『還可以說出好些弊病來，我看這幾條就已足夠厲害了。』

張之洞轉臉問沈鎔經：『你看呢？』

沈鎔經遲疑片刻答：『剛纔倪撫臺和龔藩臺的話都有道理，我看此事朝廷既然早已禁止，自然是弊病太多的緣故，應以不開禁爲好。』

送走廣東三大員後，張之洞對闈賭開禁不開禁猶豫起來了。

倪文蔚、龔易圖的話確是有道理，儻若自己仍在京師做朝官的話，得知這樣的事必定會堅決反對，因爲不需要任何道理，僅將鄉試與賭博連起來就覺得十分倒胃口了。可是現在，有過三四年督撫經歷的張之洞，對於當年那種書生意氣，已不再持全盤肯定的態度。

過去那些京師清流朋友們，自以爲天下事事事關心，但就是不談生財獲利之事，幾乎所有的清流都認爲言利非君子之所爲。今日的張之洞方纔真正明白，天下實事的興辦莫不是建築在財力的基礎上，而其最終目的又莫不落脚在利益二字上。不談財、不言利就不能有芸芸衆生的安居樂業，也不能

有國家的強大興盛。就拿眼下來說，若沒有銀錢，則一切美好的想法都不能付諸實現。

他素來敢作敢爲，並不在乎別人怎麼看待的，往日無權無勢的小京官尚且心高膽大，何況如今八面威風實權在握的南國總督，其他的均可置之一旁不顧，最令他猶豫不定難下決心的是朝廷曾有禁止闈賭明令。不請示，則是有意違抗朝命；請示了，則又明擺着辦不成。辦不成則籌不到銀錢，沒有銀錢則一切新舉措都將半途而廢。

就在張之洞最爲苦惱的時候，省撫臺衙門的巡捕趙茂昌來到總督簽押房。

『香帥。』

趙茂昌親親熱熱地叫了一聲張之洞，這一聲與衆不同的稱呼，讓張之洞的心中油然生出幾分驚喜來。他身爲制軍，可稱作大帥。字香濤，按當時官場的慣例是可以稱爲香帥的。但還從來沒有誰這樣稱呼他，這中間另有一個緣故。總督都可叫大帥，但對於文人出身而從來沒有帶過兵打過仗的總督，人們通常還是不稱他爲帥，人們衹是將幾位立有軍功的總督稱爲某帥，時下最有名的幾大帥就是曾做過兩廣、兩江總督的峴帥劉坤一，現任兩江總督的九帥曾國荃，署理過兩江總督現任兵部尚書的雪帥彭玉麟，以及剛剛去世的前兩廣總督軒帥張樹聲。張之洞雖十分羨慕這種稱呼，但比起劉、曾、彭、張，他自知還比不上。可是，現在就有人這樣叫他了，心裏雖得意，畢竟是第一次，他還覺得不太習慣。

『竹君，你不要這樣叫我，我沒有上過沙場，稱帥總有點名不副實。』

『香帥，稱你爲帥是最名副其實了。』趙茂昌一本正經地說，『上沙場攻城略地，其實是將的事，運籌帷幄決勝千里，纔是帥的事。您選賢任能，制定方略，提供軍需，掌握全局，坐鎮廣州而決勝於



鎮南關外，這纔是真正的大帥，古之張良、謝安，今之曾文正公，都沒有跨馬揮刀，衝鋒陷陣，誰能說他們不是大兵家呢？要我說，九帥、峴帥他們還真的比不上香帥您哩！他們衹是勝了自家人，您是勝了洋人，滅了洋人的威風，長了我們中國人的志氣。您不叫大帥，這天下還有誰可當得上大帥呢？』

趙茂昌的馬屁，拍到點子眼上，張之洞聽着心裏舒服極了。他想想也是：帥和將就是不同，打中國人和打洋人就更不同了，自己還真的是名副其實、最有資格叫大帥的人！

張之洞對眼前這個面龐清秀、身材勻稱的文巡捕頓時生出很大的好感來，以素日少有的慈祥語氣對這個比自己小二十歲的納貲出身的後輩說：『竹君，你剛纔是要對我說什麼話呀！』

『香帥。』見總督如此親切地叫他的表字，趙茂昌知道剛纔這幾句話甚得張之洞的歡心，遂氣勢旺壯地說：『我聽說您這幾天爲闈賭一事在愁悶。』

張之洞想：這事有說能辦的，有說不能辦的，趙茂昌也是個明白曉事的人，何不叫他說說自己的看法呢。於是打斷他的話：『這事能辦不能辦，你不要有顧慮，放開膽子來跟我說說。』

『卑職來廣東四五年，這闈賭之事也聽得多了。說不好的人大多是官府裏的人，說好的大多是百姓。百姓說的是真心話，官府人說的多半是假話。』

『你這話是怎麼說的？』張之洞目光銳利地望着趙茂昌。

『從表面上的大道理來說，將鄉試舉子的姓氏與賭博連在一起的確有辱斯文，一旦有人來攻訐，主政的人總覺得於理有虧，禁止纔是理所當然的。公開場合，他們不得不禁止這種賭博。但是有此賭，於公於私都有好處，故他們骨子裏並不想禁，因而說的都是假的，表裡不一。』

趙茂昌忙起身作揖。不僅因爲督署高過撫署，更因爲張之洞大才高名，敢作敢爲，跟着前途無限的張香帥，要百倍勝過日薄西山的倪撫臺！

『闈賭一事，開禁不開禁，我還要再好好思量思量。』張之洞捋着鬍鬚慢慢地說，『若是開禁的話，我就委託你來辦這件事。你可要像剛纔跟我說的那樣，把這事辦好，辦得無任何把柄給別人拿住！』

『香帥如此信任卑職，卑職一定肝腦塗地，爲大人辦好這事！』

趙茂昌心中頓時驚喜萬分，暗暗地想：儻若闈賭交給我來辦理，衹辦三科，我就要讓三四十萬銀子悄沒聲息地進入趙家賬户！

張之洞打發桑治平、楊鋭、大根等人到廣州城內城外去詢問百姓對闈賭的看法。詢問的結果：大部分讀書人不贊成重開闈賭。除開士人外，絕大部分人都贊成開禁，許多人說十來年沒有辦這事了，一想起來就心癢癢的，若開禁的話，要好好地賭一賭樂一樂。張之洞本人也悄悄地問過廣州府裏幾個知縣，出乎意外，這幾個知縣異口同聲地表示，衹要省裏三大憲爲頭，他們就支持。張之洞心想：過去開賭時，廣州府各個縣的文武衙門可能獲利最多。

官場百姓兩方的查訪結果，大多數人主張對闈賭開禁。經過再三權衡，張之洞決定重開闈賭。當然，他心裏很清楚，儻若朝廷追查起來，所有的責任，都衹有自己一人承擔。爲了籌集銀錢辦大事，他決心豁出去了！

趙茂昌果然會辦事。禁止了十二年的闈賭，在他的操持下辦得比以往任何一科都要大。省府縣各級闈賭主辦者都知道，這次賭局，是制臺張大人在親自坐鎮，是他冒着革職丟官的風險，瞞着朝廷開禁的。而掌舵的，便是總督衙門的趙老爺。是趙老爺磨破嘴皮說服張大人，纔同意開的禁。趙老爺同



時也明白告訴他們：說不定就這一科，儻若被人彈劾，下一科就辦不成了。大家都要珍惜來之不易的這一科，也要體恤張大人的苦心。

# 第九章 試辦洋務

廣東省大大小小的主辦者、千千萬萬的賭徒，都以空前未有的熱情參加這次闈賭，他們的心情比過任何年節都要歡躍興奮，下的賭注也比以往的大得多。本是明年的鄉試，不到三個月，便已聚集了一千二百萬的巨額賭款，而且還在日日增加。主辦者們欣喜無比，自動先拿出八十萬兩作爲稅款上繳總督衙門；當然，趙茂昌沒有忘記自己的賬户。雖說纔衹三十歲，錢莊學徒出身的他在這方面已有豐富的經驗，手腳做得乾淨利索。摸着一天天膨脹的私囊，他心裏美極了。

有了這筆龐大的銀子，張之洞的大事真是好辦多了。廣勝軍的洋式操練更加起勁，中氣十足的口號聲數里外的百姓都聽得見。黃埔船廠開工了，小戰船也造出來了。水陸師學堂也辦起來了，一百多名學子跟着洋教師學英文，學西學，興致勃勃的。軍火廠的機器也已運來，日以繼夜在安裝。鐵廠的廠址也在忙碌選擇之中。

還剩下二十多萬銀子，辜鴻銘向張之洞建議，辦幾個爲百姓謀利益的工廠，如紡紗織布、繅絲等工廠。桑治平則建議創辦一所書院。因爲這銀子畢竟是來自鄉試，且士人反對激烈，用它來辦一所傳經授道的書院，既可以減輕讀書人的憤怒，又於心稍安，萬一朝廷追究下來，也多一層申述的理由。

張之洞採納了桑治平的建議。除桑治平所說的理由外，作爲有十年學政經歷的兩廣總督，他從心底深處更爲喜愛中國固有的學術文化。泰西的學問不能不學，但那衹是爲富庶、致強大，至於世道的整治、人心的化育，還得靠中國的經史詩文，這纔是治根本的大學問。

嶺南屬蠻荒之地，學術向不發達，近幾十年來雖然也辦了一些小書院，但與中原江浙兩湖相比，

還遠爲落後。廣東省的最高學府，至今還是乾隆年間由阮元所創辦的學海堂，然則它早已陳舊落伍了，再辦一所，無論規模還是地位都要超過學海堂。新建的軍隊既然命名爲廣勝軍，那麼新建的書院就叫它廣雅書院吧。勝，是軍人追求的目標；雅，則是士人必須達到的風致。一勝一雅，堪稱文武合璧。

有了錢，書院的地皮房屋設施都好辦，教師也不難聘請，最難的是請一位主持教務的人。最佳者爲道德文章名世的宿學，其次爲兩榜出身的顯宦。然而目前的廣東，這兩方面的人物一時都找不到，張之洞爲此頗爲費神。

這一天，他收到姐夫鹿傳霖的一封家信。鹿傳霖爲官處世一向穩健，官運也因而亨通。早在張之洞還祇是一個小京官時，他便做了福建按察使，不久又調四川布政使。這個時候，姐夫比起小舅子來，要神氣許多。孰料，張之洞突然間時來運轉吉星高照，短短的幾個月，便由從四品升爲從二品，又外放山西巡撫。小舅子反倒超過姐夫了。到了光緒九年，鹿傳霖升爲河南巡撫，兩人拉平。第二年張之洞升粵督，又後來居上。郎舅併世爲督撫，也算是當時官場的佳話。然而，鹿、張深知宦海三昧，爲不授人口實，有意避嫌，凡自己所任職省份的政務，儘量不牽扯，暗地裏却常有書信往來，互相幫襯。

前些年，鹿傳霖從河南改調陝西，這封書信便是從西安撫署裏發來的。除了幾句家事外，大段大段説的都是國事。鹿傳霖告訴内弟，他和張之萬都因鎮南關大捷一事增光不少，所有的親戚都因此而自豪。又説，放眼今日海内，李鴻章一誤再誤，威望日減，曾國荃、劉坤一日漸衰邁，後起之秀就是賢弟，過不了幾年，就會超過曾、劉，直逼李相。姐夫如此頌揚的語句，過去信中還從來没有。張之洞看了心裏很舒暢。接着，鹿傳霖就議論起李鴻章來。説李鴻章最近在京中做了一件蠢事，弄得很不得人心。事情是這樣的，翰林院編修梁鼎芬上疏朝廷：宜乘鎮南關大捷的兵威，一舉收復太原、河内，將越南北圻從法國人手裏全部奪回來。李鴻章却藉此來與法國和談，實在是誤國媚外。李鴻章這些年來與法國人偷偷摸摸多方接觸，或許私自接受了法人的饋贈，以犧牲國家利益來換取法人的歡心。李鴻章秉政多年，貪權戀棧，不修私德，世間多有議論，請朝廷嚴查以息人言。李鴻章得知後勃然大怒，給太后皇上上摺，説梁鼎芬惡意中傷大臣，干擾國家大事，可惡至極，請嚴懲不貸。太后批示交部嚴議，結果梁鼎芬被降三級使用。京師官場士林議論紛紛，都説李鴻章以宰相之尊與一個小小的編修嘔氣，太失身份。信中最後説，梁鼎芬近日已回廣東番禺原籍守制，如此有風骨的人，可予以延見嘉獎。

番禺在廣州城外三四十里地，張之洞没想到就在身旁便有一位敢於和李鴻章作對的人物。他是翰林院的編修，又有如此見識和風骨，現既守制在家，不如就請他做廣雅書院的山長！他立即修書一封，打發人急送往番禺，請梁鼎芬即來廣州一見。

梁鼎芬很快就來了。原來竟是一個瘦瘦的二十六七歲的年輕人。因爲丁憂期間，身穿一件玄色長袍，紐扣邊吊着一束白麻。待梁鼎芬坐下後，張之洞和氣地説：『聽説足下因上疏言中法戰爭事，得罪了李中堂？』

『李鴻章這人，就是今日的秦檜！』梁鼎芬直呼李鴻章的名字，又將他稱之爲秦檜，既令張之洞驚訝也使他甚覺快意。

『大人您苦心經營，馮老將軍冒死奮戰，三萬將士流血犧牲，得來的輝煌戰果就讓他輕飄飄地換了

一張和約，真是氣死人，恨死人。他不是秦檜是什麼？懷疑他私下收了法國人銀子的，不祇我梁鼎芬一個人，京師持這種看法的人多着哩！』

『足下因得罪了李中堂而降職，不後悔嗎？』

『不後悔。』梁鼎芬毫不猶豫地説，『莫説祇是降了三級，就是革職坐牢，我也不後悔。李鴻章報復我一個年輕的編修，是他丟了面子，反倒成全了我的名聲。現在京師提起梁鼎芬，哪一個人不知道？我還要感謝他哩。』

説罷，不由得笑了起來。

好！廣雅書院的山長就是他了！剛見梁鼎芬，張之洞的心中尚有一絲疑慮：年紀輕輕，又祇是一個編修，能孚衆望嗎？能壓得住那些心高氣傲的學子嗎？聽了梁鼎芬的這幾句話，觀其氣概，張之洞很快打消剛纔的疑慮，斷然決定此事。他相信梁鼎芬有能力掌管一個書院。他敢鬥李鴻章的骨氣，他在京師士人中贏得的聲望，就足以使粵省士子對他服氣。更重要的是，張之洞要重用梁鼎芬，來跟權勢煊赫的李鴻章唱一出對臺戲。

正當張之洞幾個月來一直在廣州城裏隨心辦事、恣意用人的時候，一場麻煩事很快便降臨到他的頭上。

## 二　朝中有人好做官！張之洞派楊鋭進京入朝

一天下午，楊鋭拿着一張邸報走進張之洞的簽押房：『香師，有人在説開禁闈賭的壞話了。』

張之洞正在批閲公牘，他放下手中的筆，並不太在意地問：『説什麼壞話？』





『有人上摺給太后、皇上。』楊鋭將邸報遞了過來。『邸報將這個摺子給登出來了。』

『喔，上摺子啦？』張之洞的神態顯然比剛纔在意多了。『給我看看。』

張之洞拿來邸報，認真地看了起來。這是一個名叫高鴻漸的御史上的摺子。摺子上説，近聞廣東開放闈賭之禁，無識粵民踴躍參與，姦商從中操持，牟取暴利，影響所及，遍於士農工商。朝廷鑒於闈賭之害，早在同治初年便已禁止。現有人無視朝命，竟聯絡鼓譟，死灰復燃。請朝廷嚴飭廣東巡撫應予制止，爲首者應嚴加懲處。

張之洞輕輕一笑：『高鴻漸是誰，我不認識。他大概還不太知悉内情，話也説得温和，暫且不管。你給我注意近日邸報，説不定還有厲害的攻訐出來。』

果然不出所料。以後的幾天裏，楊鋭幾乎每天都在邸報上看到有言及廣東闈賭的文章。這天的邸報竟然並列登出兩篇措辭尖刻的奏章，都點了張之洞的名，也都説這事是張之洞一手操辦的。建議朝廷立即將張之洞革職嚴辦，刹住這股歪風，以維護朝廷掄才大典之尊嚴，而杜絶姦人貪婪無耻之妄念。

張之洞看那上摺的人，一個是詹事府的右庶子莫吉文。此人張之洞很熟悉。他是張之洞的同年，先前兩人相處很好。在張之洞做洗馬時，他已是侍讀，莫吉文爲張之洞多年學政還屈居下僚而不平。後來張之洞晉升從二品，反而對張不滿起來，説他是靠堂兄的力量走醇王府的門子而夤緣高升的，從此對張之洞視若路人。張之洞到太原後，從張佩綸的來信中知莫吉文投到李鴻章的門下，這兩年遷升很快。張之洞從莫吉文的參摺中看出了背景：這無疑是李鴻章在作祟，以報遠仇而泄近憤。另一個上摺的是都察院的易果信。此人是誰，張之洞想了許久想不起來，看來是自己離京後這幾年新上來的

人。易果信給闈賭列了四大害處：科場舞弊、商賈受累、姦民縱恣、賭匪橫行。

『這些人很可鄙，也不到廣東來實地查訪一下就上這樣的摺子，成事不足，敗事有餘。』楊銳氣憤憤地說。

張之洞想，若自己還在京師做言官的話，說不定聽到這事也會上摺糾彈，便笑了笑說：『從奏摺上的文字來看，上摺的人也無大錯，風聞具奏，原是言官的職分所在，也無須到廣東來查訪。』

張之洞端起茶盃，沈吟起來。

『要害在哪裏呢？』楊銳給老師添上水後，輕聲問。

『要害在奏摺之外。』張之洞指了指『莫吉文』三字，『此人是李少荃的人。』

『要害是李鴻章在爲難您？』楊銳似乎明白過來。『這個易果信也是他的人嗎？』

『此人我不清楚。』張之洞喝了一口茶，不再做聲了。

『這個姓易的不知有沒有背景。』楊銳像自言自語似的。

『叔嶠，你去給我準備幾樣東西。』張之洞望着身爲督署內文案的昔日學生，邊想邊說，『一個是一份稟文，把不得已而開禁闈賭的前前後後寫清楚，措辭要委婉而明晰。一個是一份清單，詳詳細細、清清楚楚地將闈賭所收上的銀錢，和這些銀錢的各項去路都寫上。』

『是。』楊銳已明白了老師的用意。『學生這就去安排各位文案趕緊弄出來。』

『還有一樣。』張之洞慢慢撫摸着鬍鬚。『打發一個人立即到澳門去，將這些年來去澳門辦闈賭所上繳的稅款弄清楚。洋人辦事嚴謹，澳門稅務局一定有這種存單，將有關此事的所有存單都録一份來。』

『學生安排一個能辦事的人去。』

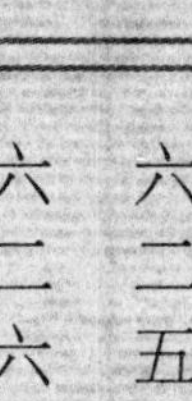

『辦一個公函，蓋上總督衙門的印信，否則，澳門稅務局不會讓你查的。』

『學生明白。』

楊銳出門後，張之洞將邸報上所登的這幾道參摺又細細地看過一遍，腦子裏想了很多。

開禁闈賭，會有人說閒話，有人攻訐，甚至會有人上彈章，這些，張之洞在開禁之先都想到了，也作過充分的準備。但由邸報這樣刊載出來，並接連幾天不斷，調門越來越高，而且由李鴻章在後面作主使，這些，張之洞事先還估計不足。應該採取哪些對策呢？這到底意味着什麼呢？事情會如何發展呢？張之洞深深地思考着這些問題。

事情的背景和趨勢一時難以看清，想好了幾條應對措施後，張之洞橫下一條心：一是不怕。既然敢於這樣做，就敢於承擔由此而起的責任。二是不管誰在背後操縱，也要跟他周旋到底，爲國家辦事的公心一定要剖白於天下。

過了幾天，楊銳把應做的幾件事都做好了。張之洞仔細審閱後，對他說：『你安排人每樣謄寫四份，明天就帶上這些東西進京。』

『到京師去？』楊銳頗爲意外。

『你到京師去，主要做三件事。』張之洞緩緩地交代，『一是將這幾件文字送一份給我的堂兄張之萬中堂，讓他先看一看。問他要不要再送一份給閻敬銘中堂，如果他說可以的話，由你去送，當着閻中堂的面還可以多說些話。你再問張中堂，應不應該送一份給醇王。若應該送的話，你就再給張中堂一份，由他去呈遞。你在京中就住到我原來的院子裏，這兩年仁權一家住在那裏。』

張之洞的長子仁權，現正在國子監讀書，五年前楊銳爲東鄉事住京師時，曾與他見過面，年紀相

差不多，也還談得來。能與仁權住在一起談古論今，當然是一件很惬意的事。祇是他已娶妻生子，他的妻子對一個陌生的客人能歡迎嗎？

『大公子一家人多，我住在那兒方便嗎？』

『你祇短期在京師住一住，頂多一兩個月，有什麼不方便！』張之洞放下茶盃，慢慢地說，『我這兒還有一封家信，兩支給厚琨的小毛筆，你一起交給他。』

厚琨是張之洞的長孫，是他去山西那年出生的，已經四歲多了。

『你此番去京師，除送去這幾個文件外，還得替我探聽一下京師各方面對兩廣，特別是對闈賭的議論。我給張中堂的信裏也說到了，有關這些事情，他會主動告訴你的。』

楊銳點了點頭，把這些交代都牢記在心裏。

『明天晚上，我安排一隻小火輪專門送你出廣州，一直送到廈門。你到廈門後再換上去天津的海輪，由天津進京師，大約十天可到。住京師期間，若有緊急事，仁權會告訴你怎樣用電報與我聯繫。』

張之洞的這種安排，使楊銳頓感此行的異常重要和肩上擔子的分外沉甸。

仲夏時節的一天傍晚，楊銳風塵僕僕地來到北京城，當他摸黑出現在徐綢衚衕張宅時，開門的張家大公子仁權興奮地抱住他說：『我這兩天，天天在盼望，你終於到了！』

『你知道我要來？』楊銳頗爲驚喜地問。

『早幾天閻中堂打發人來告訴我，家父給户部電報房來了電報，說你十五日前後會到京城並住在我這裏。』

# 第九章 試辦洋務



原來户部已設立了電報房！楊銳心裏一邊想，一邊跟着張仁權進了客廳。

『你這一路上辛苦了，還没喫晚飯吧，我給你去安排。』

『別，別，我已經喫過了。』楊銳忙攔住仁權。『你先看信吧！』

楊銳忙從包袱裏拿出張之洞的家信來，連同兩支小毛筆一起交給仁權。仁權接着毛筆，說：『厚琨下個月，就用爺爺送的毛筆來開筆吧！』

楊銳笑着說：『你比我小三歲，兒子就有四歲了，我去年纔成的家，抱兒子還不知要等哪一天哩！』

『不用急。』仁權笑嘻嘻地說，『明年，你夫人一定會給你生一個大胖兒子！』

仁權雖是大家公子，或許是自小喪母的緣故，並没有嬌生慣養的紈袴習氣，對人一向以禮相待，因楊銳是父親的得意弟子，故對他又較別人更爲親切。這句話說得好，楊銳高興得大笑起來。

仁權看完信後，兩個青年學子又就闈賭談到越南戰事，談到兩廣的風土人情，興致濃烈地談了大半夜。看看將近三更了，仁權說：『明天，你先休息一天，我也做點準備。後天，我陪你一起去看伯父，我也有兩三個月未去了，不知他老人家身體如何。』

仁權願意陪着一起去張之萬家，這真是太好不過的事了。這一路上海船奔波，也的確是疲乏困倦，明天是得休整下。楊銳謝過仁權的好意，在先前住過的客房裏，很快便進入自離廣州來的第一個安穩夢鄉。

第三天在仁權的陪同下，楊銳拜訪了張之萬，將張之洞的信及在廣州所準備的文件交給了這位年邁的協辦大學士軍機大臣，又詳詳細細地將張之洞不得不開闈賭的苦衷敘說了一遍。

張之萬說話不多，當楊銳問要不要給醇王呈遞一份文件時，他想了想說：『留下一份吧！』

從張之萬家裏出來後，仁權又陪着楊銳去拜訪閻敬銘。閻敬銘認真地聽完楊銳的禀報後，對仁權說：『你父親有胡文忠公的辦事氣魄，胡文忠公九泉有知，當爲後繼有人而欣慰。你可以告訴你父親，我會盡力想辦法的。』

仁權連連致謝。

楊銳在仁權家住了下來。他要等待張之萬帶給他關於此事的答覆。他還要利用這段時間四處拜訪同鄉和熟人，盡可能地多瞭解一些國事動態。而在杏花衚衕的張之萬家，七十多歲的老軍機這幾天一直在爲堂弟惹出來的亂子思量着善後之策。

高鴻漸是李鴻章的代言人，張之洞信上說的不錯。易果信這個人，經過打聽，也已經弄清楚了，他原來是翁同龢的學生，如此看來，翁同龢也是反對闈賭這件事的。

李鴻章與清流有宿怨，這是天下共知的事實。他示意別人攻訐張之洞，也是意料之中的事。而翁同龢也來反對張之洞，這却在意料之外，而這個翁同龢，又的的確確是不可得罪的人。想到這一層，白髮蒼蒼的老哥真的爲堂弟捏出一把汗來。

翁同龢是朝中一位非同尋常的大人物。他的不尋常，首先是他有顯赫的家世。

翁同龢的父親翁心存道光二年通籍，先後做過鄉試主考和學政。後入值上書房做過咸豐皇帝和恭王、惇王等人的師傅，歷任工部、户部尚書，拜體仁閣大學士，晚年又授讀同治皇帝。帝師宰相，這是普天之下讀書人的最高追求，翁心存都做過，可謂榮耀至極。翁同龢的長兄翁同書，官至安徽巡撫，因省垣失守而削職。次兄翁同爵，也曾做過督撫。更有趣的是，就在翁同書削職不久，其子翁曾源又高中同治癸亥科狀元，這一科的探花正是張之洞。翁同龢的不尋常，更在於他自己的非同凡響的



仕宦經歷。翁同龢二十七歲時中了咸豐丙辰科的狀元，一直在京爲官，先後任過翰林院侍講、國子監祭酒、内閣學士、户部侍郎、刑部和工部尚書。光緒八年進軍機。光緒十年，隨同奕訢倒臺而退出軍機處。從同治六年起，翁同龢便充當同治帝的授讀。一直到同治帝親政時爲止。因授讀有功，被賞賜頭品頂戴。光緒帝登基時，慈禧又命他進毓慶宫授讀光緒帝。十年來，翁同龢與光緒帝結下親密的情誼，朝野上下都說翁同龢與皇上，名爲君臣，情同父子。故去年他雖從軍機處退出，依然在毓慶宫行走。慈禧也很信任他，清朝文武都看重翁同龢與皇上的這份情誼。一旦皇上親政，他的地位就不是任何人可比得上的。

這樣一個重要的人物，誰能忽視得了！

然則，翁同龢爲什麼對張之洞如此反感呢？二十多年前張之洞與翁曾源同登鼎甲，因爲有這層緣分，二人關係一向很好。翁同書關押詔獄時，張之洞曾兩次入獄探視，翁同龢因此頗爲感激。後來翁同書被判戍邊，翁曾源陪同父親出京，張之洞還爲此置酒餞行，又寫了一首古風相贈，詩中亟力稱讚翁氏一門的學問孝悌。

什麼事得罪了這位當今的狀元帝師呢？張之萬在書房裏來回踱步，深深地思考着：是因爲重開闈賭，既傷斯文體面又開世人趨利謀財的僥倖之門，出身清華的翁同龢不能容忍這種出格逾矩之事？京師中出身清華的人數以千百計，別人爲什麼不這樣看呢？事急從權，本是昔賢名訓，何況張之洞新近爲國家建立了大功勛，難道不可以給他多一點權限嗎？或許，翁同龢此舉另有原因。

猛然間，他明白了這中間的緣故：去年翁退出軍機之日，正是我進軍機之時，雖然罷免恭王軍機處是太后的主意，但一進一出，難免不會引起翁的嫉恨。何況没有幾天，張之洞便放兩廣之缺，翁一

定會以爲這是我在中間做了手脚，恨意便更深了。如此看來，翁同龢指使門生攻訐張之洞，其本意還在爲難新班軍機處，斥弟的目的在於劾兄！

張之萬悟出這層緣故後，更覺爲張之洞化解此事度過難關，是自己不容推卸的本分事。

他想，化解此事，惟一的途徑便是聯合閻敬銘一道，説服醇王，由醇王出面跟太后説情。祇要太后諒解了，滿天陰霾便可化爲晴空萬里！

張之萬想到這裏，提起筆來給閻敬銘寫了一封信，請閻設法爲堂弟彌縫此事，過幾天再一道見醇王。他將這封信密封好，派家人送到閻府。

住在頭條胡同一座簡樸小院裏的閻敬銘，這兩天也爲兩廣的事在思量。這位當年湘軍中的第一理財好手、現官居協辦大學士戶部尚書兼軍機大臣的三朝元老，並不因身份的貴重而沾染官場的虛文陋習。十多年的軍旅生涯，讓他悟出打仗其實打的就是糧餉的大道理：糧餉足，仗就打得贏；糧餉不足，一切籌謀都成畫餅。湘軍之所以超過當時所有的團練綠營而成大事，最後的落脚點便在於尋到了一條行之有效的籌糧籌餉的路數。他任職期間，凡可籌糧籌餉的事他都做，祇求目標，不計手段。即使引起府縣不滿，百姓怨恨，他也在所不惜。最後，他以保障各路供應換取前敵戰場上的成功，贏得能員幹吏的美譽，一切騰怨便自動熄滅了。他由此領悟自古以來常説的『積貧積弱』四字的深刻內涵：弱乃因貧而起，人貧則人弱，家貧則家弱，國貧則國弱，要想强則先要富。富强富强，富裕之後纔能强大。正因爲此，他深爲讚賞張之洞從理財着手振興兩廣的施政方略，至於開放闈賭，儘管會招人指摘，但爲了强粵大計，也是可以採取的。他相信他可以憑此説服皇太后。作爲一個精明的官員，閻敬銘看出此事的最大難處，在於朝廷過去曾禁止過闈賭，又有英翰開禁而被撤職的前例。這是攻訐







者所能持的最有力的尚方寶劍。倘若沒有這些，那就一切都好辦多了。張之萬的信提醒了閻敬銘，張之洞實際上已經與新軍機坐在一條船上了。『同舟共濟』，纔是新軍機處所應當採取的措施。閻敬銘進一步意識到此事與自己的關係所在。然而，那道橫在化解此事道路上的巨大障礙，要如何繞過去呢？他決定從國史館調來英翰的檔案詳加研究。

世上的事情，耳聽傳聞與扎實詳究，這二者所得的結果是大不相同的。英翰因開禁闈賭而革職的事便又是一個例證。詳查英翰的舊檔後，閻敬銘不僅弄清了英翰削職的經過，也弄清了廣東闈賭一事的來龍去脈。

原來，粵省的闈姓之賭，朝廷並無禁止的明文，可以查到的禁賭依據，是咸豐十一年時任兩廣總督勞崇光關於闈賭的一道奏疏上的硃批：『粵省闈姓作賭，擾亂民間秩序，助長僥倖求利之風，應予禁止。』這道硃批的時間是咸豐十一年八月初九日。

閻敬銘看到這個日子，心頭猛然一陣難受，因爲正是這一天，他在武昌城裏接到咸豐帝賓天的凶問。八月初九日的這道硃批，顯然不是咸豐皇帝寫的。二十多年後的今天，當年熱河行宮那場驚心動魄的爭鬥早已成公開的秘密，閻敬銘心裏明白，這道硃批既不是六歲小皇帝所寫，也不是東西兩宮太后所擬，而是那時正執掌朝廷最高主權、氣勢熏天的肅順的命令。理清了這層關係後，閻敬銘心中的這塊石頭算是落下了八成。

肅順禁闈賭的命令其實祇在勞崇光任粵督時，認真執行過。勞崇光調走後，此風又復起。用粵省百姓的土話來説，朝廷對闈賭是開一隻眼閉一隻眼，英翰的革職其實並不因爲開禁，而是那一年出了場大風波。

# 第九章　試辦洋務

花縣一個姓陳的闈賭主辦者在開局的前夕拐挾賭民五百萬銀子，逃到國外去了。四處找不到他的蹤跡後，賭民決定變賣他的房産田地賠償。結果發現他的良田美宅早已賣給别人，剩下的財産全部加起來不及三十萬兩。賭民們氣憤不過，對姓陳的行事查了個究竟。查出他與官府關係密切，懷疑他私下送給總督銀子不下百萬兩，於是幾個家中損失巨大的粤籍京官聯名上奏彈劾英翰，罪名是私開闈賭，接受賄賂，包庇縱容姦人拐逃巨款。賭民也恨死了英翰。有的甚至投匿名帖到督署，聲稱要殺掉他來出氣。英翰嚇得不敢輕易外出。他自己上疏朝廷，説闈賭一事他禁止不力，以致釀出如此大事，請求朝廷給予處分，調離兩廣。

朝廷見事情鬧得這樣大，衹得派出兩員大吏來廣州調查。不知是欽差受了賄，還是英翰手脚做得乾淨，總之，查來查去，也没查出英翰私受巨賄的真憑實據來。最後兩位欽差向朝廷具摺，建議禁止闈賭和將英翰免職調離。朝廷同意了這個建議。英翰便因此丢了粤督而回到北京，但不到三個月，他又謀到一個烏魯木齊都統的美職，走馬西北上任去了。兩年後死在任上，飾終隆重，御祭文滿篇稱讚，無半句提到闈賭一案。

弄清楚英翰的這段履歷後，閻敬銘心裏更踏實了。

這天上午，張之萬邀了閻敬銘一同來到太平湖醇王府。

## 三　以三十萬兩銀子上繳海軍衙門爲條件，換取闈賭的合法進行

『什麽好風，兩位老中堂聯袂而來，難得難得！』四十五歲的醇王滿面笑容地將張、閻讓進王府精緻的内客廳，立時便有小太監端來香茶、菓品。醇王才具不及恭王，對待下屬却比恭王要和氣得多，





醇王府也不像恭王府那樣奢豪森然。這是醇王高過恭王之處，也因此在京師贏得不少好口碑。

『有好些天没見到王爺了，心裏惦記着，今天天氣好，我約了丹老一起來看望王爺。』張之萬兩眼含笑地望着醇王説。醇王年紀雖不大，但一向身體單薄瘦弱，臉色常是灰灰白白的，然今天却容光焕發。他頗爲奇怪，嘴裏頌揚：『幾天不見，王爺氣色這樣好，老臣心裏高興極了。』

閻敬銘也看出了這一點，忙説：『王爺精神旺盛，是天下臣民之福。』

『是嗎？』醇王摸了摸自己的臉頰説，『我也覺得這些日子身體是健旺些，喫飯睡覺比過去都要香甜。』

張之萬因爲在醇王小時便教過他的詩文，彼此關係較爲親切隨便，爲把今日的氣氛營造得更熱絡些，便開着玩笑説：『想必王府來了高人給王爺開了好秘方，王爺拿出來給我們瞧瞧，也讓我們這兩個老傢伙回去喫幾劑，調調神，多活幾年！』

説罷哈哈大笑。

『張中堂取笑了。』醇王笑着説，『哪有什麽秘方，真要有的話，一定會公之於衆，讓諸位同享。衹是二位今天來得正好，有一件大事，我還没有跟禮王他們説，先聽聽兩位老中堂的意見。』

『什麽事？』閻敬銘肅然直起腰杆，全部注意力立即集中起來。

『請王爺説説。』張之萬也放下手中的托盞。

『前幾天，太后召見我，跟我説起辦海軍衙門的事。』

『辦海軍衙門？』兩位軍機大臣幾乎異口同聲地反問了一句。

『是的。』醇王繼續説，『海軍衙門，這四個字是太后親口説的，我當時也没想到太后會有這個想

法。』

『這是一件好事。』閻敬銘立即予以肯定。

『太后具體怎麽説的？』張之萬暫時壓下堂弟的事情。跟辦海軍衙門比起來，廣東的闈賭當然是小事一樁。

『太后説，李鴻章跟她講，馬尾江戰役把福建海軍的弱點都暴露出來了。當初左帥創辦馬尾船政局，原是想利用該局造艦辦學，培育人才，爲大清的海軍打下一個基礎，不想辛辛苦苦辦了二十年，耗資幾千萬銀兩，瞬息之間便被法國人毁掉了。檢討福建海軍的這個結局，一是因爲艦艇太差，被法軍擊毁的十一艘艦艇，一半是我國自己製造的，一半是從西洋買來現成的。自己造的艦小、砲力弱，遠不是法國人的對手。不是他們不知道自己的艦艇不行，也不是他們不知道洋人有好艦，他們是没有更多的銀子去購買。二是監督不嚴格，人才缺乏。張佩綸、何如璋固然不懂海戰，其實他們更是命不好，倒楣而已。歷届船政大臣都和他們一個樣，發生在誰身上，結局都是一樣的。針對這兩個方面，李少荃向太后提議，由朝廷來辦海軍，設一個海軍衙門，專門辦這件事，集中全國的銀兩來買艦艇，就可以購買最好最新的洋艦，由朝廷出面聘請最能幹的洋員來經辦。如此，我們大清也可以建立起一支世界上最强的海軍來。』

『這個提議不錯。』張之萬輕輕地點了點頭，心裏想着：李鴻章這人就是乖覺，心計多，馬尾江的敗仗，普天下的人都知道，將近一年來，罵張佩綸的話洋洋盈耳，彈劾的奏章也積案盈箱，就没有哪個記得張佩綸曾經有過建水師衙門的摺子，這海軍衙門不就是水師衙門嗎？還是李鴻章這人聰明！

『但是，太后没有同意，説由朝廷出面辦一個海軍衙門好是好，但説到底還是要銀子呀，朝廷一時



哪裏拿得出這多銀子來買砲船呀。』

『太后考慮的有道理。』身爲户部尚書的閻敬銘深知國庫的空虚，他皺着眉頭説，『自從長毛作亂之後，朝廷是一空如洗，至今元氣還没恢復過來，哪裏拿得出大筆銀子來呢！』

張之洞的事情，歸根到底還不是因爲銀子短缺的緣故嗎？正是一碼事呀！張之萬趕緊補充：『丹老説得很對，國家當今第一大難題便是缺銀錢。太后當一國的家，爲一國的銀錢憂慮，督撫當一地一省的家，則爲一地一省的銀錢憂慮。』

説罷望了一眼閻敬銘，閻敬銘懂得他目光中的意思，説：『太后有太后的難處，督撫有督撫的難處，越想辦大事，困難就越大。』

醇王則不明白兩個軍機的話中之話，依然沿着自己的思路説下去。

『銀錢艱難這點我也清楚，別的不説，就説爲太后造園子的事吧，進展不快，也就是銀子跟不上來。皇帝都眼看要親政了，太后還没有一處地方頤養，我能不着急嗎？』説話間醇王特地看了閻敬銘一眼。

醇王所説的造園子的事，内中也的確有些曲折。

光緒六年，醇王親自爲慈禧踏勘清漪園舊址，將修復清漪園的計劃定了下來。但管事的恭王仍像同治年間一樣，以帑藏緊缺爲由將計劃擱置一旁不理睬，慈禧心中大爲不快。甲申年撤换恭王全班軍機，近因是越戰失敗，遠因則是這樁事。

新軍機上任後不久，醇王便舊事重提，没有恭王這個障礙，事情好辦多了。但那時越南的戰爭正打得緊，大興園工，無論從氣氛上説，還是從經費上來説都不是時候，於是醇王便先以修理三海來暫

時討得慈禧的歡心。三海即北海、中海和南海，本是皇家的行宮，它挨着紫禁城，出入方便。

夏日三海水波蕩漾楊柳成蔭，較之宮禁來説，自然涼爽清幽，故帝王后妃們夏天常來三海遊憩。自元代定都北京來，三海便不斷拓建。到了清代，三海是宮殿成群樓閣相望。康熙、雍正、乾隆幾代皇帝，不僅將此當作遊樂之地，而且在此宴請王公大臣，並在勤政殿等宮殿裏召見官員，處理國事，接見進京朝覲的外藩國使臣，歡迎得勝回朝的出征將士。三海裏的水時常疏浚，保持一年四季的清亮潔淨，又特爲種了不少蓮藕。每到三夏時節，一眼望去，三海之上碧葉田田，蓮花盛開，真正是『映日荷花別樣紅』，那景況的確是清雅至極！

可慈禧却還嫌它不够氣派，不够豪華，於是醇王下令，將三海所有亭閣樓台重新漆過一遍，又特爲將連接北海和中海的宏偉大橋——金鰲玉蝀橋加以包裝，將數以萬計的黃金、白銀熔成水液塗飾其上。三海氣象果然一新，慈禧心中自然歡喜。

光緒八年初閻敬銘出掌户部後，開源節流，精打細算，到了年終報賬，他又將閒款與正款一齊上報，比前任多出三四百萬兩銀子。慈禧對閻敬銘的能幹甚爲稱讚。晉協揆，入軍機，便是對他的奬賞。這兩年修三海，用的就是閻敬銘上報的閒款。

户部的閒款大致包括抄查犯罪官員的家産等各種罰款，以及變賣之款等等。歷任户部尚書都不將這筆閒款上報，一來怕來年正款有虧，好以此補缺，二來户部留下這筆銀子也好自己辦些事情：或是上下官員們沾潤沾潤，或是年節之時用來向王公貴戚們送禮，還有各省撫藩們到京城來辦事，送來百兩銀子的禮物，尚書侍郎們收下後，也得回送十兩八兩的。所有這些，都要有一筆銀子擺在這裏纔好辦呀！





閻敬銘不需要這種小金庫，他統統上報。後來得知這些銀子全部用在三海上去了，他又有點心疼。

光緒十年底，正款、閒款加在一起，比上年多出五百萬，慈禧看到户部這份結算單後，高興地對醇王説：『閻敬銘真是一個理財能手，每年都能多出幾百萬兩來，比翁同龢要能幹多了。今年居然增加了五百萬，明年要再增加五百萬就是一千萬。你前些年説的修復清漪園子的事，我看可以動手，有這一千萬兩銀子，大概也差不多了。』

醇王本擬將這五百萬銀子做點别的事，聽慈禧這一説，主意就改變了。他想：三海畢竟近在咫尺，還是要將清漪園修好，讓她搬得遠遠的，彼此都可省心。

『清漪園的事臣已籌劃好些年了，現在，馮子材在越南打了勝仗，閻敬銘又在户部籌集了款子，這都是託太后的洪福。明年春上就動手，兩到三年工夫也就修好了。』

醇王把這事跟閻敬銘一説，閻敬銘的臉就沈下來了，説了許多不能挪作園工的道理，特别强調萬一又打起仗來，這筆銀子還得用作軍餉。醇王好説歹説，纔勉强地説動這個倔犟的陝西老頭，同意從户部撥出了二百五十萬兩。

閻敬銘雖然撥了銀子，但心裏老大不情願。時隔不久，内務府又爲園工的事向户部要銀子。閻敬銘壓下不理，内務府再次具文，閻敬銘又不批。無奈，内務府衹得請醇王出面。醇王看了内務府稟報，竟然開口要八十萬，他心裏喫了一驚：剛提的二百五十萬，怎麽又要這麽多！稟報後面附了一頁清單，上面詳詳細細地開列了二三十個項目，每項多少多少，匯總起來八十萬還出了頭。醇王也不知道哪項該要哪項不該要，更弄不清楚這種材料的行市怎樣，衹得照批給户部，要户部速撥銀八十萬。

三十年前的户部主事深知宮中用工的弊病。宮中用工，比如修繕殿堂、整治道路、調理花園等等，

開出一萬銀子，用到工程上的有三千兩就不錯了，這其間的七千兩銀子便被監督、工頭、採買、工役等人層層貪污中飽了。至於日常的喫飯穿衣用藥等開支，則更是公開地濫報冒領。道光帝是個知道節儉的皇帝。有一天喫飯時，他指着一碟韭黃炒肉絲問御膳房的太監，這碟菜要多少銀子，太監答十兩。第二天他召見一位大臣。國事談完後，他順便問一句，一碟韭黃炒肉絲得要多少錢。那位大臣答，十文錢左右。十兩與十文，有着千倍之差，道光大爲惱怒。他召來御膳房太監，問這是何故？誰知這位太監並不恐懼。他平静地告訴皇帝：民間炒一盤菜，的確十文便可以，但宮中炒出這碟菜，非要十兩不可。接着便詳細説明：這菜裏的肉取的是猪背正中的一塊肉，一頭猪衹能取够炒一碟的肉絲，故肉要算一頭猪的錢。這頭猪由專人餵養，從生下來起就喫的白米稀飯，餵這頭猪出來要六兩銀子。韭黃是來自豐臺專爲宮裏供菜的暖棚，這暖棚從入秋起要生炭火保温，一直到來年春末，施的肥料是專門用黃荳麥片漚爛而成的。一碟韭黃則要從一百斤韭黃中一根根地精細挑出。這碟韭黃要花費二兩銀子。另外，要用燕山的豹子油，夾皮溝的蘑菇，木蘭圍場裏的山鷄湯，渤海的魚粉等等做佐料，這些耗費要在二兩左右。用十兩銀子，還未計厨房裏的工錢，若將工錢加進去，尚不止十兩哩！道光帝聽了，覺得有道理，便不再追究了。其實，這位御膳房的太監説的全是騙人的話。内宮裏每一樣從宮外買進的東西，都有一套這樣的離奇來歷，太監們一代傳一代，編得滴水不漏，皇帝妃嬪都被他們這樣糊弄過去。這樣一道韭黃炒肉絲，他們至少要從中貪污八九兩。這批内務府裏的大小蛀蟲們就這樣上下包庇内外勾結，將國庫裏的銀子化爲他們囊中的私物。這中間的弊病，惟户部最爲清楚。但户部的堂官和司官，或不敢得罪，或與内務府狼狽爲姦沆瀣一氣，至於部裏的那些小官小吏，也多多少少得過其中的好處，大家便都兩眼一抹黑，任它如何傷天害理，也不去理睬。閻敬銘的心裏當然





最有數了，每一想起此事便心情鬱悶。但他已是六七十歲的人，真要認真調查起來，哪有這個精力？何況部裏幾乎無人支持。他實在不願在這種兩難處境中呆得太久，東山復出尚衹有三四年，便又萌生了回解州書院養老的心願。因爲有此念頭，他也便不想曲意阿附太后和醇王。要撥出八十萬來，除非把别的都壓住。但救苦救難，賑災撫恤，總比修園子來得重要吧！閻敬銘勉爲其難地分出三十萬來，也學醇王的樣子，附一張表，詳載近兩個月來哪個省災荒撥出若干，哪個省瘟疫撥出若干。醇王看後嘴裏不説什麼，但心裏不悦。剛纔這幾句話便有這個意思在内。

閻敬銘明知醇王話中所指，也不辯解，閉着嘴巴，面露微笑地聽着。

『我對太后説，西洋那些强國，都有海軍衙門，我們大清國海岸綫有好幾千里，若没有强大的海軍則守不住。這次馬尾江之役便是很大的教訓，朝廷設一個海軍衙門還是有必要的。不過李少荃提出同時建北洋海軍、南洋海軍、福建海軍，這個規劃也太大了些。太后説的有道理，經費拮据，一時也不能把攤子鋪得太寬。我看先辦北洋海軍，等過幾年朝廷富裕後，再來辦南洋和福建的。太后想了想説，按理説吧，咱們大清也是該有個海軍衙門，既然你和李鴻章都有這個興趣，就試試看吧！衙門的主兒也不交給别人了，乾脆你自己出面來當這個家，李鴻章做你的副手，再找幾個靠得住的人一起來張羅。就按你剛纔説的，先辦北洋海軍，再辦南洋、福建海軍。一則是銀錢缺，另一個嘛，也是先辦辦看，積纍點經驗，學點兒見識。老百姓説，不能一口喫成個胖子，我看就是這個理兒。我趕緊答應下來。要説我這幾天氣色好哩，就是遇到這件好事。人逢喜事精神爽，這話説得不錯。』

原來是這檔子事，對於國家來説，這無疑是樁大好事。作爲熟知醇王脾性的老中堂，張之萬更知道，此事之所以令醇王如此興奮異常，還有它重大的深層原因。

身爲皇帝的父親，醇王本應處於太上皇的地位，國家大權理應握在他的手裏，但其實不然。無論朝廷大臣，還是草野小民都知道，大清帝國至高無上的權力並不屬於他，也不屬於皇帝，而是屬於那位宮女出身的西太后。愛新覺羅氏用血汗生命打下來的這座江山，已讓此人坐了二十四五年，上上下下裏裏外外已全是她的人馬在控制掌管。醇王本人自然更爲清楚，自己的兒子儘管是太祖太宗的黃金血胤，但若不是出自她妹妹的腹中，也是決不可能坐上今天這個位置的。出自這個原因，醇王對這位太后嫂子，是既畏懼又感激的。他並不想與慈禧爭奪權力，他也知道是絕對爭奪不過的。他衹是希望，過兩年兒子親政後，慈禧能一心一意地到清漪園去頤養天年，將權力全部地毫無保留地交出來。但是，熱中於最高權勢已久的她，能做到這一點嗎？醇王心裏很没把握。這些年，醇王一直在暗中努力培植自己的勢力。從恭王手裏奪來軍機處，便是這一努力過程中的最大收穫。不過，軍機處的領班名義上仍然不是他，况且軍機處地位太崇隆、太重要，太后一直緊緊地把它抓在手中，要想藉它扶植更多的私人力量並不容易。好了，現在有了海軍衙門這個從名義到實際都屬於自己的領地，今後真可以大有作爲了。

用鐵騎征服漢人的努爾哈赤的後裔清楚地知道，刀槍兵馬纔是奪取權力和保護權力的至關重要的根本。而恰恰就是在這一點上，醇王深感自己的基礎薄弱，那些將軍都統幾乎没有一個是他的心腹。海軍衙門一旦建起，事情就會來一番大的改變。當今的世界，艦艇取代鐵騎，大砲取代刀槍，軍務重心已轉移到海軍上來了。醇王心裏有數，誰是大清國新興的海軍的最高統帥，誰就是大清國最有力量的軍事統帥。現在就拿太后所授予的名正言順的權威，組建一個完全是自己人的團夥，調撥千萬兩銀子購買幾十艘砲船，籌建一支名爲朝廷實爲自己所統領的海軍。那時的醇親王便手握真正的權柄，太后即便不甘寂寞，也將力不從心，自己的兒子便可以坐穩這座危機四伏的江山，自己也便成了名副其實的太上皇！這怎麽能不令醇親王異常激動，異常亢奮呢？怪不得這段時期氣色這樣好，精神這樣旺！

張之萬是巴不得醇王早日握有實權的，他出自内心地喜道：『恭喜王爺，賀喜王爺，王爺是我們大清國也是有史以來中國第一個海軍大臣。有王爺來親自執掌，大清海軍將必定可與西洋列强抗衡，保衛我萬里海疆，永不遭受外人的侵擾！』

閻敬銘也高興地問：『王爺準備召集哪幾個人來辦這事？海軍衙門何時掛牌？』

醇王説：『這些事，正是我要跟禮王和軍機處諸位一起商量的事。你們幫我物色物色，選幾個特別合適的人出來。』

張之萬一邊撫摸着灰白而稀疏的長鬚，一邊緩緩地説：『海軍衙門是自古以來没有過的新衙門，也是我大清今後最爲顯赫的第一大衙門，幾個主要辦事的人員非得要德才兼備衆望所歸者不可！』

醇王點點頭説：『我也是這個意思。』

張之萬説：『李少荃是太后點的名，當然没話説了。此人能幹是能幹，但攬權謀私也是第一。王爺今後要防着點。』

醇王點了點頭，没有吱聲。

『至於其他人選嘛，這要慎之又慎。』張之萬沈思片刻後説，『眼下衹有一個人挺合適。』

『誰？』醇王眼睛盯着張之萬。

閻敬銘也凝神諦聽。

『曾紀澤。』張之萬鄭重其事地説出一個人名來。『二十年前，文正公在江寧做兩江總督時，他在督署住過一段時期。我去江寧會文正公時，總要和他聊幾句。當時我便對文正公説，你這公子篤實勤奮，日後必爲國家的棟樑。現在看來，我的眼光不錯。這些年來，曾紀澤一片公忠爲國家辦事，是闔朝有目共睹的。我之所以要薦他進海軍衙門，除他的人品行事有乃父之風外，更主要的是看重他有多年出洋做公使的經歷，又懂洋文會説洋話。王爺，這海軍衙門不像別的部院，以後跟洋人打交道是第一件事，必須要有一個熟諳洋情的主辦人纔行。』

醇王不僅不識洋文不懂洋話，就連英美法這些西洋大國的基本知識，他也所知甚微，曾紀澤這樣的人才是太重要了。他連連點頭：『曾紀澤這個人提得好，海軍衙門非他不可，他這一個就算定了。明兒個讓總署發急電催他回國。』

説着轉過臉問閻敬銘：『丹老，你看還有誰合適？』

閻敬銘説：『張中堂説，人選要慎之又慎，這話説得很對。海軍衙門我還是剛纔聽説，一時尚没有適當的人，提不出。衹是，』猶豫片刻，閻敬銘還是直爽地説了出來，『户部的銀子都用到園子裏去了，辦海軍衙門的經費從哪裏來？户部留點銀子，原是爲着國家的不時之需，所以我不主張修清漪園。王爺您看，現在不就等着要銀子用嗎？』

醇王笑了笑説：『太后爲國家操勞幾十年，修座園子讓她好休養休養，也是應該的。至於海軍衙門的錢嘛，我會另想辦法，不從户部拿。』

閻敬銘説：『衹要不從户部拿銀子就好，否則我這個户部尚書就是砸鍋賣鐵，也凑不出這筆銀子來。』

『銀子嘛，慢慢來想法子。』醇王説着説着突然提高了嗓門，『兩位老中堂，你看我人未老就先糊塗了，現存着一筆名正言順的銀子，我都没想起拿來用！』

『王爺説的哪筆銀子？』閻敬銘被醇王這句話弄得一時摸不着頭腦。

『海防經費呀！』醇王興奮地説，『朝廷過去每年都從海關關税中抽出四五成撥給直隸、兩江、福建、兩廣等省辦海防，現在成立海軍衙門，這筆銀子理所當然地歸海軍衙門了。』

閻敬銘忙説：『王爺説的極是，這每年的海防經費今後自然應當交由海軍衙門來經理。』

經醇王的提醒，張之萬又想起張佩綸的摺子來。他説：『海防經費歸海軍衙門管，這是再恰當不過了。還有，早在前年，張佩綸建議辦水師衙門的時候就提出一個設想：全國十八行省每年協濟朝廷四百萬銀子辦水師，按大小貧富不同分攤。我看，海軍衙門建立後，就按張佩綸這個設想叫各省協濟。』

醇王説：『張佩綸這個設想好是好，但各省都告窮不已，當時他的設想就没有得到一個省的響應。現在再提出來，也不知各省的反響如何。』

這時，張之萬猛然來了靈感，尋到一個爲堂弟説情的好機會。『王爺，這種錢哪個省都是能躲則躲，能推則推，不會心甘情願主動出的。這要採取兩個措施。一是朝廷下嚴旨，出也要出，不出也要出。二要有一兩個省份的督撫帶頭，他們一帶頭，別人也就不好不出了。』

醇王微笑着説：『就叫令弟在兩廣帶個頭如何？』

『我也正是這個想法。』張之萬將身子向醇王那邊移了移，口氣明顯地親熱許多。『王爺，張之洞最近有一筆收入，老臣可以跟他商量，要他拿出二十萬來協濟海軍經費，爲各省帶一個頭。』

『張之洞的這筆收入是不是闈賭的錢？』

張之萬、閻敬銘的心都頓時怔了一下，他們聽出醇王的口氣似乎有點不友好。

『正是這筆錢。』張之萬的聲調不自覺地低了下來。『馬尾江之役福建海軍的全軍覆没，法國人在越南的强梁稱霸，這些給張之洞很大的刺激：法國人之所以如此囂張，全憑着他們的軍事實力。託太后、皇上的如天洪福，託王爺的大才經緯，鎮南關取得大捷之後，張之洞下定決心要在粵省設廠製造砲彈船艦，辦洋學堂。要辦這些大事，最缺的就是我們剛纔談論再三的銀錢二字。萬般不得已，他纔採取從闈賭中抽取稅款的下策，至於他自己和粵省各級文武衙門，則絶對不敢從中牟取一絲一毫的私利。張之洞日前託人送來一份關於不得不辦闈賭的陳述，及所收款項的明細賬目，老臣正要呈報王爺過目。』

説罷，從左手袖袋裏取出早已準備好的一份雙手遞給醇王。

醇王接過張之萬遞過的一沓厚紙，望了望閻敬銘説：『看來，兩位老中堂今天是特爲此事約好一道來府的。』

閻敬銘説：『近來連續有人給太后、皇上上摺子，説張之洞辦了一件很壞的事，朝廷應將他撤職查辦。張之洞受了一肚子委屈，没有辦法了，衹得託我們把實在情況稟報王爺，請王爺爲他主持公道。』

醇王把手中的紙略微翻了翻後，將它放在茶几上。『張之洞這次做得是有點莽撞，太后對此事也有看法。』

張之萬、閻敬銘心裏又緊張起來，竦然諦聽下文。



『初七日上午，太后召見我時，特爲提到這件事，説高鴻漸、莫吉文上了摺子。還説到翁同龢爲此很氣憤，駡張之洞公然冒天下之大不韙，用新舉人的姓來打賭，虧他自己還是兩榜出身、做過幾任鄉試主考的人，真正是有辱斯文。』

張之萬的心驟然一陣寒冷，果然没有猜錯：易果信的背後就是翁同龢。衹是翁同龢也太狠了些，在太后面前説這樣的話，豈不要置張之洞於死地，全然不顧侄兒同年的一點情面！

閻敬銘問：『太后對這事作了聖裁嗎？』

『還没有。』醇王説，『太后對我説，張之洞是爲國家立了大功的人，此事的處置要慎重；廣東闈賭的事情，先帝既然早有禁令，先讓吏部派人去兩廣調查清楚，違令是不對的。不管如何，得先把此事停止纔對。』

聽了這話，兩位老軍機纔略爲放下心來。

閻敬銘説：『咸豐十一年，當時兩廣總督勞崇光關於禁止闈賭一摺上是有一道硃批。衹是這道硃批的日期是八月初九日，文宗爺是七月十五日龍馭上賓，這道硃批出自誰的手，王爺比老臣更清楚。』

醇王聽了這話，眼前忽地一亮：『丹老是説，禁止闈賭的硃批的日期是咸豐十一年八月初九日？』

『是的。』閻敬銘以極爲肯定的語氣説，『爲覈實此事，老臣親自從國史館檔房調出舊檔，軍機處録副上清清楚楚地寫着八月初九日。』

二十四五年前，那場驚心動魄的變局頓時浮上了醇王的腦海。他知道慈禧對肅順的深惡痛恨，直到今天也未減輕一絲一毫。他更知慈禧的爲人：仇敵所做的事，她要堅決反其道而行之。禁止闈賭的硃批不是咸豐而是肅順之所擬，她絶對會毫不猶豫地斥責爲僞批。那麽，違背僞批的張之洞自然就没

有過錯了。

醇王不把這層思考説出來，祇是點了點頭説：『好，好，祇要丹老説的這個日期確實没錯就好。』

閻敬銘斬釘截鐵地説：『絕對没有錯，我可以將這件軍機處録副送來請王爺過目。』

『行。』醇王説，『明天打發人送來我親自看一下。』

張之萬極爲佩服閻敬銘的精明老到：『丹老澄清了一件大事。八月初九的硃批，無疑不是出自文宗爺之手。更何況，二十多年來粤省的闈賭名禁實未禁，一直在民間暗中進行着。英翰革職之後，闈賭則轉到澳門去了，洋人從中獲取高額税利，本屬於中國的銀錢反而流到了洋人的腰包。』

『還有一點，要向王爺説明的。』閻敬銘補充，『英翰的革職是因爲有人卷款外逃，牽涉到官府，英翰本人又涉嫌收受巨額賄賂。關於這件事，老臣也詳細查明了。』

醇王認真聽着兩位軍機大臣的話，心裏在默默地思量着：以新舉人的姓爲賭博，真正反感的也祇有翁同龢這樣的書呆子，要説這犯了多大的罪過也説不上。粤省的百姓既然樂意賭這個，賭賭又何妨？最主要的是可以從中抽税。平素要百姓出一個子兒，好比割他們身上的一塊肉，用這個辦法來抽税，他們倒情願捐輸。現在籌集銀錢太難了，也怪不得出此下策，眼下辦海軍衙門第一件難事不就是銀錢嗎？張之洞這樣做，要是我做粤督説不定也會這樣做，至於太后，也不會把幾個舉人的姓看得那樣重，不贊成闈賭，無非是有先帝的禁令在罷了。既然那不是先帝的硃批，而是肅順的僞冒，太后腦中的怒火還不知如何燒哩，她哪裏還會去計較什麽斯文掃地之類陳詞濫調！不妨賣個面子給這兩個老頭子，讓他們去監督張之洞每年帶頭捐銀子是挺重要的。想到這裏，醇王態度持重地説：『張之洞用抽闈賭的税來辦自强大事，居心雖好，但手法却嫌卑下了點，怪不得引起不少的糾彈，太后也不太贊



成。我能知他的心情，也想成全他這番苦心，情願冒犯太后一下，也要去替他説説情。祇是方纔張中堂説的，張之洞今後每年捐獻三十萬給海軍衙門，爲各省帶個頭，這件事他一定要説到做到。』

張之萬心裏想：我剛纔明明説的是二十萬，醇王怎麽説三十萬呢？是聽錯了，還是藉機多要十萬？他也不敢提出來糾正，生怕醇王不高興，多十萬就十萬吧，祇要這事能讓張之洞去做就得了！

張之萬忙説：『張之洞一定會感激王爺成全他的大恩大德，至於每年捐三十萬，老臣想他一定會做到的。這三十萬留在廣東是辦自强大事，捐給海軍衙門，不更是自强大事嗎？這個道理，張之洞是會明白的。』

『正是這個話。』

説着，醇王站了起來，張之萬、閻敬銘見目的已達到，也趕緊起身告辭。

## 四　難道是她？是那個多少年來魂魄所係的肅府丫鬟

慈禧得知禁止闈賭的硃批是肅順的代筆真相後，立即改變了對此事的態度，高鴻漸、莫吉文等人的摺子也便悄無聲息地淹没了。其他一些善觀風向伺機而動的臺諫言官，見高、莫等人的摺子没有引起什麽反響，擬好的糾彈奏章也不再上了。一場即將掀起的滔天風浪，也就這樣轉眼間平息下來。

一個月後，楊鋭圓滿完成任務回到廣州。雖説離京前，由張仁權通過户部電報房，已將京師的情况告訴了張之洞，但在楊鋭抵穗的當天下午，他們還是立即見了面。張之洞需要從學生的口中得知更爲詳細的内容，尤其需要楊鋭談談與張之萬、閻敬銘及通過兩位軍機轉述的醇王的一切言談。他還想瞭解楊鋭所感受到的京城裏的其他種種。

楊鋭將自己在京師近一個月的全部活動，向老師作了禀報，又特别將兩位老中堂的臨别之話作了復述。張之萬要楊鋭告訴堂弟：開闈賭雖出於萬不得已，然此等易招謗讟的事還是以少做或不做爲好。此次儻不是閻丹老查出硃批的真相，即便醇王有意護衛，太后那一關也不易過。用三十萬兩銀子買醇王的大駕，代價雖然大了些，但闈賭每年可收入九十餘萬，除去三十萬，尚可餘六十餘萬，划得來。且海軍衙門一旦辦事，『各省協餉』必定逃不脱，不如主動帶頭，在太后、醇王面前博得好感，在朝野上下赢得好名聲，權衡之後，當知利大於弊。

老哥的這段告誡引起了張之洞的重視。前幾天得知闈賭風波平安度過後，趙茂昌又興致勃勃地向張之洞提出另一條生財之道。

海外吕宋國盛行一種賭博，這種賭博的名稱叫買白鴿票。白鴿票分爲全票、半票、小票等多種，全票一張六元，共賣出四萬張，得二十四萬元，國王從中抽出四萬八。半票一張三元，也賣四萬張，得十二萬元，國王從中抽出二萬四。小票一張一元，也賣四萬張，得四萬元，國王從中抽出八千。國王每次從全、半、小票中共淨得八萬元。每月初一賣票，三十日開彩。國王親自主持，文武大臣分列兩旁。國王座位左右兩邊各置一大桶，每個桶内有四萬張籌碼，内中載明頭彩、二彩、三彩一直到十彩。其中全票頭彩一人，中者得六萬元，二彩一人，中者三萬元，三彩一人，中者一萬元。以下各彩依次遞減，中彩人員也增多，到最末等人員最多，中者得錢最少，爲十元。半票、小票也一樣，衹是得錢分别爲全票的一半及六分之一。吕宋國王每月從彩票得銀八萬元，一年得銀九十六萬元，成爲全年收入中的一大宗。福建有商人專做這種生意，從吕宋國販票進來，在福建城鄉賣。若有得中的，商人取去十分之二，十分之八歸買主。近來，此風已蔓至山東、江蘇、浙江等沿海省份。趙茂昌建議，



廣東可以將吕宋國這種彩票照搬過來，不成問題。趙茂昌這番話説得張之洞心動了。

聽了楊鋭轉達過來的老哥的告誡後，他決定白鴿票之事至少暫時不能啓動。闈賭畢竟是一樁在粵省流行多年的舊事，且辦理的人是商人，官府不過抽税而已；若按趙茂昌所説由粵督出面主辦白鴿票，那我張之洞不將成了專辦賭局的總督，授人的口實就大了。這事且待以後再説吧！

楊鋭還轉達了閻敬銘的一番話。閻敬銘説，自强實業是一樁大好事，這正是曾文正公、胡文忠公生前想辦而没有辦成大結果的事業。現在李少荃、劉坤一等人正在繼承着，但也尚未見大成效。辦自强實業一靠實力、二靠人才，李少荃這些年來之所以做得像模像樣，就是靠的這兩個方面。當年曾文正公手下有個奇人，名叫徐壽，安慶内軍械所造的第一艘汽輪機『黄鵠』號就出自此人之手，且人品操守也好，極受曾文正公的器重。徐壽有個兒子叫徐建寅，其才不亞於父親，又出過洋精通洋文。本擬請徐建寅去兩廣幕府，但他正守父喪，不宜辦公事。徐建寅推薦他的一個朋友蔡錫勇。蔡錫勇同治十三年在廣州同文館肄業。光緒元年由總署咨送廣東差委。不久，由出使大臣陳蘭彬携帶出洋，派充駐美翻譯，又升任駐日參贊。光緒八年，因父死回福建原籍守制。蔡錫勇人品端方，西學精湛，正當盛年，是個不可多得的洋務人才。上個月三年守制期滿，正在漳州府等待復出。望迅速派人去漳州，用重金聘過來。閻敬銘還語重心長地叫楊鋭轉達一句話：世上一切事情，都是人做出來的。所以，事業的成與否，千條原因，萬般機奥，最後都落在『人才』二字上。曾文正公、胡文忠公之所以成就了一番大事業，歸根結底，也就是在會用人這一點上强過别人罷了。

閻敬銘的這番話更給張之洞以重大啓示。他當即要楊鋭休息幾天後，即赴福建漳州，不管有多大困難都要克服，不管蔡錫勇提什麼條件都滿口答應，一句話，務必把此人請到廣州。

楊銳爲老師的這番愛惜人才的激情所感動，說：『我年紀輕輕的，不需要休息，明天做點準備，後天我就去吧！』

半個月後，楊銳果然將蔡錫勇帶到兩廣總督衙門。張之洞見蔡錫勇端端正正的五官、文文雅雅的舉止，滿心歡喜。簡短地交談幾句後，他知道蔡錫勇字毅若，今年三十五歲，有一妻一子和一位七十餘歲的老母，現都暫住漳州府老家，待這裏安頓下來後再來廣州。又知蔡錫勇精通英文和日文，對機器製造、採礦煉鐵等學問都有研究。張之洞高興地說：『我這裏有一位辜鴻銘是你的同鄉，他也懂得好幾國洋文，對洋學問也有研究，你們今後可以用洋話討論洋學問，彼此都不孤寂了。』

蔡錫勇說：『早就聽說福建出了奇人辜鴻銘，祇因他一直在南洋，不能見面，想不到也在大帥的府裏，真是難得。』

張之洞笑着說：『我這裏不僅有懂洋文的辜鴻銘，還有對老祖宗傳下的學問鑽研深透的梁鼎芬，更有胸懷絕學才可濟世的桑治平，還有能辦事的趙茂昌。接你的楊銳年紀雖輕，你也不能小看他，日後也是國家的棟樑之材。』

說得楊銳在一旁不好意思起來：『恩師言重了，我哪裏是棟樑之材。中國的學問，祇略微懂一點，洋人的學問一竅不通。蔡先生、辜先生纔是真正有用的大才哩！』

張之洞說：『洋學問重要，中國的學問也重要。祇是眼下懂中國學問的多，懂洋學問的人少罷了。我們要有十個八個毅若、湯生這樣的人，辦起自强實業就順暢多了。』

『這個不難。』蔡錫勇說，『我認識一些有真實學問的洋人，可以通過他們招聘一批洋技師來，馬尾造船廠裏就有五六個法國技師。』





『行。』張之洞說，『確有真才實學，薪水高點也不妨。』

『大人，還有一條招致人才的路子。』

『什麼路子，你說說。』張之洞以極大的興趣聽着。

『大人，若論辦洋務實業，廣東較之於其他省來說，最是得地利之福。』蔡錫勇操着一口福建官話，慢條斯理地說，『廣東地處南海之濱，是我國最先與西洋諸國打交道的省份，加之後來香港、澳門租讓給英國、葡萄牙，更使得廣東省有與西洋比鄰而居的味道。故而廣東民風受洋人的影響很大。這點，不僅陝甘、四川、兩湖這些內陸省份不能比，就是江浙等沿海省份也不能比，連我的家鄉福建，雖然很早以來便有漂洋出海的傳統，也不能與廣東相比，因爲福建沒有香港和澳門這樣的洋人租借地。當年容閎奉曾文正公之命，選拔一批少年出國留學，在其他省份找不到人，但他一回到家鄉廣東來招，便立刻招滿了。道理就在這裏。』

蔡錫勇說的是十多年前的事。同治十年，曾國藩和李鴻章聯名上摺請選派聰穎子弟留學西洋，學成後報効國家，爲徐圖自强大業培植人才。那時張之洞正在湖北做學政。這道有名的奏摺他在邸報上看過，當時滿腦子清流，並沒有把這道奏摺看得很重。當然，他更不可能意識到，就是這道奏摺給中國日後的發展帶來了劃時期的變化。今天，將兩廣富强置於自己雙肩的粤督，突然發現，十五年前的這個亘古未有的設想和不久後付諸實施的行爲，實在是一樁極富預見的賢哲之舉。

『你是說，廣東有不少懂洋務的人才？』

『是的，大人。』蔡錫勇說，『容閎從同治十一年起，曾先後組織四批共一百二十個少年，遠渡重洋去美國留學。他原本按着曾文正公的設想一批批地招下去，但後來一些有力者對此事頗爲不滿，故

衹招四批就停下來了。在美國留學的幼童，也陸續回國，回國後多不受重視。因爲他們是廣東人，所以很多至今還在廣東老家。廣東可以説是洋務人才的藏龍臥虎之地。』

『毅若，你知道這一百多個幼童，在美國到底學得怎麽樣嗎？』

『據我所知，在美國不好好讀書，沾染洋人惡習的人是極少數，絶大多數都勤奮學習，潔身自好。他們一來資質聰穎，二來多爲清貧家庭出身，讀洋書不惟替國家出力，也是爲自己謀一條進身之路。一二批基本完成了學業。三四兩批儘管没讀完，但他們洋話洋文都很好，洋學問的基礎也打下來了，與那些未放過洋的人畢竟有天地之别。衹要把他們放在洋務局廠，他們立即就可以隨着機器的運轉而將自己的才能發揮出來，即使過去没有學過，看看摸摸，要不了三五個月，也便成爲行家。』

『好，好！』張之洞滿心歡喜。『把他們都招聘來，讓他們在我這裏都學以致用，發揮長才。你看如何把他們招來？』

楊鋭問：『你過去與這些人有過交往嗎？』

『也認識幾個。』蔡錫勇説，『不過，認識的這幾個人都不在廣東，或在京師，或在上海，或在天津。他們算是這些人中運氣較好的，有事讓他們做，所學也能用上一些。』

『我有一個主意。』楊鋭興奮地對張之洞説，『可不可學學古人的辦法，張貼招賢榜，把藏臥於草澤林間的龍虎招出來。』

『行！』張之洞被學生的這個想法激動起來。『就以兩廣總督衙門的名義頒發一個招賢榜，不局限當年的留美幼童，凡對洋務實業有一技之長之能人，我們都歡迎他們前來毛遂自薦。把這個招賢榜張貼於廣東各府縣，讓全省士紳百姓都知道我們正在招納四方賢俊，共襄廣東富强大業！』







『太好了，太好了！』蔡錫勇連聲稱賞。楊鋭則快樂得幾乎要蹦跳起來。

『叔嶠，招賢榜這個點子，是你提出來的。這個榜文，就由你來擬。我們求的洋務之才，别的可忽視，不管出身、資歷、品性如何，衹要有洋務一技之長，都可報名。你用心寫好，要寫得像《求賢令》、《舉逸才令》那樣，既有文采，又標新立異，争取流傳下去。』

楊鋭説：『我一定努力寫好，但恩師期望太高了。《求賢令》、《舉逸才令》上下幾千年，也衹有這兩篇，况且也衹能出自集英雄和奸雄於一身的曹孟德之手，别人寫這樣的文章，不被唾沫淹死纔怪呢！』

張之洞哈哈大笑起來：『叔嶠呀！你的氣魄太小了，不是做大事的胸襟。要做大事，就得有曹孟德那樣的氣度。怕什麽别人的唾沫？大業成功了，唾沫自然没有了！你大着膽子寫去，這不是你楊鋭在招賢，是我張某人在招賢。五千年的中國歷史，難道衹許出一個曹孟德，不能多出個張之洞嗎？』

楊鋭也受了感染：『我放開來去寫，説不定也寫得出。』

張之洞對蔡錫勇説：『辦才諭才一事就交給你了，你就充當這次廣東洋務鄉試的主考。我還給你請一個副主考。』説到這裏，張之洞停了一下，『就是我剛纔説的桑治平。他是我的老朋友，等會兒，我帶你去認識認識他。他久閲人事，歷練豐富，給你當助手。若是既有洋務之才，又懂中國學問，品行又好的全才之才，本督將親自接見委以重任，破格提拔，爲粤省士人樹立新的楷模。』

幾天後，蓋有『兩廣總督關防』紫花大印的招賢榜在廣東省九府四廳六十餘縣的城鄉關隘、道口碼頭、集市墟場、驛站客棧到處張貼。老百姓衹是在茶館書肆裏、戲園舞臺上知道古時曾有過招賢榜，却從來没有在現實中見過這類東西。現在，由粤省最高衙門所頒發的招賢納才之告示，不就白紙

黑字地貼在眼前嗎？而且招的是洋才，真正是又稀罕又有趣。工商農人看稀奇，鄉紳讀書人在感嘆。賢才尚未招納，實業尚未啓動，招賢榜就已引起了千千萬萬人的議論紛紛。當然，主事者更是做夢都沒有想到，這道招賢榜還引出了世間一段動人心弦的愛情故事。

一兩個月來，設在督署旁邊的招賢館，成了廣州城裏最爲熱鬧的場所。它不僅引來四面八方跋山涉水前來投考的人，也吸引更多看稀奇的遊手好閒的市民。

前來應招者各式各樣的人都有：有會幾句洋話的，有對西洋數理之學略知一二的，也有在香港澳門洋人辦的工廠裏做過工的。這些人通過蔡錫勇的當面測試，都一律登記上册，告訴他們聽候通知。當然也有些油滑劣伝之徒，試圖來此混水摸魚。這種人，桑治平衹要略問一二句，把戲便被戳穿，在圍觀市民的哄笑之中鼠竄。

這段時期裏，也真的招來了十二三名當年隨容閎去美國求學的幼童，這些人中年歲大的早已過而立，最小的也有二十四五歲了。有的回國已七八年，光緒七年最後一批回來的，也有四五年了。回國後景況都不佳，在美國所學的知識技能毫無用武之地。這些年都靠做點别的小事謀生餬口。想起自己辛苦所學一無用處，心裏常常痛苦不已；看看自己的國家與美國相比，一切都如同天地之差，更是悲傷失望。這些人大都情緒激動，對兩位主考表示：不求高薪，不求美宅，衹要將當年所學的能在自己國家派上用場，就心滿意足了。桑治平聽着這些話，心裏很感動，常會從這些人的身上看到自己的影子：當年自己不也是這番熱血嗎，後來不也是傷心失望嗎？而他們畢竟比自己幸運，能在青春尚未逝去的時候，碰上一個這樣的好總督，還能有才能施展的一天。摸摸鬢上的霜花，將近五十的桑治平不免心頭愴然起來。





這天上午，招賢館裏又走來一個應招者。桑治平第一眼看見這個人，心裏便有一種異樣的感覺。他自己也略覺奇怪，定定神，又將此人仔細地打量了一番。這是一個剛過弱冠的年輕人，與通常廣東青年男子相比，他有不少不同之處。廣東青年男子，大多黑瘦矮小，臉上顴骨較高，眼睛略顯下陷。這個年輕人，高挑，白皙，五官清秀，沒有讓人產生凹凸錯位的感覺。步履穩健，舉止文雅，儘管衣帽並不講究，但一眼便看得出是一個受過良好教養的人。

因爲是招聘洋務人才，都由蔡錫勇先接待，桑治平則在一旁静静地聽着，悄悄地打量。

『小夥子，你是看到招賢榜後纔來的？』蔡錫勇面帶微笑，温温和和地問。

『是的，我是看到招賢榜後纔到廣州城裏來的。』小夥子坐在蔡錫勇的對面，平静而大方地回答。

桑治平聽出來了，這小夥子的口音明顯不同於大多應聘者的粵腔十足的廣東官話，而是帶有中原地域的腔調。他不是廣東人。桑治平由此證明了剛纔的直覺。

『招賢榜張貼出去快兩個月了，你怎麽今日纔到廣州應聘？』

『我這半年在澳門一家報館做事，十天前纔回的家，看到榜文後，即刻就到廣州來了。』

蔡錫勇點點頭，繼續問：

『你叫什麽名字？』

『陳念礽。耳東陳，懷念的念，示字旁加一個乃字。』

陳念礽一字一頓地報着自家姓名，以便讓執筆書寫的主考不至於寫錯。

蔡錫勇一筆一畫地在登記簿上寫着。一旁的桑治平在心裏默默地想：這個小夥子的名字竟與我的本名共着一個『礽』字。這『礽』雖也是一個好字眼，但一來較偏冷，二來因爲康熙皇帝的廢太子叫

允礽，所以用這個字爲名的人不多。默想之間，桑治平又將眼前的陳念礽多看了幾眼。

『多大了，哪裏人？』

『今年二十四歲，本省香山人。』

『你父親做什麼事？』

『我父親曾在京師做過內閣中書。我五歲時，父親便去世了。』

桑治平插話：『你父親叫什麼名字？』

『陳建陽。』桑治平搜尋着腦中的記憶，找不出有關此人的一點痕跡。

蔡錫勇繼續詢問：『你懂洋文嗎？』

『懂！』

『英文，法文還是德文？』

『我懂英文，也略懂一點法文。』

『你的英文是從哪裏學來的？』

『我在美國住了整整八年。』

這句話立即引起兩位考官極大的重視：莫不又是一位當年留學美國的幼童？

『同治十三年，我隨容純甫先生去美國留學，光緒七年回的國。』

果然是的！兩位主考的眼睛裏立刻射出驚喜的光芒。

『這麼說來，你是第一批赴美留學的幼童？』蔡錫勇的問話中分明帶有幾分羨慕和企望。

『是的。我是第二批。』陳念礽也因蔡錫勇這一問而興奮起來，『第一批比我們先一年，比我們後



一年的是第三批，再後一年是第四批。一共僅派出了四批，每批三十人，以後再也沒有派了。』

『那你認不認識梁金榮、方伯樑、梁普時？』

『認識，認識，他們跟我一批的。』陳念礽更加興奮了，『當年我們一起坐輪船去的美國，在船上整整坐了兩個月，一天到晚在一起。到美國後就分開了，回國時沒有一起走，我好多年沒有見到他們了。先生，你怎麼認識他們的？』

蔡錫勇笑了笑說：『他們也是跟你一樣，看到招賢榜後到我這裏來的。』

『他們也來了，太好了，我可以見到他們了！』陳念礽激動得紅光滿面。『梁普時有個弟弟梁普照，也是一同去美國留學的，他來了沒有？』

『沒有。』蔡錫勇搖了搖頭。

看到陳念礽由謹慎穩重突然變得如此活躍歡忭，完全露出一個大孩子的聰明靈動本色，一股長者的慈愛之心立時湧現在桑治平的心頭。他笑容藹然地問：『你剛纔說二十四歲，那同治十三年，你不祇有十二歲嗎？這麼小，就離開母親漂洋過海，你不怕，不想家嗎？』

其實，前面在此應招的十來名留美幼童，都是這種經歷，爲什麼對他們沒有發出這樣的問話呢？話一出口，桑治平就覺得自己仿佛對這個年輕人有着不同的感情，是第一眼就有一種親切感的緣故，還是因爲他與自己同名的緣故呢？桑治平自己也不清楚。

『也害怕，也想家。』陳念礽實實在在地說，『剛到美國那一陣，天天巴不得回國，直到一兩年後纔定下心來，立志好好讀洋書，學本事。』

桑治平問：『你們到美國後是怎樣生活、讀書的？』

陳念礽答：『到了美國後，我們就分散住在美國人的家裏。每三個月，容監督來看我一次，檢查我的功課：有美國的功課，也有中國的功課。』

『還給你們佈置中國的功課？』桑治平問。

『是的。我們也要讀「四書」「五經」，讀《史記》、《漢書》、李杜詩篇、韓歐文章。』陳念礽答話的神態顯得頗爲自豪。

桑治平很有興致地問：『在美國那個環境裏，喫麵包喝牛奶，讀中國的古書，能提得起興趣嗎？』

『是有許多人不想讀，但我却有興趣。』

『爲什麼？』

『因爲我是中國人。我母親總在信中告誡我，不管在美國住多久，始終不能忘記自己是中國人，學成後一定要回來報効自己的國家。我牢記母親的話，即使住美國，也努力讀中國的書，讀中國的書使我時刻不忘我的國家。』

桑治平和蔡錫勇互相交換了一下目光，這個回答使他們十分滿意。桑治平更對陳念礽的母親產生幾分敬意。一個女人，能有這樣的見識，難能可貴！

蔡錫勇問：『在美國上了大學嗎？』

『我在耶魯大學讀了兩年。』

『學的什麼？』

『學的機械和冶金。』

『最好，最好！』蔡錫勇連聲稱讚，又問：『我來考考你，中國最早的機器製造廠是哪家？』



『中國最早的機器製造廠是咸豐十一年曾文正公在安慶辦的內軍械所。安慶內軍械所以造洋槍洋砲爲主，實際上是我國第一家兵工廠。』陳念礽回答得很流利。

『目前中國最大的機器製造廠是哪家？』蔡錫勇又問。

『江南機器製造總局。』陳念礽應聲答道，『同治四年，曾文正公和李中堂在上海建造的。它的機器來自三個方面，一是安慶內軍械所，一是美國旗記鐵廠，一是容監督從美國買回來的新機器。江南機器製造總局規模很大，比較接近於歐美等國辦的機器廠。』

蔡錫勇很滿意，又問：『你能說得出幾個國內有名的機器廠嗎？』

陳念礽想了想說：『要說機器製造廠，除安慶內軍械所、江南機器製造總局外，還有李中堂創辦的金陵製造局和左侯創辦的福州船政局，可惜，去年此局被法國人破壞慘重。除這兩個局外，就我所知道的，還有蘭州機器局、天津機器局，廣東、山東、湖南、四川等省都有機器製造局。不過，這些局大多規模不大，所出的產品也不多。』

『行了，可以了。』蔡錫勇又問：『張大人打算在廣東辦一些洋務實業，你看，最急務的當是什麼？』

陳念礽低下頭，沈思一會，說：『當年曾文正公請容監督去美國購買機器，立脚點在自己造機器，故買的是機器之母，即憑在美國所買的機器，造出新的機器來。一時間，機器二字盛行中國。所以，這幾十年來，中國所辦的軍工廠莫不以機器局命名。我記得還是我們初到美國不久，容監督有次跟我們說，鋼鐵是構成一切機器最主要的材料。中國現在沒有鋼鐵，要造機器，得向美國或歐洲一些強國買鋼鐵，成本昂貴。其實，中國礦藏很多，完全可以自己採礦冶煉，自己來造鋼鐵。這樣，不但可以

解決自己的用材，還可以將這些鋼鐵賣給外國，賺大錢。在容監督的啓發下，我在美國就選擇了機器製造和冶煉這兩門功課。故以我之見，當務之急是在廣東辦一座鋼鐵廠，自己採礦煉鐵煉鋼。』

蔡錫勇滿臉綻出笑容。他站起身，然後握着陳念礽的手：『你這個想法跟我不謀而合，我們是英雄所見略同，恭喜你被録取了。今後，廣東的洋務實業要多多藉重你。』

陳念礽很高興地說：『我衹是學了點書面知識，没有具體做過事，今後衹能是邊幹邊學。』

桑治平也起身，問：『你住在哪裏？』

『我住在榕樹街鴻達客棧。』

蔡錫勇說：『還委屈在那裏多住幾天，不要挪動了。過幾天我再爲你尋一間好房子，到時我派人來鴻達客棧接你。』

晚上，桑治平又想起了陳念礽。他發現自己是從心裏喜歡這個小夥子。他甚至還覺得小夥子有點像他年輕時的模樣，舉手投足之間，依稀可見二十多年前自己的影子。他有一種想和陳念礽聊一聊的衝動。次日下午，桑治平早早地喫了晚飯，便徑直去了榕樹街。鴻達客棧是一個很不起眼的小旅店，經過多次打聽，纔在榕樹街的一條小巷子裏找到正在燈下攻讀的陳念礽。見是昨天的大主考親自下到這裏來找，他顯得又激動又緊張。忙將小房間惟一的一條小木凳讓給客人，自己坐在床沿上。

『讀的什麽書？』桑治平隨手翻着陳念礽剛纔讀的書問。

『從美國帶回的《採礦學》，隨便翻翻，温習温習。』陳念礽的答話有些拘謹，不像昨天那樣大方，主考的親自拜訪太出乎他的意外了。他很客氣地說：『老爺光臨鴻達客棧，我真没想到。我家裏清貧，住不起大旅館，這裏太簡陋，無法招待你，我很過意不去。』



桑治平爽朗地笑着說：『不要叫我老爺，我叫桑治平，你叫我桑先生吧！我是窮苦書生出身。像你這樣年輕時，我能住這樣的旅店就算很好的享受了。』

桑治平說着拿起桌上那本《採礦學》，指着書上的英文，笑着說：『你真了不起，能讀它。在它的面前，我可是一字不識的睁眼瞎呀！』

說着又哈哈大笑起來。

望着桑治平臉上那燦爛的笑容，陳念礽心裏的拘謹和緊張完全消除了。

『剛到美國時，聽美國人嘰哩哇啦地說話，看他們書報上那些歪歪斜斜的文字，我心裏很害怕，不知自己今後有没有本事聽得懂他們的話，認得他們的字。後來慢慢地也就習慣了，不知不覺間也就能說能看了，也真奇怪！』

『這就是俗話所說的，在山識鳥音，在水識魚性。身臨其境，很快也就會了。』

桑治平放下《採礦學》，笑微微地又將坐在對面的小夥子細細打量起來，心裏驚道：這小夥子真的是有幾分像我！

『念礽，我今夜來此看你，没有別的事，想和你隨便聊聊家常。』

陳念礽點頭笑笑，他覺得這位主考老爺很親切平易。

『昨天你說，你父親在京師做內閣中書，你又是怎麽到廣東來的，祖籍香山嗎？』

『是的，我家祖籍香山，父親在京師做中書。五歲那年父親病故，全家就遷回香山老家了。』

桑治平心想，照這樣說來，他是真正的廣東人，怎麽會與一般廣東人的長相差別很大呢？遂問：

『你母親也是廣東人嗎？』

『不是，母親說她娘家是河南的。我回香山後，常聽到的也是母親的中原口音，十二歲以後又離家到美國，所以我的口音與香山腔調有很多不同。桑先生問我母親的籍貫，是不是也發現了這個與別人的不同之處？』

陳念礽兩隻圓而黑亮的眼睛裏閃爍着招人喜愛的靈氣，桑治平看着這兩隻眼睛，又一次覺得似曾相識；認真地看時，又仿佛輕煙淡雲似的摸不到實處。他在心裏輕輕地遺憾着。

『是呀，我聽你的口音，就不像是地地道道的廣東腔。』桑治平有意接過他的話，『你有幾個兄弟姊妹？』

『我有四個姐姐，但不是同母的，同母的還有一個弟弟，比我小兩歲。』

『哦。』桑治平點點頭，又問：『你弟弟叫什麼名字？』

『陳耀韓。』

『你爲什麼不叫陳耀什麼的，或者是陳什麼韓的，而與令弟的名字完全不同？』

陳念礽活了二十多歲，還從來没有一個人對他的名字這般尋根究底地問。他感到奇怪又有趣：

『我原來的名字不叫念礽，而叫耀朝，朝廷的朝，與我的弟弟的名字衹差半個字。』

『什麼時候改的這個名？』

『在我去美國留學的前夕，母親對我說，你改個名吧，不叫耀朝，叫念礽吧！我問母親爲什麼要改這個名，母親沈默了很長一段時間，纔對我說，念礽就是懷念礽，礽是一個人的名字，他一直留在媽的心坎裏。媽讓你改這個名字，你就改吧，不要多問了。我當時覺得母親的心裏深處好像藏有什麼秘密似的，但我那時年紀小，也不想多問。到了美國後，我便改叫念礽了。回國後，也没有再改回來。』



# 第九章　試辨洋務



小夥子没有想到，他這一番平平實實的叙述，早已讓他的主考桑先生終於在一片模糊中尋到一絲綫索。『我母親是河南人』，『礽是一個人的名字，他一直留在媽的心坎裏』。一個久已不再想起、却又永遠不會忘記的人，已經慢慢地越來越清晰地浮上了他的心頭。難道是她？是那個在他的生命歷程中，第一個撥動他的心靈情弦，進入他的情感天地裏的，多少年來令他念念不忘的那個肅府丫鬟？世上真有這樣的巧遇嗎？

『念礽，我冒昧地問你一句，你母親叫什麼名字？』

聰明的陳念礽終於明白：爲何桑先生要親自來旅店看我，爲何要尋根究底地問我的名字、家世，看來他是在打聽一個人；難道他要打聽的，竟是我的母親不成？念礽換了一種眼神，看着眼前的這位身份和地位都不平凡的主考：兩鬢雖已可見白髮，然精神仍然健旺抖擻，儀態雖嚴肅莊重，兩眼却充滿慈祥和善。

『我母親没有名字，別人都叫她陳姨娘。』

桑治平一陣失望，但他仍不甘心，又問：『你母親今年多大年紀了？』

『我母親今年四十三歲。』

年齡是吻合的。桑治平又問：『你見過你母親娘家的人嗎？比如說舅舅、姨媽等。』

陳念礽摇摇頭，心想：桑先生莫非是我母親娘家的親戚？他猶豫一下後問：『請問桑先生，您是河南人嗎？』

『是，我是河南洛陽人。』

『你和我母親是老鄉！』陳念礽興奮起來。

一個念頭突然强烈地在桑治平的心間湧出：香山離廣州不遠，我何不去陳家看看呢？即便不是她，實地看看他的家風也是件好事呀！

『念礽，明天你陪我回香山去，我看看你的家。』

『桑先生要去我家！』陳念礽驚喜地站起來，連連說，『好，好！』

## 五　陳念礽原來是桑治平的兒子

香山縣城北距廣州約二百里，南離澳門約一百里，東傍珠江口，西臨西江岸，位於廣東南部一塊富庶的寶地上。此地在明代乃是一個曬鹽場所，逐漸發展成爲一座鹽商聚集的城鎮。它因氣候温暖而農産豐富，因海鹽交易而經濟發達，更因地臨南海靠近澳門而早得西洋之風的感染。現在，誕生在此地的一位偉男子已經二十歲了。他在南洋求學，將要邁開他光輝人生的重要第一步，一個嶄新時代的帷幕正在等着他去揭開。四十年後，人們爲了永久紀念他的不朽歷史功德，他的家鄉香山也因此改名爲中山。香山之所以誕生了這位偉人，不是偶然的，它的地理環境和人文習尚爲之準備了厚實的基礎。

早在道光初年，此地就出生了一位開風氣之先的人物，他就是容閎。容閎十二歲入澳門的教會學堂，十九歲留學美國，取得耶魯大學的學士學位，加入美國籍。二十七歲回國時，正碰上遍及長江中下游一帶的內戰。作爲一個基督徒，他首先看中的是拜上帝會，他向太平天国的領導提出一系列富民强國的構想。然而，當時正在忙於奪取政權的天王顧不上他的這一套，却不料天王的對手曾國藩很賞識他，幾次三番地予以約見。容閎終於在安慶見到這位湘軍統帥時任兩江總督的曾國藩，二人相談甚



歡。容閎的那套宏偉的設想大受曾國藩的讚揚，立即撥出六萬兩銀子，委託他到美國去爲中國購買機器。後來，容閎又擔起負責中國幼童留學美國的重任。

當時，中國士人的正統出路仍然是科舉一途，留洋攻西學不爲人所重視。容閎在京師及中原一帶招不到合格的子弟，目光便轉到他的家鄉香山。果然，在這裏他選派了不少優秀少年，而這批人才日後又爲香山的進步起了很大的推動作用。香山，就這樣地成了近代中國一個具有特殊地位的小縣城。

陳念礽的家在縣城西北角，此處較爲冷僻。一座接一座的磚瓦房，比起縣城中心那些宅院來，顯得陳舊、灰暗。陳念礽把桑治平帶進了一扇油漆剥落的門邊，說：『這就是我的家。』

開門的是一個和念礽面相相差甚大的年輕人。他很高興地叫了聲：『哥，你回來了。』

念礽對桑治平介紹：『這是我的兄弟耀韓。』又對弟弟說：『快叫桑先生，他是我的主考大人。』

耀韓怯生生地叫了聲『桑先生好』後，便趕緊先進了屋。

在簡陋的客廳裏剛坐下，便有一個二十歲左右的小媳婦端了兩盃茶出來。念礽對桑治平說：『這是我的弟妹。我去美國的時候，弟弟十歲，母親帶着他過日子，家里人口少，孤單，弟妹家人多，窮。第二年母親便把她接到家來做了童養媳，去年完的婚。』

桑治平笑道：『你訂了親没有？』

『没有。』念礽的臉紅了一下，很不好意思似的。

桑治平說：『哥哥未娶親，弟弟倒先娶了。』

念礽說：『在中國算少見，在美國，這是很常見的事。』

耀韓端上一盤南國水菓放在茶几上，笑着插話：『哥見過大世面，眼界高，他的親難訂。』

念礽說：『不是眼界高難訂，我是因爲事業無着落，不想訂。』

桑治平說：『現在事業有着落了，可以訂親了。』

耀韓欣喜地對哥哥說：『招上了？』

念礽點點頭。

耀韓快樂地說：『我趕緊去告訴媽。』

『媽在哪裏？』

『李八奶今天過七十大壽，在她家幫忙。我這就去叫媽回來，媽可高興死了！』

說着，一溜煙跑出了門。

小客廳裏，念礽陪着桑治平說話。桑治平嘴裏應付着，心裏却翻騰起一陣陣的浪花。

念礽的媽真的就是她嗎？他下意識地搖搖頭。京師肅府裏的那個柔弱温順丫鬟，無論如何也難以與眼下這個天涯海角的小縣城聯繫起來。當年踏破鐵鞋尋遍京師，走訪河南，一點消息都没得到，難道真可以相逢偶然，得之於全不費功夫嗎？這種事，衹能是戲臺上見書中寫，却是人間少世上稀。這種稀罕之事就可以讓我桑治平碰上了，真的是精誠所至金石爲開嗎？桑治平在心裏悄悄地笑了起來。要説全不可能，也未見得。桑治平相信自己的直感，那一對大大的圓圓的、亮亮的飽含着無限深情的眼睛，如同兩枚融匯着靈慧與機敏的黑色和闐玉棋子，如同兩隻在水天一色中上下飛翔隨波起伏的海鷗，如同兩孔幽静清澈、深不見底的泉井，二十多年來，一直深深地駐留在他的心田上，銘刻在他的記憶中。這些年裏，桑治平見過多少人，注視過多少雙眼睛，還從來没有哪雙眼睛能使他感到如此親切，如此可愛，如此一見便怦然心動，如此能喚回他那無限甜蜜的記憶。







他再次認真地看了一下坐在對面的念礽。猛然間，他爲小影子的這雙眼睛找到了答案，那飄飄忽忽的影子不就是她嗎？

就在桑治平這樣遐想亂思的時候，衹見念礽衝着門外喊了一聲：『媽，我回來了。』

門外傳來歡快的聲音：『聽耀韓説，你被招上了！』

正説着，一個中年女人走進屋來。念礽忙站起，指着桑治平説：『這是我的主考桑先生，他特爲從廣州到我們家來。』

『啊！』中年女人十分歡喜地説，『貴客，貴客。』

她走到桑治平的身邊，道了一個萬福，説：『主考大人，謝謝你招收了我的兒子，他從美國回來荒廢四五年了。你是我們家的大恩人。』

桑治平起身，微微地笑着，一邊仔細打量着她，一邊説：『念礽是官府培養出來的人才，官府應當用他，讓他發揮自己的才幹。』

『謝謝，謝謝。念礽，你好好陪主考大人説話，我幫着春枝到厨房裏去做飯。』説着又轉過臉來對桑治平説，『主考大人，你先坐一會兒，我去準備晚飯。』

望着她的背影消失在門外，桑治平一時間熱血奔流，萬千情緒頓時湧上心頭。正是她，正是二十多年來久隱夢魂深處的那個女人。

她明顯地老了。眉梢眼角間爬上了皺紋，皮膚粗黑了，頭髮也没有先前的黑亮了，步履顯得重慢了，説話的聲音也變得有點沙了，粗了。

當年那個白嫩、鮮麗，走起路來輕盈婀娜，説起話來清脆響亮的她已不復存在了，惟一没變的就

是那雙眼睛，還是那樣大而圓，還是那樣幽深明淨！她沒有看出自己來。是的，二十多年來，功名困頓，事業受挫，歲月打磨，時光無情，昔日那個清秀倜儻、風度翩翩的美少年早已消失得無影無蹤，在她眼前竟是這樣一個塵滿面、鬢如霜的半百漢子，她怎麼可能認得出！何況她壓根兒就不會想到，當年肅府的那個西席會出現在香山縣城，會與她的兒子聯繫上來。畢竟世界太大了，光陰太快了，機緣太少了，人生太匆促了。她一個弱女子，怎麼可能會對命運存那麼高的奢望！

那麼，相認，還是不相認？尋找數千餘里，相思二十多年，特爲趕來見面却不相認而回，無論如何都說不過去。相認，怎麼個認法？桑治平希望過會兒一起喫飯時，她能把他認出來，那將是一個多麼喜人的場景！

到了喫飯的時候，衹有念礽兄弟倆陪着，婆媳倆都不見了。桑治平問念礽：『你的母親和弟妹呢？』

念礽說：『因爲你是貴客稀客，她們都不上桌，在厨房裏喫。』

桑治平說：『我去請她們。』

說完走到厨房邊，見婆媳倆正在收拾竈臺，桑治平急切地說：『嫂子，聽念礽說，你是河南人，我也是河南人，我們兩個河南人在廣東見面太不容易了，請你和你的媳婦一起上桌，我們嘮嘮家常吧！』

念礽的母親擡起頭來，笑着說：『主考大人，您也是河南人？』

『是的。』桑治平換成一口純正的河南話說，『俺是河南人，聽說嫂子也是河南人，俺們是鄉親。』

這熟悉的聲音像是突然召回了她的記憶。她瞪大兩隻眼睛，凝神望着眼前這個高大壯實的主考大人，笑意在她的臉上悄悄消逝，疑惑在她的雙眼中漸漸湧現。多麼眼熟的一個人，他是誰呢？

『好，好，俺是好多年沒有遇見過娘家的鄉親了。』她的心裏無端生出幾分慌亂，拉着媳婦的手說：『春枝，和娘一道陪主考大人上桌喫飯吧。你哥招上了，這是俺家的大喜事！』

飯桌上，念礽兄弟一個勁地向桑治平敬酒勸菜。桑治平幾次想和她聊家常，都被兩兄弟熱情的舉盃給打斷了。她低着頭，一聲不吭，默默地喫飯，分享着兒子的喜悅，衹是常常不由自主地將目光向對面投去，趁着兒子們熱情敬酒的時候，將主考大人仔細地盯了一眼又一眼，她的心緒越來越亂了：開始還衹是微風吹拂，一池秋水上蕩起細細的皺紋，接着便是風雨襲擊西江、浪花飛濺沖刷兩岸，現在則好比午夜時分，南海潮漲潮落，轟然撞擊着水中的礁石、岸邊的堅巖。

兒子跟主考大人在說些什麼，她彷彿一句都沒聽進，衹是那令她親切的中原鄉音，將那些久已澹泊的童年和少女時代的意念，從腦中一絲一縷地勾出，而勾出來的又總是一種苦澀的、辛酸的、悵惘的況味。然而，就在那艱辛的少女生涯中，也曾出現過一段短暫的亮色。那色彩是粉紅的、溫馨的、暖融融的，永遠是她苦難生命中的甜蜜，平凡歲月中的珍稀。之所以有那段色彩，則是因爲有了他。這位主考大人是多麼地像他呵！那雙炯炯有神的眼睛，那道正直挺拔的鼻梁，尤其是那滿臉燦爛善良的笑容。正是他，沒錯！儘管離別整整二十五年，他的臉上有了皺紋，腰子也比過去粗圓，但大體上沒有太多的變化，應該是他！衹是天底下相像的人很多，京師距香山有四五千里路途，時隔二十多年了，難道真有這等共處一室同桌喫飯的巧事嗎？

在她四十餘年的日子裏，命運幾乎沒有給她什麼優待，她不相信人到中年還會有這等喜事降臨自己的頭上。這時，突然有一句話傳進她的耳朵：『念礽，我在你這個年紀時，你知道我在做什麼嗎？

我在京師一個協辦大學士家做西席。後來，東家出了事，我也做不成西席了，便漫遊天下，爲的是尋找我的所愛。』

好比一聲春雷，猛然間將她心中的所有霧霾都炸開了。就是他！實實在在、千真萬確的就是他！老天爺，你真的有眼，竟讓我在有生之年能圓這個夢。一行清淚從她的眼眶裏汩汩流下。她趕緊起身，悄悄走進廚房，蒙住臉，讓淚水盡情地流着流着……

桑治平將這一切都看在眼裏，他多麽想衝進廚房，把她抱在懷裏，爲她抹去臉上的淚水，暖熱她的心窩。但是他却站不起來，移不動身子。時光已過去了二十五年，二十五年後的今天，他們都不再是熱血奔湧的少男少女，而是爲人父爲人母的長者，在兒女面前，他們需要莊重，需要克制。

喫過晚飯後，桑治平被安置在念礽的房間裏休息。他的一顆心，如何能安静得下來！二十五年前那個初秋月夜的情景，又鮮明而灼熱地顯現出來。二十五個年頭，九千多個日夜，桑治平曾無數次地爲那夜的孟浪而自責而痛悔。他做夢也不會想到，短短的兩個多月裏，世事便會發生那樣天翻地覆般的變化，原先的一切美好憧憬被徹底摧毁，毁得連一點殘片都拾不起來。人家一個好端端的姑娘，今後如何嫁人？如何安身？你不該活活地壞了她的一生。罪孽呀罪孽！每每想到這裏，桑治平便禁不住狠狠地抽打自己的耳光：都怪當初年少不更事，都怪一時衝動而不能自制！

此時此刻，桑治平心裏冒出的第一個念頭便是要向她負荆請罪。儘管流逝的歲月不會重返，失去的生活不可再得，一句請罪的話與二十五年的生命相比較，何其渺小輕微！但桑治平仍想當着她的面説這句話。衹有這樣，纔能使自己心靈上的重荷略爲減輕點。

桑治平輾轉床上，無論如何不能人眠。他凝望夜空中的皓月，想起了古人的名句：『年年歲歲花





相似，歲歲年年人不同。』是的，花衹是相似而已，與人一樣，也不可能歲歲年年相同，要説不與年歲推移而改變的惟有天上的這一輪明月！又是一個秋夜，又是一輪秋月，二十五年前的那個夜晚，月色不也正是這樣的嗎……

半夜時分，秋菱從床上起來，她要離開載礽回自己的房間了。載礽依依不舍地送她出房門，二人携手來到中庭。此刻，一輪明月，如同清水中撈出的玉盤，高高地懸掛在一塵不染的星空，溶溶的清輝流瀉在肅府寬大而豪華的宅院裏，給白日裏火紅的石榴、墨綠的虬松、淺灰的漢白玉欄杆、橘黄的琉璃瓦，披上一襲薄薄軟軟的輕紗，籠上一層飄飄渺渺的淡霧。人間萬物都進入了一個空濛蘊藉的意境之中。天上升起一輪明月，世間就立刻美了；身邊有着一個秋菱，生命也就立刻美了。載礽終於按捺不住心中火一般的激情，再次將秋菱摟在懷中，口裏喃喃地念道：『秋菱，我真捨不得離開你！』

『皇上不會在熱河住得很久的，頂多還有兩三個月就會回京師，那時我們就又在一起了。』秋菱再次被巨大的幸福包圍着，胸口急跳，兩頰通紅。

『兩三個月也是一段很長的日子呀！』

『要是肅中堂叫我也去熱河就好了！』

『我們明天一道去熱河吧！』

『那哪兒成！』秋菱小聲地笑了起來。

『秋菱，你一定得嫁給我！』

秋菱臉漲得更紅了。她低下頭，好半天纔低聲説着：『我已經是你的人了，不嫁給你嫁給誰？』

『好，就這樣定了！』載礽托起秋菱的臉頰來。月光照在她端正秀麗的面孔上，比起白日來更顯得

嫵媚可愛！

『秋菱！』

載礽輕輕地呼喊着，將懷中的女人摟得更緊了。月亮躲進了雲層，它有意讓這對情人放心大膽地長久地吻着……

唉！二十五年前的月亮與今夜一個樣，不曾多一分，少一分，也不曾亮一點，暗一點；可是，人却大爲不同了。對面而坐，却不能像當年那樣談笑依偎、擁抱深吻！

今夜的她，還記得當年嗎？還記得銷魂蝕魄的那一夜嗎？

不能這樣呆着！往昔曾費了多少功夫踏遍山山水水去苦苦尋找，今日怎能失之交臂，當面錯過！

桑治平披衣走出門外。小小的香山縣城早已萬籟俱寂，簡陋的陳家小院也已進入夢境，惟一的一盞昏暗的油燈，在東厢偏房的窗紙上跳動着。桑治平知道，這一定是念礽母親的住房。今夜，她和自己一樣，同是長夜不眠人。猶豫了一會，桑治平終於鼓起勇氣，走了過去，輕輕地敲起窗櫺。

『誰呀！』房間裏傳出的聲音輕細而溫婉。

『我，念礽的主考桑……不，我是載礽。』

門輕輕地打開了。

桑治平的心上上下下在急劇地跳着。他快步走進屋，衹見她站在油燈旁，兩隻眼睛熱切地望着他，如同二十五年前那夜一樣的激動興奮，一樣的動人心弦。

『秋菱！』桑治平不顧一切地奔過去，將秋菱的雙肩緊緊地抱着。

『真的是你嗎？』秋菱仔細端詳着桑治平，兩行熱淚滾滾而下，好半天，纔顫顫地說，『這不是做



夢吧！不是做夢吧！』

『不是做夢，秋菱，這不是夢。』桑治平又把秋菱摟入懷中，輕輕地替她抹去眼淚。秋菱的臉滾燙滾燙，猶如發着高燒。『秋菱，我們又相見了。你還記得那一夜嗎？那也是這樣的一個秋夜，在京師，在肅府，月亮也和今夜一樣的好看……』

桑治平的心裏藏着許許多多的話，他恨不得一古腦兒全部倒出來，對心中的所愛傾訴個痛快！

不料，他纔開了個頭，秋菱已雙手蒙住臉，嚶嚶哭泣起來，桑治平趕緊住口。秋菱還在哭。桑治平將她扶到床沿邊，讓她坐下，自己隨手拉過來一條凳子，坐在她的對面。二人對坐好長一會兒，桑治平沈重地說：『秋菱，我知道你的心裏有許多苦楚，是我傷害了你。儘管我是真正地愛你，要娶你爲妻，儘管後來的變化是我萬萬不可料到的，但這二十多年來我時時刻刻都在痛責自己，是我的一時衝動給你一生帶來了永遠不能抹去的痛苦。我今天，在認出你的那一刻，我第一個念頭便是要向你請罪。你打我兩個耳光吧，把你二十多年來積壓的苦楚散發出來吧！』

桑治平說着，把頭朝秋菱伸了過去。秋菱的雙手依然蒙在臉上，但哭聲已慢慢停止了。四周靜得一切似乎都凝固了，衹有桌上的那盞小油燈的暈黃火苗，還在一閃一閃地跳躍。片刻之間，兩個人仿佛兩座石雕似的呆着。突然，秋菱的雙手伸過來，緊緊地抱住桑治平的脖子，把臉貼在桑治平的額頭上，又嚶嚶地哭了起來，一邊說着：『二十多年了，你到哪裏去了，你怎麽不給我一個信？』

淚水順着秋菱的臉頰流到桑治平的臉上，又從桑治平的臉上流到秋菱的手上。桑治平被秋菱的這一片深情所打動，從不落淚的漢子也忍不住熱淚奔湧。

好半天，兩人纔從這相擁而泣的狀態中解脱出來。秋菱起身，拿來一塊毛巾遞給桑治平，又給他

倒了一盃茶。

桑治平的心平静下來：『秋菱，是我傷害了你，你受苦了！』

『唉——』秋菱重重地嘆了一口氣。這口氣好像是從她的五臟六腑深處湧出，隨着這聲嘆氣，二十多年來心中的鬱積彷彿頃刻間消散多半。『不説它了，這一切都是命。我知道，這些年你心裏的苦楚也不會比我少。』

這一句輕輕的話，如同一把利斧似的，把套在桑治平身上的無形枷鎖一下子全給劈了，他有一種獲釋之感。

『秋菱，爲打聽你的下落，我在西山住了一年多。爲了尋找你，我走遍了河南。河南找不到，又尋遍大江南北。二十多年來，我時時刻刻都在想念着你，却不料這次有幸能見到你的兒子，他將我帶到香山，終於在這裏見到了你。蒼天有眼，想不到今生今世，我們還有相見的一天。』

『你的兒子』這幾個字，猛烈地撞擊着秋菱的心房。她再次凝望着眼前這個無數次出現在夢中的男人，嘴唇囁嚅好久後，終於開了口：『念礽是你的兒子！』

『我的兒子！』桑治平睁大眼睛，看着秋菱，他懷疑她是一時情緒激動説錯了話。

『是的。』秋菱的心緒已平静下來，將剛纔的話重複一遍，『念礽是你的兒子！』

念礽難道就是那夜所種下的根苗？桑治平的腦中瞬時間閃過這個疑問，但又覺得不大可能。他拉過秋菱有點發凉的手，急切地問：『這是怎麽回事，你説清楚點！』

『你走後兩個來月，我開始覺得自己身體有些不大對勁，渾身無力，貪睡，作嘔，厭食，不明白得了什麽病。有一天，我終於跟劉姐説了。劉姐，就是厨房裏那個做雜事的大姐，你應該還記得。』



『記得，記得！』桑治平點頭之際，一個二十四五歲的年輕女子的模樣出現在眼前。她是個喪夫的小寡婦，婆家將她賣到肅府。劉姐心地善良樂於助人，又因爲年歲稍大，歷事稍多點，成了肅府那些小丫頭的大姐姐。她們有什麽事都願意對劉姐講，桑治平也知道她是一個苦命的好女人。

『劉姐聽了我的叙説後，怔了好半天，纔悄悄地附着我的耳朵説，你對姐説句實話，你有没有相好的男人？我一聽這話，滿臉通紅，直羞到脖子根下了。劉姐見我這樣子，心裏一下子明白了。她沉下臉説，姐是過來人，這種事經過，我實話告訴你吧，你這病八成是懷娃了！我一聽，眼前發起暈來，淚水禁不住滚珠似的流下，兩手抓住劉姐的手不放，一個勁地對劉姐説，你説的是實話嗎？劉姐滿臉肅然地説，姐懷過兩個娃，都有這毛病，特别是懷第一個娃時，與你説的絲毫不差。你是個没男人的人，這事姐怎麽可以誆你！我頓時嚇得六神無主，渾身發軟，兩手一鬆，倒在劉姐的懷裏。』

桑治平心裏難受極了：一個未婚的女子懷上娃，這是一樁多麽丢臉的醜事！古往今來，凡有這種醜事的女子十之八九自尋短見，死了之後，還要被人唾罵詛咒！連娘家人都擡不起頭來。桑治平呀桑治平，你怎麽可以做下這等造孽事！桑治平心頭上的血在一滴一滴地流！

『劉姐對我説，你告訴姐，這人是誰，姐再幫你拿主意。到了這個時候，我不得不説實話了。不料，劉姐聽後，反而笑了，説原來是顔先生！這樣的話，姐倒要恭喜你了。顔先生學問好，今後必有大出息。你跟着顔先生，這是你的福分。聽説肅大人很快就要回京師了，等顔先生回來後，你就趕早辦了大事，明年堂堂正正地生個小子出來。劉姐這一説，我的心寬了許多。不去想别的，一心一意地等着你回京師。』

桑治平的心却並沒有寬鬆，因爲這以後所發生的，完全不是秋菱和劉姐所期盼的。

『過些日子，爾盛從熱河回到府裏，說肅大人過幾天就要回京師了。闔府上下都忙着準備迎接肅大人回府，我心裏更是高興，急着要把這事告訴你。誰知喜事沒有到來，到來的却是肅府的大災大難。一天清早，突然來了一兩百號兵丁，將肅府團團圍住，一個人也不准外出。我懵懵懂懂的，不知出了什麼事。一會兒，劉姐告訴我，肅大人犯了謀反大罪，肅府抄家了。我嚇懵了，一時心慌意亂，不知如何是好。我也不知道肅府抄家後會將我們這些丫鬟如何處理，我最擔心的就是會和你失去聯繫，我以後到哪裏去找你呢？我那時想，要是晚幾天你回來後再抄家就好了，有你在身旁，我就什麼都不怕，我跟着你走就是了。唉，偏偏就在那時出了事。』

秋菱又重重地嘆了一口氣，桑治平本想講講熱河行宮裏那些驚心動魄的權力爭奪，他怕打斷秋菱的思緒，沒有插話。

『我在屋子里乾坐了三天。第四天，我們一群年輕的丫鬟被單獨押到一處，劉姐也夾在我們一堆裏。一個滿臉橫肉的把總走到我們面前吼道，你們肅家的丫鬟也都有罪，看在你們是女人的分上，不治罪，把你們統統都賣掉，都是一樣的價，一個人一百兩銀子，都有買主了。買家是戍邊的犯官，還是京師裏的老爺，買去是做小妾，還是去做丫頭，這要看你們的命了。說完，一個小兵拿了一個竹筒，竹筒裏插着二十來根竹籤。那個把總又吼道，每人抽一支，抽到哪一支就哪一支，不能抽第二次，抽完後收拾行李，送你上那家去。』

桑治平聽到這兒，心裏又痛得像刀扎似的：想不到幾天前還是高貴顯赫的肅相府，一下子落到這般地步，可憐的肅府丫鬟們頓時淪落爲任人買賣的貨物。心愛的秋菱，等待你的是什麼命運呢？





『捧竹筒的小兵挨個兒從排成一排的丫鬟面前走過，每個丫鬟都從竹筒裏抽出一支。有瞪着眼睛將竹筒盯了半天後纔下手的，也有閉起眼睛毫不猶豫就拿起一根的。拿到竹籤看過一眼後，多數丫鬟緊閉嘴唇，面無表情，也有突然放聲大哭的，房間裏的氣氛又緊張又壓抑。我祇覺得渾身發冷，抖抖嗦嗦的。眼看那個小兵慢慢走近了。我的左手邊坐着劉姐，她的手顫抖了好一會，纔從竹筒裏抽出一支竹籤來。她不識字，要我幫她看。我看那竹籤上貼的紙條寫着：內閣中書陳建陽小妾一名。劉姐鐵青着臉沒有做聲。輪到我了，我閉着眼睛隨手抽出一根，一看：大行皇帝萬年吉地洗衣婦一名。

『劉姐輕輕對我說，洗衣婦好，比做妾强。我剛暗自欣慰一會兒，立刻便恐怖得不得了：要不了三四個月，這肚子便會被人看出來，那時怎麼辦？再過六七個月，孩子就要出來了，豈不更駭人？我抓緊劉姐的手，哭着說，洗衣婦對別人是好事，對我却不好！劉姐馬上明白過來，說是呀，過不了多久，你就要現懷了！突然間，有了一個想法：跟劉姐換！這念頭一出來，我否定了：給別人做小妾，怎麼對得起礽哥？再說已壞了身，別人不嫌嗎？轉過來又想，若去做洗衣婦，母子命都不能保，給人做妾，至少暫時可以遮醜，想必礽哥可以體諒我這番苦心。腦子裏這樣鬥來鬥去，到頭來，我終於狠了狠心，對劉姐說，我們倆換一下竹籤吧，你也好，我也好。劉姐點了點頭，趁着小兵給別的丫鬟抽籤的時候，我們趕緊偷偷地換了。出了肅府，她去大行皇帝的陵寢地，我則到了陳家。』

桑治平聽到這裏，流血的心突然被擱到冰窖似的，裡裡外外全都冷透了。

『內閣中書陳建陽原來是個快六十的老頭子，家裏有一個年歲與他差不多的老妻。老妻爲他生了四個女兒，就是沒有兒子，陳建陽買妾是想要個兒子。知道這個情況後，我決定對他說實話。我說，我已有二個多月的身孕了。老頭子大喫一驚，脫口問，是肅順的？我含含糊糊點了點頭，不料老頭子反

而高興起來，説，肅順是天潢貴胄，你把他的種子帶進我家，日後若生了兒子，必定大有出息。我順着他的話説，若有出息，也是你陳家的光耀。老頭子忙説那是那是。我心裏好受多了，説，那就請老爺你在太太面前替我保密，祇説孩子是早産兒。老頭子説，這事祇你知我知，再不能讓第三人知道。我一聽這話，便跪下給老頭子磕頭，説，若這樣，你就是我的救命恩人，我一世做牛做馬服侍你。從那以後，我天天給菩薩上香叩頭，求菩薩保佑我生個兒子。果然，七個多月後，生了個男孩，老頭子高興得不得了，給他取名叫耀朝，意思是日後可以光耀朝廷。她的太太居然一點也没有懷疑，跟着高興。』

到了這個時候，桑治平的一顆心纔又回到自己的胸腔，感覺踏實多了。

『過了兩年，我又生下老二耀韓。到了耀朝五歲時，老頭子突然得病死了。他是廣東香山人，那時四個女兒都已出嫁，太太帶着我們母子就這樣來到了香山縣城。陳家並没有什麽家産，縣城裏祇有這一棟舊院子，鄉下祇有十畝水田。到了香山第二年，太太去世，爲辦喪事，賣了四畝田。結果留給我們母子三人的，僅祇這棟房子和六畝田了。』

桑治平插話：『三口人，六畝田，這日子怎麽過？』

『苦是苦，也這樣過來了。田租給別人種，每年給我們二十石穀，菜自己種，我再幫別人縫縫補補，也綉點花，賺點小錢，供他們兄弟倆發蒙讀書。』

『秋菱，你是一個有見識的好母親，日子這樣艱難，還能讓兒子讀書。』

『這要感激你，是你當時教我識字的。識了字後，就大不相同了，何況他們兄弟倆是男孩，更不能做光眼瞎子。』



説到這裏，兩人都感覺到輕鬆多了。桑治平問：『後來，念礽怎麽去的美國？』

秋菱理了理頭髮，説道：『那年他十二歲，容先生回到老家來招留美幼童，見他聰明可愛，有意招他。來到家裏，問我願不願意。我先問他自己，這孩子一口就説願意。你知道，香山這地方華僑多，華僑們在南洋在美國做工，到老了，也有回到家鄉來的，所以這裏的人對美國不生疏，都知道美國比我們這裏好。孩子的爽快答應幫我定了決心。我想，家裏窮，也無勢力，孩子留在香山，也不會有大出息，讓他出國闖闖也好，於是就答應了容先生。臨走前，陳家叔伯兄弟們知道了，堅決反對。我説，孩子是我生的，我有權爲他做主，你們也從没給過他一文錢，你們有什麽資格反對！』

先前在肅府，秋菱在桑治平眼裏始終是一個柔弱的小女子，不料她也有這等魄力。正是應了一句古話：女子本弱，爲母則强！

『送孩子上船的路上，我對孩子説：你改個名字吧，叫念礽。孩子問我爲什麽要改名。我説，媽在年輕時，曾遇到一個名叫礽的好人，他於媽有恩，媽一直懷念他。孩子懂事地點點頭，也没再問下去。從那以後，孩子就用了這個名字。』

桑治平身上的血一下子又奔湧起來。他抓住秋菱的手，激動地説：『叫我怎麽感謝你呢，秋菱！你忍受着委屈痛苦，保留了這個孩子，又把他送往美國，學成回國。他即將成爲國家的有用之才，我心裏真是高興極了。明天，我就去認了他，讓他歸宗，改叫顔念礽吧！』

秋菱默默地聽着，没有做聲。兩隻手從桑治平的手中慢慢抽出，好半天，纔輕輕地説：『念礽終於能到自己親生父親的身邊，這是天意，我歡喜無盡；你認他，這也是正理。但我仔細想了想，以爲還是不認他，不讓他歸宗爲好。』

桑治平急道：『認祖歸宗，這是大好事，爲何你不同意？』

秋菱説：『念礽這孩子畢竟是我們未婚所懷的，這事祇有你知我知，還有耀韓的父親知，除此之外，再沒有第四人知道。你將他歸宗，這不是攪得沸沸揚揚，大家都知道，叫我在這香山如何做人？以後嫂子知道了，對你多少也會有些怨恨。』

桑治平連連點頭：『你説得有理，有理。』

『還有一點，能讓念礽平安生下來，長大成人，能讓我還有今日與你團聚的一天，這靠的是誰，還不是耀韓的父親嗎？我們不能過河拆橋，忘掉了他的大恩大德。念礽可以改名，但却不能改姓，這一輩子就讓他姓陳姓到底吧，也算是我對耀韓父親的感激。』

桑治平忙説：『秋菱，你説得很對，剛纔是我喜極而懵了。我祇有一個女兒，多年來極想有個兒子，現在猛然聽到自己有個這麼卓異的親生兒子，你説我該有多高興！我再不説什麼認祖歸宗的話了，一切照舊，念礽依舊是陳家的長子。』

秋菱臉上泛出一絲笑容，説：『我倒有個主意，明天我對兩個兒子説，我們昨夜聊家常，纔知道原來是表親，讓兒子叫你表舅吧。如此相稱，日後你也好多管教他關心他。』

桑治平似乎忽然之間對眼前這個女人有了更多的認識。若説二十多年前，他對她是一個熱血青年對一個多情少女的愛戀；二十多年後的今天，則是一個中年男子對一位飽經坎坷的成熟女性的敬慕。

桑治平動情地説：『秋菱，若不是有你嫂子的話，我真想明天就將你娶過門，我們堂堂皇皇拜天地，體體面面做夫妻。』

秋菱臉上頓時飛過一片紅霞。『堂堂正正拜天地，體體面面做夫妻』，多少年來，這一直是秋菱的夢想和追求，但如今夢中人真的來到身邊的時候，却又時過境遷，往日的憧憬倒反而變得飄渺起來了。

她充滿柔情地説：『説説嫂子吧，説説你的女兒吧。這些年來，她們纔是你最親的人。』

是的，也應該向秋菱説説這二十多年來自己的經歷。於是，桑治平將自己如何改名換姓隱居西山到漫遊天下，到古北口成家，到入張之萬幕，一直到跟着張之洞從山西來廣東的過程，細細地告訴了秋菱。秋菱靜靜地聽着，臉上看不出多少反應，而胸中却如一鍋沸水似的翻滾不停。她從桑治平的叙説中，時時能感受到一個男人真摯而深沈的情和愛，一個志士博大而執著的事業心。她爲自己當年慧眼識人而欣慰，更爲兒子今後的前途有望而舒暢。

『哥，』依舊是當年肅府時的稱呼，它將桑治平全身的熱血直喚到腦頂。『我給你看樣東西。』

秋菱起身，從床底下移出一隻黑漆梓木箱子來。桑治平把桌上的油燈挑亮，他要把秋菱讓他看的東西看個仔細。秋菱站在木箱邊，定了定神，桑治平見她的臉色漸漸泛紅，隱隱約約地感覺到她的心在急速跳動。這情景又使他想起了當年去熱河前夕，秋菱剛進書房那一刻的神態。

她把木箱打開，箱子裏整整齊齊放着幾件舊衣服。她把衣服拿開，露出一大堆男人穿的棉鞋來。秋菱拿出其中的一雙遞給桑治平。這棉鞋，跟二十五年前秋菱送給他的那雙一模一樣。秋菱重新坐到桌子邊，眼睛盯着桑治平手裏捧着的棉鞋，好半天，她纔開口説話，語調緩慢而凝重：『這箱子裏一共有二十四雙棉鞋，二十五年來我對你的思念都在這裏面。』

桑治平的心陡然一驚，手中的棉鞋忽然變得異乎尋常的珍貴而沈重起來。他又向木箱那邊看了一眼，那一排排堆放的棉鞋，也突然在他的眼中有了異樣的感覺。他很想説話，却又不知説些什麼，呆

# 第九章 試辦洋務

呆地望着手中的鞋子，猶如當年捧着秋菱送的那雙鞋子一樣，激動得全身熱血奔湧。

『你那年陪着肅大人去熱河的時候，院子裏的海棠樹開始飄葉了。第二年京師海棠樹再次飄葉的時候，我却做了陳家的小妾。我不知道這個時候你在哪裏，也不知道你脚上的棉鞋穿壞了没有，我想我應該爲你再做一雙。於是我拿起針來，一針一針地納鞋底。邊納邊想，那一針一針地上下抽納，就好像在跟你一句一句地説話，滿肚子的心事，滿肚子的苦水，吐了出來，心裏就好受多了。』

月亮早已不知去向，夜已經很深很深了，四周是一片濃重的黑暗。遠處零丁洋的海浪拍岸聲，似有似無地傳進陳家舊宅，更使人感到長夜的冷寂。

『從那以後，每年秋風起的時候，我便開始爲你做一雙棉鞋。我把這一年來的思念之情，用這一針一綫，把它納入鞋中。平時，拿起這些鞋子來，往日的椿椿舊事便會一一浮現在我的眼前。從北京到香山，從背着念礽兄弟到他們成人，就這樣，二十五年來，我爲你做了二十四雙棉鞋。每次做鞋的時候，都想到什麽時候能讓我看到你親自穿上它就好了。前幾年我還抱着一綫希望，近幾年來隨着年紀老了，精力衰弱了，我也不再抱希望了。不料，上蒼有眼，還有我們重逢的一天。我真的可以親眼看到你穿上我做的鞋子的時候了！』

秋菱眼中的淚水頃刻間决堤而來，她不再説話。二十五年裏積壓的無窮無盡的思念幽怨、鬱悶冷寂，今天夜裏，都要藉這悲喜交集的淚水來徹底洗刷蕩滌！

零丁洋的海浪，似乎翻卷得更高，撞擊得更響了；一聲一聲遞進，比起剛纔來，顯得清晰可辨。它是在爲她苦難的身世而哀哀哭泣，還是在爲安慰她而絮絮輕語？茫茫無垠的星空，浩浩無邊的大海，今夜，你們聽到的是一個平凡女子的來自情感最深處的聲音。在天長地久亘古不息的宇宙看來，



人類實在太脆弱，太無能，人的一生實在是太渺小，太短暫。這脆弱渺小的人類，好不容易擁有一個生命，爲什麽不好好享受，偏要生出這麽多自身造成的災難，製造出這麽多美與惡的争鬥，情與仇的糾纏？這個當年卑微的肅府小丫鬟，用她整整二十五年的相思之情，納成的這二十四雙浸泡着淚水的棉鞋，是情到深處的美麗，還是情到癡處的迷誤？是人性的光輝，還是人性的悲哀？這實在是一個説不清道不明的話題。不過，無論外人怎麽評説，對面的男人，却實實在在地被這一腔深情厚誼所打動，所震撼！

桑治平放下棉鞋，將秋菱的雙肩再次抱緊：『秋菱，你那年送我的那雙棉鞋，我一直没有穿，我走到哪兒，都把它帶着。看着它，就如同看到了你。這二十四雙鞋，寄託了你二十五年的情意，我會用我的全部生命來珍惜它。』

『我知道。』秋菱幸福地望着桑治平，温存地説，『回房去睡吧，念礽從今往後就交給你了！』

## 六　海軍衙門和頤和園工程攪到一起了

第二天喫中飯的時候，秋菱當着桑治平的面告訴兩個兒子和媳婦：主考大人原來就是失散了三十年的表哥，想不到在香山居然親戚重逢。秋菱叫他們一齊向表舅磕個頭，認了這門親。念礽聽了，喜從天降。他對桑治平正是感恩不盡的時候，不料這位恩人竟是母親的表兄，從此恩人和表舅合爲一人，更是情上加親了。耀韓覺得很是稀奇，好像正應了『天下之大無奇不有』的古話似的，奇事眼睁睁地就在自家出現了。衹有兒媳春枝心存幾分疑惑。昨天喫飯的時候，她就發現婆婆的神色不大一般，特别是婆婆突然流淚離席，這個舉動也很特别。夜晚，她隱隱約約聽到婆婆房間裏整夜都有人在

說話。這些加起來，憑着女人的直感，她覺得這位主考大人與婆婆的關係決不會如此簡單，但這事非同小可，不能亂懷疑，況且婆婆一向對自己很好。婆婆年輕守寡，這些年來春枝眼見婆婆規規矩矩、清清白白的，無一句閒話給別人說。春枝沒有對丈夫說出自己的懷疑，而且告誡自己，今後永遠也不能說。

於是，念礽、耀韓夫婦一齊起身，然後跪下，喊一聲表舅，再向桑治平磕了一個響頭。

桑治平再一次細細端詳念礽的時候，覺得除開那雙眼睛像秋菱外，其他的一切，都像二十多年前的自己。平空添了一個親生侄兒的桑主考，一時間真有此生再無所求的滿足感。

磕過頭後，大家是一家人了，一頓飯喫得熱熱火火、團團圓圓。桑治平在陳家一住五天。五天裏，他和秋菱互相說了許多別後的經歷，兩顆深受重創的心都得到了彌補，彼此都有一種青春重返的感覺。一天下午，念礽和耀韓夫婦都不在家的時候，桑治平叫秋菱把那二十四雙棉鞋都拿出來。在秋菱的面前，他將每一雙鞋都在自己的脚上穿了一下，在屋子裏走了幾步。秋菱坐在床沿上，看着桑治平來來回回地走着，心裏得到極大的欣慰。

桑治平說：『這二十四雙鞋我都揹回廣州去，慢慢穿。』

秋菱想了一下說：『不要帶走了，就讓它們一直留在我身邊吧！既然每一雙你都穿了，我的目的也就達到了。說實在話，這鞋子穿不穿都不要緊，衹要你知道我這些年來的心意就足够了。』

『正是因爲這是你的心意，我是一定要帶回去的。』

『聽我的，不要帶。』秋菱淡淡一笑，『你一下子帶回這多棉鞋，嫂子會覺得奇怪。何況廣東暖和，隆冬季節也不要穿棉鞋。知道離別後，你想我念我，四處尋找我，我就心滿意足了。我的心思沒有白



費，鞋子放在你那兒，還是放在我這兒，都是一樣的。仔細想想，還是不拿走好些。』

『好。』桑治平理解秋菱的良苦用心，說，『那我就帶一雙回去吧。』

第六天一早，桑治平帶着一雙棉鞋，與念礽一道離開了秋菱和耀韓夫婦，坐着小火輪，當天晚上便回到廣州。

招賢榜爲兩廣總督衙門招來六十餘名各種洋務人才，陳念礽和他的幾個美國留學同學，協助蔡錫勇將這六十餘名人員按其專業特長予以合理安排。有了這批人才進去後，黃埔造船廠、廣州機器局、廣東水陸師學堂都大有起色。陳念礽向張之洞建議，在廣東興辦一個煉鐵廠，自己冶煉鋼鐵。張之洞欣然贊同，要蔡錫勇、陳念礽擬出詳細計劃出來；又撥出專款，讓他們從美、英等國購買器械。

這時，京師海軍衙門正式成立，醇親王奕譞以皇帝本生父的尊貴地位出任中國第一任海軍大臣，名曰總理海軍事務大臣。海軍衙門的主要官員們，根本無需奕譞煞費腦筋物色，慈禧早有安排，奕譞提供的會辦大臣名單不過供她參考而已。由軍機處發佈的名單是：慶郡王奕劻、直隸總督李鴻章、正黃旗漢軍都統善慶，至於奕譞本人所推薦的曾紀澤，則排在海軍衙門大臣中的最後一名。

奕劻乃乾隆帝第十七子慶親王永璘的孫子，父親綿性爲永璘第六子。綿性的侄兒奕彩因服中娶妾被革去郡王爵位，綿性欲以行賄來襲爵，事發，被流放盛京。綿性自知再無出頭之日，便把兒子奕劻過繼給無子的綿爲。過了幾年奕彩死了，因無弟無子，奕劻被幸運地轉房承襲爵位，初封輔國將軍，繼封貝子。咸豐十年加封貝勒。因爲家裏失了勢，奕劻年輕時也便認真地讀了幾年書，也能畫幾筆水墨畫。他家離慈禧的娘家方家園承恩公府近，便常往承恩公府裏跑，想盡辦法博得了承恩公桂祥的歡心。又常替桂祥給慈禧寫信，慈禧因而知道了奕劻。到後來奕劻又與桂祥結了兒女親家，於是變成了

慈禧的娘家親戚，因而承襲慶王留下的爵位。以宗室子弟靠走慈禧娘家的門子而發達的人，奕劻是一個代表。奕劻傍着慈禧這個大靠山，以後升親王，兼軍機處領班大臣，直至新政時期的內閣總理大臣，權傾一時。此人有小機巧而無治國大才，更由於他的貪財好貨而將國事政局弄得一塌糊塗。這些都是後話。眼下慈禧起用他做海軍衙門會辦，便是上監督奕譞，下監督李鴻章，將海軍衙門完全控制在自己的手裏。而善慶，則是慈禧爲奕劻所安排的助手，操縱海軍衙門的實際事務。

海軍衙門成立後發出的第一道公文，便是要各省捐款共襄海軍大業。張之洞有言在先，不便食言，便帶頭捐款三十萬，但其他各省並不踴躍。此時，清漪園已由慈禧親賜頤和園之名，在內務府大臣恩良的掌管下，大張旗鼓地開工了。奕譞對恩良説，光緒十五年元旦皇帝親政，頤和園務必要在光緒十四年秋天完工，以便太后歸政後住到園子裏頤養天年。太后有個舒心的地方住，皇帝纔能安心治政。恩良領了這道旨意，加緊督辦園工也便有了更充足的理由。

就這樣，中國近代史上最有名的兩大工程——海軍和園工便攪在一起了。於是，一樁樁關於海軍和園工之間經費模糊不清的傳聞，便由京師傳到廣州，傳到各省，令張之洞和所有關心海防的封疆大吏們憤懣焦慮，憂心忡忡。

受命海軍會辦大臣之初，李鴻章很有一番壯志。自從同治九年以來到今天，李鴻章在直隸總督的位置一坐二十個年頭，成爲有清以來督撫任期最長的封疆大吏。直隸爲京師所在之地，向爲全國疆吏之首。因而實際上，李鴻章做了二十年的督撫領袖。以淮軍起家的李鴻章既深知兵權於人臣之重要，也深知軍事於一國之重要，作爲擔負國家對外防務重責的大臣，在塞防與海防之辯中，鑒於西洋諸國多以船砲强行攻破國門和東洋日本日漸崛起的局面，李鴻章認爲海防重於塞防，主張大力加强沿海防





務。直隸所屬的渤海灣有被英法聯軍野蠻闖入的慘痛教訓，故而李鴻章對北洋水師十分重視。沈葆楨任兩江總督兼南洋大臣時候，曾提出一個每年各省協濟海防四百萬的計劃，他生前未及看到此計劃的實施。前年曾國荃出任兩江總督，在李鴻章和曾國荃的强烈要求下，此計劃開始實行。北洋歷來重於南洋，南洋又重於福建，故這四百萬銀子，北洋佔了一半，南洋又從剩下的一半中提取三分之二，其餘的則歸於福建。李鴻章又從直隸藩庫中擠出一些銀子來，連同這二百萬一起都投入了北洋水師。他向西洋訂購鐵艦，又高薪聘請洋人做海軍軍官和技師。他一心想把北洋水師建成世界一流的海軍，但苦於銀錢短缺，眼睜睜看到德國、英國造出了時速更快、戰鬥力更强的軍艦，但北洋却無力購買，衹得望洋興嘆。

現在好了，太后同意辦海軍衙門，可以藉此大好機會，多要點銀子爲外海水師，尤其爲北洋水師多置些裝備。李鴻章把他的北洋水師中的中外艦長技師們召來，花了七八天時間擬就一份詳細計劃，其中包括購買最新鐵艦十五艘、鋼砲三百座、砲彈六千發，聘請洋技師一百名，修築砲臺十座，在大沽建渤海水師學堂等內容，共需白銀五千萬兩。

醇王看了這個計劃後，連聲叫好。他想，讓李鴻章去努力辦，一旦辦成，中國海軍便是世上最强大的海軍，本王便是世上最有力量的海軍大臣。有這樣一支海軍掌握在自己的手裏，還怕誰敢跟我過不去？

奕譞興沖沖地將這份計劃呈給慈禧。慈禧看後，冷笑一聲：『李鴻章的胃口也太大了，一個單子就五千萬，户部一年收多少銀子？園工又停了，閻敬銘説户部拿不出一兩銀子來。你自己瞅着辦吧！』

奕譞碰了這個釘子，頭上直冒汗，説出的話都不太連貫了：『是，是，五千萬，拿不出，那就分年辦，或者年年辦，慢慢辦。』

慈禧見奕譞這個樣子，又好氣又好笑。她也覺得拿園工和海軍比，又會讓那些臺諫清流做文章有把柄了，於是將語氣緩和：『當然，李鴻章也是好心，急着把海軍辦好，但國家哪有這多銀子呀。你告訴他，一口喫不成個胖子，慢慢來吧。』

『是，是！』

奕譞不敢再多説一句話，急忙退出。他總算把太后的心思摸到了：太后原來並不急於建海軍，她心裏裝着的急務是園子！下午，回到王府的海軍大臣，與上午出門相比，十分興頭已去了六七分！

五千萬的計劃，原封不動地又回到李鴻章的手裏，帶來的衹有一句話：『朝廷拿不出這多銀子，慢慢來吧！』

會辦大臣的壯志也從此消失多半。

不久，海軍衙門的牌子在一片鞭砲聲裏，裹着大紅綢子高高地懸掛起來。奕譞、奕劻、李鴻章衹在開辦的那天去過一趟，以後再没有踏過衙門的門檻，三人都説太忙不能多照管，而將衙門日常事務交給兩位幫辦大臣。幫辦大臣之一的曾紀澤此時尚遠在英國倫敦做公使，於是堂堂大清帝國海軍衙門的一切權力，便落到另外一位幫辦大臣善慶的手裏。

這位滿人都統對此則是歡喜至極：獨掌海軍衙門，真乃求之不得的大好事。在衆人的眼裏，海軍衙門是朝廷的第一大衙門，這裏必定權力大無邊際，銀子多如海水，能進這裏來，是福星高照，財源滚滚。一時間善慶府門口車水馬龍，除開賀喜的巴結的之外，更多的則是投靠的薦舉的。從掛牌辦事



# 第九章　試辦洋務



的那一天起，手握實權的善慶便決心把這個朝廷的官署辦成他自家的作坊。他的堂兄堂弟侄兒外甥，一個個聯袂而進。他的拜把兄弟、酒肉朋友也後脚接前脚地跟了進來。各大衙門之所薦，三朋四友之所舉，凡他認爲將會對自己有利的人員也逐個兒安插。幾個月過後，海軍衙門正事没辦成一樁，近百號人員却已全滿了。這些人三成有二成是善慶的沾親帶故，清一色的紈袴子弟、游手哥兒，没有一個人識外情懂洋務。自然有人看不慣，閒言雜語也便隨之而起，間或也有幾句傳到慈禧的耳朵裏。

『海軍衙門辦起快有半年了吧，辦了幾件事呀？』

在一次叫起將要結束的時候，慈禧問海軍事務大臣。

奕譞奏道：『回稟太后，衙門各員近日纔到齊，正在商量着今年要辦的事。』

『各省的海軍協濟，户部已上了摺子，今後就都由海軍衙門來安排吧。』

『太后處理得極是，海軍衙門要很好地使用這筆銀子。』

『衙門的事，你也要常過問過問，要是各省督撫問起來，協濟的款子都做了些什麼呀，你總得有個交代吧！』

回到王府，奕譞有點着急了，恰好打簾子軍機孫毓汶跟着他的轎子後面進來，他把慈禧的話告訴這位醇王府的常客。孫毓汶摸着尖尖的下巴，想了好長一會，終於有了個主意。

『前幾天，天津電報局的督辦盛宣懷來京辦事，在我家裏坐了一會。閒談中他説，李中堂去年跟德國訂購的三艘軍艦，已於近日從不萊梅港起航，開往大沽口交貨，估計下月中旬可到，何不就此做點文章。』

『這是李少荃以北洋大臣的身份在去年買的，與海軍衙門搭不上界呀。文章怎麽做？』奕譞一時還

不明白孫毓汶肚子裏的算盤。

『王爺，這事可以做大文章。』孫毓汶陰陰地笑了一下，說，『您可以率海軍衙門各位會辦、幫辦大臣一道去天津，一來驗看北洋新買來的這三艘軍艦，看合不合格。二來命令北洋所有艦隊在海面上實地操演，您和各位大臣予以檢閱。三，您帶着各位大臣巡查渤海灣沿海砲臺修築情況。這三篇文章都是海軍衙門成立以來的新作，到時將它做得轟轟烈烈，必是花團錦簇的大好文章。』

『行，你這個想法不錯。』孫毓汶這一段話，說得奕譞大爲開心，這真是一件很風光很露臉的大好事情，虧得他指點。稍停一下，奕譞笑道，『萊山，這文章還可加一段：曾國荃去年向英國買了三艘快船，叫他命這三艘快船到時也趕到大沽口，乾脆來個北洋南洋大會操！』

奕譞畢竟也是個聰明人，孫毓汶這一提醒，他立即意識到這是個顯示海軍衙門辦了大事的好機會。但孫所說的，依然還祇局限北洋的範圍，這些事，李鴻章都可以北洋大臣的身份來做；若將南洋的快船調來會操，却就大不相同了。不是海軍衙門的命令，北洋能調得動南洋，曾老九能聽李鴻章的？誰說海軍衙門沒有做事，這不在做大事嗎？

孫毓汶聽了這話，也從心裏佩服奕譞的這個補充，忙說：『王爺，您這段文章真是絕大手筆，天底下再沒有第二人可以想得到，做得出了。今年來個北洋、南洋大會操，明年等福建水師的那幾條船修好了，再給他們配兩條洋船，我們就來個北洋、南洋、福建三支水師大會操，那可就是大清開國以來最大的軍事盛典了。到時把太后、皇上都請來檢閱，王爺，您就成爲咱們大清海軍的萬世功臣了！』

孫毓汶這馬屁拍得恰到好處，一絲不偏地拍到點子上，一連幾天，奕譞一想起『大清海軍萬世功臣』這句話，心裏就美得喜洋洋、暖融融、興沖沖的。



奕譞也不再與奕劻商量，立即給李鴻章拍了一封電報，將北洋南洋會操的設想告訴他，然後要他出面以海軍會辦大臣的身份奏請太后、皇上。

李鴻章接到這封電報，一眼就看出了醇王的用意，但他欣然贊同。因爲這事說到底是在看北洋水師，這出戲的真正主角是他李鴻章，他正好藉此機會向太后、皇上，向全國乃至洋人展示北洋水師的實力。因五千萬計劃遭駁而心情鬱悶的李鴻章，頓時開朗了許多：不管如何，憑藉海軍衙門這個招牌，總能有所作爲，至少可以藉這個檢閱之機大大渲染一下北洋水師，今後利用海軍衙門統一安排海軍款項的權力，再大力將它擴充。李鴻章拜發奏摺後即刻下令北洋水師各隊各艦各砲臺，做好迎接朝廷檢閱和兩洋會操的準備。

這種視表面熱鬧爲事業成就的心態也正是慈禧的性格。聽完李蓮英讀的這道摺子後，慈禧笑着說：『這是誰給老七和李鴻章出的點子，看來海軍衙門裏還真的有幾個能幹人！』

李蓮英忙恭維：『太后洪福齊天，玉皇大帝把天上文曲星武曲星都打發下來，輔佐咱們大清了。』

『好，這件事就依了他們。』慈禧斜靠在鬆軟的黃緞躺椅上，兩個宮女正在輕輕地爲她捶着大腿。

李蓮英忙把手中的奏章遞給慈禧。慈禧接過，右手拇指在奏章的左下角用力掐一下，綿軟宣紙上留下一道深深的指甲痕。李蓮英又從慈禧的手中把奏章接過來，立即就有內奏事處的小太監過來，將這道奏章轉給外奏事處。外奏事處的官員以及軍機處和內閣的大臣們，都熟知慈禧的這個處置方式：凡無指甲痕的奏章都是不同意的，凡有指甲痕的都是贊同的。他們甚至還能根據指甲痕的大小深淺，印在紙上的位置等等不同的情況，來判斷慈禧對此摺是欣賞、同意或是勉强同意等不同的態度。他們

的判斷大抵會不錯。這一套內廷學問，也虧得這班官員能研究得出來，真正不容易。

『唸下一份吧！』

『嗻。』

李蓮英躬身答應一聲，打開了另一份奏章。這是內務府大臣兼頤和園工程總辦恩良的摺子。摺子裏說的是德和園建大戲樓的事。這德和園便是那年奕譞第一次查看清漪園時，特別看重的怡春堂。就是他親自向慈禧建議，在這裏修建一座『前代無雙本朝第一』的戲臺。慈禧對這一建議大加讚賞。慈禧識字不多，也没有讀書吟詩的興趣，她政餘的最大愛好便是聽戲，尤好皮黃。她對前代歷史的那點知識十之八九來自舞臺。慈禧常召一些皮黃名角進宮來演戲，其中她特別賞識楊月樓、譚鑫培的唱工武打，特許他們入升平署做內廷供奉，每月發給定銀，使得楊月樓、譚鑫培在京師梨園界享有崇高的聲望。慈禧對擬建戲臺的怡春堂特別在意，將清漪園改名頤和園的同時，也將怡春堂改名德和園。

恩良也深知慈禧的這一愛好，故而對德和園戲臺下的功夫最大。他請京師最有名的工匠首領景矮子按照『前代無雙本朝第一』的意思，設計了一座前無古人的大戲臺。戲臺分前後兩部分，前臺在正面，有三層，後臺在背面，有二層，前臺有六丈多高，第一層舞臺最寬，有五丈多，最上一層的舞臺也有二丈多寬，上中下三層舞臺用一個名曰天地井的通道相連。在下層舞臺的底下還有一個地下室。地下室的正中有一口小井，四周有四個方形小池。當演水漫金山寺這樣的水戲的時候，小池可以噴出水來，戲臺上好像真的在打水仗。若是演鬼怪土遁的場面，藝人還可以從一層戲臺鑽到地下室，讓看戲的人彷佛眼看着他忽然消失了似的。要是碰到演神仙一類的戲，便可以通過天地井裏的絞索，將藝人從一層升到三層，或從三層降到一層。真個是上天入地，均可隨心所欲。慈禧對這個戲樓的機心巧設甚是滿意，一再叮囑一定要照這個設計精心造好，不能打折扣。在大戲樓的對面還設計一個看戲的場所，正中有一個大廳寬敞明亮，太后一人獨坐，旁邊有兩廂側房，可讓后妃及王公大員家的女眷坐，以便陪伴太后，側房左右再建兩條長廊。這兩條長廊也可安置座位，讓那些奉慈禧特許一同觀賞的王公大員坐。慈禧對這一安排給予讚賞，特爲賜名頤樂殿。



這兩大建築全部完工需銀六七十萬兩。慈禧特諭，別的工程或可節省，德和園的大戲樓和頤樂殿非建好不可。

恩良的摺子講的就是這件事，説萬事皆備，衹欠東風。這東風就是銀子，第一期工程需撥三十萬兩銀子，否則難以開工。

慈禧聽完這道摺子後，面色十分不悦：『閻敬銘那倔老頭，早幾天纔讓我訓得勉强拿出五十萬兩銀子。現在又叫他拿三十萬，這不又要他割肉嗎？』

慈禧像是自言自語，又像是説給李蓮英和兩旁捶腿的宫女聽。

李蓮英聽慈禧這樣説，不敢把摺子遞過去，仍舊兩手捧着，十分真誠地説：『唉，太后打長毛，平捻子，保住了祖宗江山，辛辛苦苦爲國操勞二十多年，把兩位萬歲爺從小拉扯大，到頭來，連個安生居住的地方都没有。莫説皇上、王爺過意不去，就連奴才們看了，也心裏挺難受的！』

不知李蓮英説這話時是真難受還是假難受，慈禧聽了這話後，倒是真正地難受起來：李蓮英説的一點不錯，歸政後有個園子住下來，聽聽戲，散散步，這總不能算過分吧！今後九泉之下見了列祖列宗的面，也都説得過去。奕譞、閻敬銘，這些人怎麽就這麽不體貼呢？她由難受而變得惱怒起來，氣得説道：『這三十萬是非撥下去不可，哪怕從各省海防協濟款裏借也要借出！』

李蓮英心疼地説：『太后，這大清天下哪樣東西不是您的，這協濟款裏的銀子還要借嗎？海軍衙門若是要太后還的話，他們可真没有天理良心啦！』

李蓮英這句真心話，倒反而使慈禧心跳了一下：借海軍款項去修園子，這話傳出去，不會説我皇太后動用軍餉來爲自己謀私利嗎？這有多難聽呀，萬一被那些舞文弄墨的人再添油加醋，寫進什麽私家史乘中去，我慈禧太后豈不成了一個歷史罪人！慈禧想到這裏，馬上坐起來，神色嚴肅地對李蓮英説：『我剛纔不過説句氣語，你就當真了，再没錢修園子，也不會向海軍衙門去借款呀！』

今兒個是怎麽啦，從來説一不二的皇太后，竟會説自己的話是『氣話』？李蓮英略一思忖，立即就明白了：原來這老太婆是又想要海軍衙門的銀子，又怕別人説！他滿臉笑容地走前一步，説：『太后克己奉國，奴才是又仰慕又難受。太后當然不會借海軍衙門的銀子啦，不過，奴才想，李中堂也是，太后這麽擡舉他和北洋水師，他也應該孝敬孝敬太后呀！若太后不同意，海軍衙門能辦嗎？南北兩洋會操能操得起來嗎？他李中堂能有這個臉面嗎？』

剛一説完，李蓮英就意識到自己今天這話説多了説過頭了。海軍衙門，兩洋會操，這是多大的國事呀，能輪得上我李蓮英來插嘴嗎？李中堂是國家的頂樑柱，我李蓮英有什麽資格説他！這些話，若是在乾嘉道咸時期，哪個太監敢稍稍言及，腦袋早就搬了家。雖説太后寵愛，有時也能偶爾談兩句國事，但從來没有這樣放肆過呀！李蓮英不由得出了一身冷汗，忙跪在慈禧的面前，狠狠地抽了自己兩個耳光，連連叩頭説：『奴才該死，奴才今兒個話説多了，老佛爺您處置我吧！』

慈禧太后面無表情地看着李蓮英的這一番表演，心裏想：李蓮英的這個主意還真的不錯，就讓他將這番話對李鴻章説一遍，要他爲園工捐獻上一點銀子。李鴻章當了二十多年的直隸總督，辦了二十





年的北洋水師，前些年又辦了電報局，據説那是個很賺錢的買賣。他隨便從哪裏挪動一下，從哪個指頭裏摳一點，拿個百兒八十萬銀子是不爲難的。直隸總督這樣做了，別的督撫也會學樣呀，頤和園的銀子不就有了嗎！這話朝廷不能説，還祇有李蓮英去説纔最合適。但李蓮英又哪有機會去跟李鴻章説呢？慈禧想了想，腦子突然開了竅。

『李蓮英，四月份檢閲北洋水師的時候，你去侍候醇王。』

『奴才去侍候醇王爺？』李蓮英簡直不敢相信自己的耳朵。太后不但没有斥責，反而派出宫外侍候醇王去檢閲北洋水師，這可真是大清開國以來從没有的事呀！我李蓮英的祖上哪輩子積了這樣的大德，讓我這個閹人來出這種光宗耀祖的風頭？李蓮英轉念又一想：興許是太后在試試我？『奴才從來没有侍候過醇王爺，奴才不敢領命，奴才還是在宫裏侍候着老佛爺。』

慈禧沈下臉説：『你不侍候醇王，你怎麽可以去見李鴻章？』

我怎麽可以去見李鴻章？我又有什麽必要去見李鴻章？李蓮英下意識閃過這個念頭後，立即大徹大悟了：原來太后同意了我剛纔説的那番話，要我藉侍候醇王爺的機會去天津見李鴻章，把帶頭爲頤和園捐銀子的話當面與李鴻章去説。李蓮英趕忙重重地叩了三個響頭，口齒麻利地説：『奴才領旨，奴才一定不辜負老佛爺的大恩大德，把醇王爺侍候好！』

## 七　醇王檢閲海軍，身旁跟着握長煙管的李蓮英

四月中旬，正是京津一帶最爲宜人的初夏時光，天氣和暖，熏風陶醉。楊樹、榆樹、柳樹早已枝繁葉茂，燕兒、雀兒、鶯兒成天歌舞飛翔，連渤海灣的水也從冬天的冰凍中甦醒過來，如今已是洗手

洗脚都不覺得冷了。

宏闊壯麗的渤海灣，一天到晚水藍如染，波平如鏡。打魚謀生的漁民，運貨賺錢的海船老闆，當兵喫糧的北洋水手，哪個與海面打交道的人，不喜歡眼下這如母親般兼柔情與博愛於一身的渤海灣！

北洋水師前年秋天定購的三艘德國兵艦，兩個多月前從不萊梅港下海，由北海進入大西洋，經印度洋到太平洋，十天前已停泊日本長崎，將順帶的貨物在長崎港卸完後，再開渤海灣，在旅順海口接受中國政府的驗收。之所以選定在這個時候交接兵艦，是因爲初夏時光，乃渤海灣的最好季節。

李鴻章這一個多月來既忙碌又興奮。他一向精力充沛，越辦大事越有精神。事情雖多而繁雜，但在他的設在天津的北洋通商衙門的指揮下，一切都在有條不紊地進行着。北洋水師現有四十餘艘大小海船，這次從中選出十五艘來，分爲左、中、右三翼，在北洋水師提督丁汝昌的率領下操練，力求爲全國海軍做出一個榜樣來。昨天上午，兩江總督南洋大臣曾國荃派出的三條快船，由六十八歲的老將長江水師提督黄翼昇率領，開進了大沽口。早在咸豐年間，身處曾國藩幕府的李鴻章，便與那時已爲水師總兵的黄翼昇認識。二十多年過去了，這位長沙籍老資格湘軍雖然鬚髮皆白，却依然精神抖擻。老友重逢，李鴻章心裏高興。下午，官方迎接的隆重儀式之後，兩位沙場老友又親親熱熱地暢談了好一陣子。

『明天中午，醇王爺到天津，一清早我們一道進城去。』

『好，我陪你這個會辦大臣一道去接督辦大臣。』黄翼昇笑了笑説，『跟着醇王爺來的還有哪些人？』

『曾劼剛還在英國來不了，慶郡王説是身體不適不來，海軍衙門的大臣中跟着來的就衹有善慶了。』



# 第九章　試辦洋務

『善慶這人我没見過，過去聽説老打敗仗，究竟有没有點本事？』

『此人過去一直跟着勝保。勝保是有名的敗保，他手下會有能人嗎？』李鴻章冷笑兩聲，『你説他一點本事都没有，也冤枉了他。醇王爺是不管事，慶王爺老有病，曾劼剛在英國，我在天津，這海軍衙門就成了他一人的天下，據説他把自己的人馬將衙門上下都安插遍了。』

黄翼昇憤憤地説：『朝廷怎麽叫這種人來呢？』

『唉，都别提了！』李鴻章擺擺手，輕聲説，『還不是命好！生在正黄旗，就是一個傻子，也是天生的靠得住的自己人呀，何况他還有軍功，做過杭州將軍哩！』

『少荃！』黄翼昇也壓低了聲音，『這麽看來，善慶説不定是太后特爲派到海軍衙門來的，你今後還得提防點纔是。』

李鴻章點點頭，没有做聲。

第二天一早，天津北洋衙門便張燈結綵，披紅掛緑，鼓樂不斷，鞭砲齊鳴。在衙門一里外的地方，又專門搭起一座牌坊和幾間棚架。牌坊和棚架扎得氣派宏大，上面掛滿紅黄綵綢，又特爲安排一隊排場齊全的吹鼓手。李鴻章和他的老師曾國藩不同。曾國藩事事節儉，李鴻章處處講闊綽、擺臉面，何况，今天所迎來的人非比一般。北洋通商衙門前身是三口通商衙門，同治九年將『三口』二字换『北洋』二字，故而北洋通商衙門掛牌以來到今天不過十六七年歷史。醇王乃是這個衙門十六七年間迎來的最高位的人。醇王不僅有着皇上本生父的崇高身份，更加上一貫深居簡出，輕易不離開京師，儻若不是兼着總管海軍事務大臣這個職務，他纔不會到天津來，更不會出來冒海濤風波之險哩！

作爲北洋通商衙門大臣，醇王此次的下榻，也是給李鴻章一個極大的臉面，所以他要以最高的禮

儀來迎接。

正午時分，在天津道府縣三級長官的郊迎下，醇王一行龐大而豪華的隊伍緩緩進了城門，逶逶迤迤地直向北洋通商衙門走來。遠遠地看着旌旗飄舞，彩牌高舉，十幾匹高大驃壯的戰馬在前面開路，李鴻章知道醇王來了，便領着北洋水師統領丁汝昌、長江水師提督黃翼昇以及一批艦長等高級武官，齊刷刷地跪在牌坊下等候。

『李中堂，快請起來。』奕譞笑容可掬地走出杏黃大轎，來到李鴻章等人的身邊。

李鴻章起身，擡起頭來望着奕譞說：『王爺以萬金之軀，親來天津檢閱海軍，老臣及所有北洋水師官兵能在此躬迎王爺，實三生之幸！』

『李中堂，辛苦了！』奕譞指了指牌坊和棚屋說，『你何須如此花費，快請上轎，咱們一道進衙門吧！』

『王爺請先上轎！』李鴻章彎着腰，伸出右手做一個姿勢。杏黃大轎移動了兩步，來到了奕譞的身邊。

『李中堂，奴才向您請安了！』

李鴻章這時纔發現，杏黃大轎的左邊轎杠邊，正有一個中年太監，在一腿單彎，一手向前甩，向他做了一個請安的架勢。這不是李蓮英嗎？他怎麼來了！李鴻章大喫一驚，眯起老花眼睛定睛再看一眼，不錯，正是李蓮英：沒有穿平時常穿的四品官服，而是穿了一身普通太監的灰布長衫，沒有甩動的那隻手裏拿着一杆足有三尺長的渾身閃光發亮的長煙管，手腕處懸着一隻綉有二龍戲珠花紋的明黃大荷包，他請好了安，跟在轎杠邊，對着李鴻章發出極爲謙卑恭順的笑容。

『李總管，你也來了！我是老眼昏花，竟沒看見您，真不中用了！』李鴻章一邊說，一邊上前去也向李蓮英彎了彎腰，以地主身份表示迎接。

『李中堂，快莫這樣，折殺奴才了。』李蓮英忙着又連連給李鴻章請了兩個安，走到李鴻章的身邊，悄悄地說，『醇王爺身邊裝煙的老太監病了，別人幹不好。老佛爺叫奴才來替代，這不，』他指了指煙杆和荷包，『奴才跟着來天津就爲了裝煙點火，專門侍候王爺吸煙的。』

『難爲李總管了。』

李鴻章笑笑地和李蓮英說了幾句後又跟善慶打了聲招呼。大家重新都上了轎。李鴻章的墨綠大轎緊跟在醇王的杏黃大轎後面，看着前面一手扶着轎杠，另一隻手握着煙管，邁着方步緊套轎夫的步伐亦步亦趨不緊不忙地向前走着的李大總管，直隸總督、海軍衙門會辦大臣李鴻章深深地納悶着：李蓮英怎麼會跟着醇王到天津來了呢？當然，他必定是太后指派的，但太后爲什麼要派他來呢？這實在是一件極不一般的事情。它首先是大爲反常。李蓮英名義上是大內太監的總管，其實衹爲太后一人服務。他一天到晚不離太后左右，現在居然離開太后好些日子來爲醇王裝煙點火。從來沒有哪個大內總管出宮伺候一個親王的先例，作爲太后的寵奴李蓮英本人也從來沒有過離開太后外出的先例，這兩者都是反常的。

反常之事背後必然藏着反常的企圖。那麼他的企圖是什麼呢？醇王來天津是檢閱海軍，可以算是一個軍事舉措。翰林出身的前淮軍首領立刻想到了『監軍』這兩個字。

皇帝派出寵信的太監代表他本人，到前綫去慰勞軍隊，甚至長期住在軍營，藉以掌握前敵情況，監督前敵軍事統帥的行動，這就是中國歷史上屢見不鮮的『太監監軍』。太監監軍是中國政治的特有

產物，成事不足敗事有餘。唐代宗時期的魚朝恩，明神宗時期的高起潛，都是惡名昭著的太監監軍的代表，稍有點才能和血性的前敵統帥，都討厭這種挾天子令驕橫霸道却又一竅不通的監軍太監。至於言官史家、街頭巷議，更是從來没有對此惡政有一言之讚的。鑒於前代教訓，清朝立國之初，便嚴禁閹寺干政，至於派太監出京監軍，更是從來没有過的事。不過表面上，李蓮英的確不是監軍，是隨同醇王來的，要説監軍，衹能是醇王，而不是他。其實醇王也不是監軍，他本人便是這次檢閲的最高統帥。監軍、監軍，監督前敵的最高統帥，這麽説來，李蓮英是以裝煙爲名來監視醇王的？李鴻章想到這裏，背上直冒冷汗。要説太后不完全相信我李鴻章，還可以説得過去，我是漢人，我手裏有淮軍。但醇王是什麽人？他是太祖太宗一脈相傳的嫡系子孫，他是當今皇上的親生父親，對他還能不相信嗎？何況他手裏還並没有軍隊哩！

衹能這樣認爲：醇王雖不危及大清江山，却有可能危及太后本人的權力；醇王儘管過去没有軍隊，但現在是海軍大臣，有可能藉此檢閲會操的機會培植自己的親信，今後就有可能掌握最有力量的軍隊，所以要派李蓮英出來監視，以便防範？太后呀太后，你已六十多歲了，馬上就要歸政頤養了，你何必還要如此煞費苦心？李鴻章剛剛在心裏冒出這句話後，突然又想到，説不定李蓮英的監軍，不是監醇王，而正是監督李某人我呢？他發覺左腿已發麻了，原來右腿壓左腿壓得太久。他換了一下，將左腿壓在右腿上，然後靠着鬆軟的後墊，在略有點晃動的轎子裏又閉起眼睛思考起來。

太后怕我跟賣船的德國人有什麽交易？還是怕我在南北會操中兜售私貨？或者是擔心我會跟醇王在這次檢閲中結成朋黨？

對了，李鴻章輕輕地拍了一下左腿：一定是這種可能，擔心我與醇王結朋黨，所以派李蓮英出來，



既監視醇王，又監視我，二人一道都在監視中。想明白了後，李鴻章也就寬心了：我李鴻章對太后從來没二心，醇王也衹有這大的能耐，我也不想與他結黨營私，你監視就監視吧！

李鴻章没有想到，他的這一番思慮，這些天在醇王的腦子裏也同樣有過。

離京前夕，奕譞陛辭太后。太后的臉上露出很和善的笑容，這種笑容在她的臉上很少見到。他正有點奇怪，衹聽見太后説話了：『七爺，聽説王府裏給你裝煙的老哈頭病了，你這次去天津，他不能陪你去，你身邊也不能没有一個人照應。我看，就讓李蓮英侍候你幾天吧！』

奕譞聽了這幾句話，人木了好一陣子：這是怎麽回事呀，老哈頭一點病都没有，太后怎麽説他病了？再説，太后又怎麽知道，王府裏有一個專爲我裝煙點火的老哈頭，難道是福晉聊天時跟他説起過？退一步説，即使老哈頭病了，也没有太后身邊的太監出宫侍候我的道理，何況這個太監現領着大内總管的職務哩！

奕譞忙説：『太后恩德，臣領了。臣身邊有人照料，不麻煩李蓮英了，太后身邊也一天不能缺他呀！』

慈禧依舊微笑着：『七爺，你不知道，李蓮英可會侍候人啦，裝煙點火更是他的一絶，侍候我抽煙十多年了，這兩年調教出了一個小譚子，居然也有幾分像他。你身子骨不好，好多年没有當過這差了。這回到天津去，還要受海濤顛簸，我不放心，就讓李蓮英去侍候你吧，也省得我天天在宫裏牽掛。再説，李蓮英侍候人，那是再也找不出第二個來的。你就享幾天福吧！』

太后這麽説，奕譞還能再推辭嗎？他衹得帶着滿腹狐疑接受下來。回到王府，一宿没睡好。第二天清早，李蓮英便在兩個小太監的陪伴下來到醇王府。這兩個小太監就是平時服侍李蓮英的，他帶着

他們一道去天津：白天，李蓮英服侍醇王；夜晚李蓮英歇下後，這兩個小太監又來服侍他。

一路上李蓮英對醇王照顧得無微不至。他總是穿一件半舊的灰布長褂，一手握着醇王十分喜愛的那杆鑲金嵌玉的特長煙管，另一隻手的腕下則是懸掛裝着特種菸絲的荷包。旅途中，他總是緊靠在醇王的轎旁，一手扶着轎杠；休息時，他總半哈着腰站在醇王身後，隨時聽候命令。他不僅對醇王謙辭卑容，即便對善慶乃至海軍衙門裏的其他中小官員也一樣的客氣有禮。這一些人都不曾見過李蓮英，但幾乎都聽説過這個人。傳聞中的李蓮英是如何的狐假虎威，如何的氣焰熏天，如何的令人嫌惡，但幾天下來，他們親眼所見的這個大總管却又不是所説的那樣。這是怎麽回事？大家覺得稀奇。不管是醇王面前，還是在別的官員面前，李蓮英從不多一句嘴，至於軍國大事，他更是不聞不問。儘管如此，奕譞還是對李蓮英心存戒備。白日在轎中，他也總在琢磨這個題兒：太后爲什麽要讓他跟着我，是太后不放心我，讓他監視？或是太后自己有什麽私事要在天津辦理，如同當年派安得海出京一樣？抑或是太后讓李蓮英代她看一看京津一帶的民風民情，興許也是讓他藉此機會代我瞅一瞅北洋水師官兵的舉止言行？

從北京到天津，一路上，奕譞就是這樣琢磨來琢磨去，到底也没有琢磨個名堂出來。衹是有一條他給看準了：李蓮英此行決不是衹在裝煙點火，他一定負有太后交給他的特殊使命。對這個人身卑賤到了極點，所處位置又高到極致的角色决不能掉以輕心！

醇王由北京帶出的這支辦正事的二三人、隨從的服務的三四十人的浩蕩隊伍，在北洋通商衙門安排的二百多人的精心照料下，喫得好睡得好住得好。傍晚時分，待醇王飯後休息了一陣子後，在驛館外便房裏等候多時的官員，便開始遞牌子請求接見了。他們有天津道府縣各級官員，有朝廷特派駐津





衙門的官員，也有像盛宣懷這樣新興的洋務局廠官員，還有從江寧城裏跟着三條快艇來到天津的兩江督署衙門的官員。人人都知道醇王地位的非比一般，人人都知道這是一個難得的巴結機會，人人都想得到醇王的召見，以便和他説上一兩句話。這一面之見，幾句話之賜，説不定在今後的仕途中一生享用不盡！

奕譞慢慢地翻看着由王府長史帶進來的一大沓名刺，一張張地仔細閲讀，將這些人的姓名、字號、官職、籍貫一項項地用心記住。他難得出京，也難得與道府以下的官員接觸。他想藉此機會召見他們一下，跟他們隨便聊聊，以示恩寵，保不定，就因這短短的一次召見，他們一輩子都會成爲忠心不二的家臣。但就因爲有李蓮英隨侍在側，就因爲弄不清李蓮英此次究竟是爲了啥，奕譞猶豫了半天，還是決定一個都不見。

醇王府的長史奉命傳話：王爺旅途勞累，要早點安歇，各位心意王爺領了，請各位回府吧！

所有等待召見的官員莫不大爲失望，但又無可奈何，衹得掃興離開驛館。

這些人剛走不久，李鴻章匆匆趕來，奕譞正在李蓮英的服侍下準備就寢。

『王爺，從德國買回的三艘鐵艦，昨天已從日本長崎開到旅順口了。老臣不想讓那些護送鐵艦的德國海軍軍官看到我們大沽一帶的防務，叫他們停泊在旅順口，在那裏驗收完畢後，就將除技師工匠外的德國人全部打發走。』

『你這個安排不錯。』奕譞插話。

『謝王爺。』李鴻章繼續説，『老臣想明天就出海到旅順口去，不知王爺想不想去。』

奕譞早就聽説坐船出海是件很苦的事，最苦就苦在暈船上。船到海中，風浪一起，便左右晃蕩。

晃得你眼花心慌，頭昏腦脹，就是睡在船板上，也要讓你五臟六腑的位置錯亂，肚子裏的東西全部嘔出來；沒有東西嘔了，連膽汁都要流出。奕譞是個從小就養尊處優慣了的人，怎受得起這種折磨。再說，自己身爲皇上本生父，也不能當着臣子的面前嘔吐失態呀！他說：『聽說出海要暈船的，我就不去了，你和善慶一道去！』

李鴻章知道奕譞怕苦不去，也不再勸。正要告辭，一眼看到李蓮英正在給煙管頭上的小銅鍋裝煙，靈機一動，走了過去，親熱地說：『李總管，明天和我們一起去旅順口玩玩吧！』

『豈敢豈敢！』李蓮英連連搖手，『老奴是專爲來服侍王爺的，王爺不去，老奴豈敢去旅順？李中堂，您千萬別害老奴了。老奴還要留下這副賤體服侍老佛爺、王爺幾年哩！』

李鴻章笑道：『總管硬硬朗朗的，哪個想折你還折不了哩！』

出了驛館，李鴻章放心了：看來李蓮英不是來監督我的！

第三天下午，李鴻章乘着剛驗收過的德國新軍艦，從旅順口回到大沽口。他連夜進城，稟明醇王。

『這德國人造的船叫什麼名字來着？』奕譞聽了李鴻章的稟報以後，滿臉笑容地問。顯然，他對這幾艘洋船有很高的興致。

『這三艘鐵艦還沒有命名，王爺，您給它們取個名吧！』

其實，兩個多月前，當知道艦已下水，正在向中國開來的時候，李鴻章已爲這三艘新軍艦想好了名字。好在還沒有公佈，正好把此榮譽送給這個愛虛榮的王爺。

『好哇！』果然，奕譞很高興。在他看來，給這三艘新買來的軍艦命名，就意味着他是這三艘軍艦的當然主宰者。『讓我好好想想。』





清朝對皇子的教育歷來都很重視，他們的師傅都是飽學之士。奕譞小時候也曾在南書房裏規規矩矩地上過十年學，書讀得不少。

『想是想了三個名字，不知行不行。李中堂，你是翰林出身的大學士，若不合適，你幫我改一改。』

花了一袋煙工夫，翻來覆去地比較十幾個名字後，奕譞終於看好了幾個。

『誰不知王爺是當年阿哥中的大才子，取的名字一定好，快說出來讓老臣開開眼界。』

李鴻章擺出一副很誠懇的樣子催道。其實，當年誰也沒有說過七爺是阿哥中才子的話，反正這種話無法對證，不過是說者順口、聽者順心罷了。

『李中堂，我想這三艘鐵艦來自遥遠的西洋，他們的名字中都可以有一個「遠」字，這好比我們中國人兄弟的輩分一樣，他們是遠字輩。』

果然，醇王不是愚魯之人，這種想法便新奇而貼切。

『好！就用「遠」字輩，真是妙極了！』李鴻章兩隻手掌輕輕地擊了一下，他是從心裏佩服這個設想的。

李蓮英恭敬地站在一旁，沒有說話，但從臉上流露的笑容裏看得出，他一直在仔細地聽。

『遠字輩三兄弟，既然買過來了，便是我們的武器。我要用它來對付洋人，鎮壓外敵，這第一艘便命名鎮遠。我也要用它來安定海疆，安定人心，這第二艘便命名爲定遠。我還要用它來救危濟難，同舟共濟，這第三艘便叫濟遠。李中堂，你看這三個名字取得怎樣？』

『好極了！』李鴻章再次擊掌。『鎮遠、定遠、濟遠，這三個名字實際上寄託了王爺對我們未來海軍的殷切期望。請王爺寫下這三個名字，明天，我就叫漆工把它們漆在船頭上。今後，這威鎮外敵、

安定海疆、救危濟難，便是我們大清海軍昭示全世界的口號！』

李鴻章這一發揮，讓奕譞格外高興。

『李中堂，還是你講得好，我們要把這三句話昭示全世界，也要讓全體海軍官兵奉爲練軍宗旨。』

李鴻章興奮地說：『王爺，檢閲一事，我看後天就可以開始了。我想安排這樣三個項目：首先，來一個新購鐵艦的命名大會。這個會就在鎮遠號開。開完會後，北洋、南洋實地操演。次日，我陪王爺巡視沿海幾個砲臺。巡視完後，王爺在天津安静休息兩天再回京城。您看怎麼樣？』

『行，就這樣吧！』奕譞對李鴻章的安排很是滿意。他也想不出什麼補充，便說：『你去安排吧，明天準備一天，後天正式開始！』

一輪紅日從遥遠的海平綫上冉冉升起，渤海灣迎來了它又一個風平浪静的夏日。今天是渤海灣一個不平凡的日子，中國有史以來的第一次海軍檢閲就將在這裏舉行。前天纔進港的三艘新軍艦一字兒擺開，平整地浮在海面上。這三艘軍艦高大雄壯，氣勢宏偉。雪白的艦身，高高的桅杆，粗大的煙囱，黝黑的鋼砲，這一切都在朝陽的照耀下閃閃發亮，給人以儀表堂堂威風凜凜的感覺。

奕譞親自書寫的艦名：鎮遠、定遠、濟遠，已被分别油漆在三條新艦的船頭船尾上。正中鎮遠號艦艇是命名大會暨閲操典禮的主席臺，高高的桅杆上從上到下豎掛着三條大紅綢帶，依次寫着『威鎮外敵』『安定海疆』『救危濟難』三句話。大紅綢帶下擺着一長條鋪着白布的桌子，桌面上滿是鮮花、時菓、盃碟等物。

上午十時，奕譞、李鴻章、善慶等一班海軍衙門的大小官員，在北洋通商衙門和北洋水師提督衙門的官員們陪同下，踏過長長的跳板，從大沽碼頭登上了鎮遠號砲艦。就在這時，三艘新艦同時拉響汽笛。頓時，巨大的『嗚嗚』鳴叫聲劃破海波，響徹碧空，把萬千人的注意力都吸引過來了。汽笛聲剛一停止，安裝在艦艇後部的尾砲開始鳴砲。三艘艦共有尾砲十八座，每座砲發三砲。衹見轟隆一聲砲響後，空中出現一團耀眼的火光，立即就見海中飛起數丈高的一堆浪花。五十四聲轟鳴，五十四團火光，五十四堆浪花，使得有史以來的第一次海軍檢閲，便以空前未有的壯觀場面拉開了帷幕。奕譞雖處皇上本生父的尊貴地位，却也是生平第一次經歷着這樣宏大的場面。這種以西式禮儀爲主要内容的典禮，使他大開眼界，大享風光。這位過去對洋人仇恨至極，對洋人的一切發明創造都視爲奇技淫巧的醇親王，似乎從此刻起，開始徹底與過去的舊觀念告别，立誓要做一個精通洋務、融入世界的大清海軍大臣。

他在李鴻章等人的陪同下，在一排排身着簇新軍裝持刀挺立的水兵面前走過，興致百倍地欣賞鎮遠號砲艦。這是他生平來第一次見到大海，第一次上砲艦，第一次見到水兵，第一次聽到諸如時速、噸位、浬等古怪的名字。他新奇無比，興奮無比，當然，他什麼都不懂，好壞優劣如何，他一點也查看不出。但他是大清朝海軍的最高統帥，所有北洋水師官兵，所有專家工匠，從李鴻章到管帶到普通砲手，都在聆聽他的對海軍砲艦外行到類似白癡的言談，都在恭維他字字正確，句句英明，衹有那些懂得中國話的洋匠們在一旁竊笑不止，尤其對醇王身旁那個握長煙管、懸大荷包，半躬着腰，亦步亦趨的太監更是又嘲笑又納悶。他們不明白，海軍大臣巡視砲艦，爲何要帶上這樣一個怪物！

巡視完畢，命名大會召開，奕譞、李鴻章、善慶等一班人端坐在鋪着白布的長條桌邊，甲板上站滿將要在這三條艦上服務包括管帶、副管帶、輪機手、砲手、伙夫在内的所有人員。

奕譞端坐在大靠背椅上，將命名訓詞唸了一遍。這訓詞是昨天由李鴻章衙門裏的文案寫的，訓詞

通篇駢文，四六對仗工穩，引經據典確切，捉刀者還十分注意聲調、文氣，力求做到抑揚頓挫，鏗鏘有力，存心要將這道訓詞做成一篇流傳百世的文章範本。可惜，奕譞事先看也没看一遍，便拿來朗讀，因而讀得很不流暢，很不貫氣，作者精心營造的韵味一點兒也没讀出來。那位混在人群中聆聽的文案，直氣得跌足長嘆。好在全鎮遠號衹有他一個人在聽，包括李鴻章、善慶在内的數百號人，没有一個在意醇王的朗讀。抑揚不抑揚，鏗鏘不鏗鏘，在他們看來，全是一回事！

奕譞的朗誦結束後，按事先的訓練，三條艦上的所有人員在丁汝昌的統一指揮下，齊聲高呼：

『謹遵王爺訓令：威鎮外敵，安定海疆，救危濟難，永固大清！』

一連三次，整齊有力，響徹海空。奕譞對此甚是滿意。

命名會結束後，李鴻章以主人的身份，在鎮遠號的豪華餐廳裏擺開了一桌十分豐盛的西餐。餐桌上擺滿牛排、乳猪、烤羊、燻魚、奶酪、麵包及各色小菜，還有威士忌、白蘭地、啤酒等各種美酒，殷勤款待奕譞等一班京師來的要員，其他的人則上岸喫飯。飯後，這次檢閲的主要内容——北洋南洋大會操開始了。

## 八　世俗之禮都是爲常人設的，大英雄不必遵循

鎮遠號開出港口，來到深海，以便讓坐在檢閲桌邊的奕譞等人觀看艦艇的操練。按照先賓後主的傳統禮數，遠道從吳淞口開過來的南洋快艇先做表演。這三艘快艇，分别爲開濟號、南琛號、南瑞號，是兩年前從英國買進來的。這三艘快艇規模不及剛從德國買來的遠字號三艘，但它們速度快，行動輕巧。黄翼昇身穿從一品武官袍掛，前胸掛着一塊方方正正的綉獅補子，挺直腰板，站在指揮



艦——開濟號船頭上，手裏高舉一面黑底黄邊海牙滚龍旗，遠遠地向鎮遠號開過來，身後緊跟着南琛、南瑞兩艘快艇。

開濟號開到離鎮遠號一箭遠的海面上，黄翼昇彎腰向醇王行了一個鞠躬禮，同時口裏喊道：『長江水師提督兼南洋水師大臣黄翼昇參見王爺！』

擡起頭後，他將手中的指揮旗一揮舞，開濟號便箭一般地飛馳起來，南琛、南瑞也同樣全速運行。一望無際的海面上，三艘南洋快艇一會兒成品字形，一會兒成一字形，一會兒成川字形，不斷地交换位置。隊形表演後，接下來是實戰演習。黄翼昇手裏的指揮旗在不停地揮舞着，一發接一發的砲彈，從船頭船尾不斷地射向天空，然後落在遠處的海面上。三艘快艇表演一個多小時後，再次聚集在鎮遠號船頭的海面上。黄翼昇佇立向奕譞報告：『演習完畢，請王爺指示。』

奕譞很高興，連聲説：『好，好！』並讓身邊的一個大嗓門北洋管帶傳他的話：『王爺説，南洋快艇操演得好，有賞！』

奕譞轉過臉對李鴻章説：『黄翼昇本是湘江上一個一字不識的船老大，想不到六十多歲的人，居然能把洋船指揮得這樣好，實在不容易！』

『不容易，不容易！』李鴻章忙點頭附和。其實他心裏清楚，黄翼昇根本不懂指揮洋船，他衹是做個樣子而已，真正的指揮者是他身後那個紅毛藍眼的英國佬。曾老九以二萬銀元的年薪將他從利物浦聘來做南洋水師的教頭。

接下來是主人北洋水師的表演。北洋水師不愧爲三大水師中的龍頭老大，二十年來，在李鴻章的苦心經營下，無論艦艇的數量質量，還是水師官兵的才能待遇都要明顯地優於南洋和福建。參加這次

操演的十五隻艦艇，更是集中了北洋這兩方面的優長。當丁汝昌將這十五隻艦艇齊刷刷地開到鎮遠號面前時，奕譞和所有檢閱者立即眼睛一亮：這的確是一支實力強大的艦隊！

北洋因爲有十五隻艦艇，故他們的隊形操練，較之南洋的三隻遠爲壯觀、複雜和多變。首先是全隊出動。他們或作一字長蛇，或作方形矩陣，或作三角連環，都有一種劈波斬浪、勢不可當的巨大威懾力。在遼闊的海面上，將平靜的渤海灣攪得波濤洶湧，上下翻騰，儻若真有龍王和海底龍宮的話，這個下午必定是他們恐懼不安人人自危的時候。

隊形操完後，北洋的實戰演習更爲精彩動人。他們的火砲不是空對空，而是真打實轟。遼遠的海面上，突然出現一排張滿白色風帆的大木船，在海風吹拂下，不停地左右擺動。爲了讓檢閱者看得清楚，李鴻章在奕譞、善慶面前擺了兩隻單筒望遠鏡。奕譞拿起尺把長猶如楠竹竿似的望遠鏡來，遠處鼓着白帆的木船立時顯得清清楚楚了。衹聽見一聲砲響，一隻木船應聲傾斜，船身着火，布帆被燒，很快這隻船便沈没消失了。

『好！』奕譞不覺叫了一聲。放下望遠鏡，他關切地問身邊的李鴻章：『船上的人呢，他們不被炸死了嗎？』

李鴻章笑着說：『王爺，船上的人早就走了。操練時拿人的性命來玩，那我李鴻章不要短陽壽嗎？』

正說着，又是一聲砲響，遠處又有一隻木帆船着火。善慶和其他人一齊叫起好來。

奕譞重又拿起望遠鏡，聚精會神地看起來。砲彈一發接一發地射出，木帆船一隻接一隻地消沈。一個小時後，海面上的白帆船全部消失殆盡。



奕譞放下望遠鏡，升起大拇指對李鴻章說：『彈無虛發，百發百中，北洋砲手盡皆紀昌、養由基！』

正說得高興，不料渤海灣頓起狂風，鎮遠號突然間左右搖蕩起來。奕譞和衆人一樣，在座位上不停晃動，李蓮英趕緊雙手扶着。但李蓮英自己也站不穩，一邊扶着奕譞一邊自己也在擺動。奕譞本來身體弱，又加之中午喫的西餐，喫時味道很好，過後腹中便覺不對勁了，加之没睡午覺，經不住這幾次搖擺，他已覺得肚子裏像打翻了五味瓶似的難受得很。又一股狂風吹來，鎮遠號劇烈地搖動一下，奕譞終於忍不住了，『哇』地一聲吐出一口酸水來。接着又是一連串的嘔吐，中午喫的牛排、喝的牛奶全部從肚子裏跑了出來，弄得一身髒兮兮的，嚇得李鴻章等人不知如何是好，衹得趕緊叫來幾個人把奕譞穩住，由李蓮英背着進了船長室，將衣服脱下讓他平躺在床上。

躺了一會兒後，奕譞覺得好多了。李鴻章這纔命令將鎮遠號向港口開去。艦艇以最慢的速度緩緩地開着，奕譞睡在裝有彈簧的西式床上，感覺越來越好，不知不覺間，安然入睡了。李蓮英想：往日在驛館，想說話一直没有機會，今兒個在鎮遠號上，正是天賜良機。

到了港口邊，天色已近黃昏。李蓮英悄悄地拉了拉李鴻章的衣角：『李中堂，王爺睡得正好，讓他睡一會兒，醒了後再扶他回驛館。您讓船上的人該回去的都回去，您和我兩人陪着王爺坐一會兒，行嗎？』

一直在戒備李蓮英的李鴻章一聽這句，便知道這位大內總管今天一定有事了。他馬上心領神會，讓善慶和所有檢閱官員以及其他人員都下船，衹留下管帶、輪機手、廚師和自己隨身的跟包，一共不過七八個人。半個鐘點後，喧鬧的鎮遠號安靜下來，管帶將船上的電燈全部開起。在夜色的籠罩下，

日間那個鐵血壯士似的砲艇已不復存在，燈火明亮的鎮遠號宛如一位雍容丰韵的闊太太，流光溢彩，美麗多情。

見床上的奕譞正在勻稱地發出鼾聲，李鴻章對侍立一旁的李蓮英輕聲說：『王爺睡得很好，這裏暫時讓我的家僕代爲照料一下，李總管請去餐廳喫晚飯吧！』

『多謝中堂的美意。』這一安排正合李蓮英的心思。

在管帶的帶領下，李蓮英跟在李鴻章的身後，來到另一間小房子，這是艦艇專爲管帶、副管帶設計的小餐廳。這裏完全按西式餐廳佈置，雖狹窄一點，但精緻、協調，氛圍很好。

管帶親自送上全套中國飯菜酒水，然後把門帶上，悄悄地退出去了。

『你以前在海船上喫過飯嗎？』李鴻章親自爲李蓮英倒了一盃酒，遞過去。

李蓮英趕緊雙手接過，連連說：『中堂大人爲奴才倒酒，這哪裏是奴才所能承擔得了的。奴才平生第一次坐海船，在海船上喫飯，也是平生第一次。』

『今天我們以朋友身份一起喝酒喫飯，不要拘禮節。李總管。』

『您還是叫奴才李蓮英吧！這樣叫，奴才反倒心裏自在些！』李蓮英打斷李鴻章的話。

『哪兒的話！你到天津來，就是我的客人，哪有直呼其名的道理！』李鴻章的態度似乎很誠懇。

『你平日在宮中見到我，以爲我很講禮數。其實，我是一個最不講究禮節禮儀的人了。』

『中堂大人是大英雄。世俗之禮都是爲常人設的，凡大英雄都不必遵循。奴才也聽說過中堂大人平常灑脫大度，奴才是從心裏敬佩中堂大人這樣的大英雄。』

李蓮英這幾句話並非全是客套，朝中像李鴻章這樣文武兼資的大臣，倒真是鳳毛麟角。他一向都





對李鴻章另眼相看。

『你這話真說到家了。』李鴻章心想：李蓮英還知道說『大英雄不必循世俗之禮』的話，可見此人是有些見識。

『來，再喝一盃！』

『奴才一向不喝酒，中堂大人，請您寬恕奴才。』奴才慢慢地把這盃酒喝完。

李蓮英的臉色已泛紅，看來是真的不善飲。李鴻章怕奕譞很快醒過來，他不想再跟李蓮英多說廢話了，必須抓緊時間說點有用的話。

『李總管，你看今天北洋水師操演得如何？』

『精彩，精彩，大人統領下的北洋水師真是天下雄師！』李蓮英恭維道。

李鴻章對今天的操演很滿意，笑着對這個名爲醇王奴僕實爲太后特使說：『北洋水師能有今天，全託太后、皇上的洪福。』

李蓮英也不想轉彎抹角，他也要趁着這個好機會完成太后交給的重任。他是個很有心計的人，平時儘管從不過問國家大事，看起來像個本分太監，其實他對官場最高層的舉動都看在眼裏，記在心裏。因爲平時讀摺和旁聽的緣故，他知道許多別人所不知的事情。爲了讓李鴻章就範，幾天來他使盡腦汁在想主意，終於讓他找到了一個缺口。他若無其事地問：『中堂大人，這三艘從德國買來的砲艦花了多少銀子？』

『六百五十萬。』李鴻章隨口答道。

『三艘六百五，一艘二百多。』

李鴻章說：『鎮遠號貴一點，二百四，定遠號二百一，濟遠號二百，一共六百五。』

一直掛在李蓮英臉上的謙卑笑容不見了，他有意輕聲問：『中堂大人，這事是誰在中間牽的綫？』

『天津電報局的督辦盛宣懷。』

李蓮英把頭伸過去，做出一副很關心的神態來：『中堂大人，盛宣懷可能在這中間玩了手脚。』

『怎麽啦？』李鴻章顯得頗爲驚奇，疑惑的目光盯着李蓮英那張一旦不笑便很難看的臉。『你是說，這三艘船没有六百五十萬，盛宣懷從中貪污了？』

『有可能。』李蓮英的臉色仍然不好看。『去年，德國公使陛見老佛爺。老佛爺問他，買一艘德國造的最新式的軍艦要多少銀子。公使答，目前最新式的砲艦，如果買法國的要二百五，買英國的要二百四，如果買德國的，同樣性能，衹要二百萬，如果是賣給中國，看在太后的聖面上，還可以再優惠。鎮遠號用了二百四，是花英國的價買來的，喫虧了。』

李鴻章聽了李蓮英的這番話，心裏暗自喫驚。李蓮英過去在他的印象中，衹是一個貪錢財會逢迎好使兩面手法的小人而已，没料到此人如此精明强識，而且如此準確地選擇要害之處下手，厲害！北洋有購洋船的打算，盛宣懷立即向他推薦德國船，說同樣性能的船，德國造的可便宜二十萬。李鴻章本是一個精明人，容不得別人在他面前玩手脚。他不輕信盛宣懷，暗中打發人直接詢問法、德、英三國船商，證明盛說的不假，便委託盛去辦。不久，盛辦成了此事，悄悄地對李說，三艘船明價六百五十萬，這個價和法國、英國差不多，用來向户部報銷；實際收錢六百萬，那五十萬作爲回扣。另外，三家船廠的船主感謝中堂的惠顧，另外凑了三十萬送給中堂個人，請以後再多多關照。盛宣懷還十分懇切地說，北洋要辦的事很多，中堂個人要辦的事也很多，都要銀子，務請把這八十萬全數收下，不



要對户部說起。他也決不會跟誰說起。李鴻章覺得盛宣懷會辦事，於是就這樣定了。三個月前，盛宣懷前往德國，辦妥了這件交易，真的把八十萬銀子打到李鴻章私人賬户上去了。李鴻章於是從中拿出十萬獎勵盛宣懷。聽了李蓮英這番話後，他明白，凑給他三十萬這件事，其實是船主自願做的，說不定盛宣懷促成了這筆生意，那三家船主也凑了三十萬給他。但此事絶不能讓這個太后的耳目獲得任何把柄。

他靈機一動，嘿嘿笑了兩聲說：『德國公使對太后說的話不錯，我們這三艘船，買船的價的確衹用六百萬，那五十萬是用在火砲上去了。一是三艘船共增加八座砲，另外，所有的火砲都用的克虜伯廠的最新造出火力最大的鋼砲！故而多花了些錢。不過，李總管，你提醒得很重要，說不定這些砲不值五十萬，盛宣懷那小子在中間玩了手脚，我要好好地查查賬。』

李蓮英一邊聽，一邊在心裏盤計着：人說李鴻章厲害，果然不錯！他在大砲上來糊弄朝廷，倒也不失爲高招。但思忖半天纔回我的話，不明擺着在思考對策嗎？『不過』後面的話，就是明顯的心虚表現。

他也乾笑了兩聲說：『哦，原來這三艘船多裝了八座砲，這一點奴才没想到。不過，這事中堂大人今後還得專門具個摺禀告老佛爺，萬一被哪個小人先告狀，反而不美。老佛爺是寧肯虧自己，也是捨得拿大錢用於海防的。若是她知道受了騙，心裏自然不舒服。』

李鴻章品出了這話中弦外之音，馬上說：『李總管說得很好，這是對北洋水師的愛護。過幾天，我再上個摺給太后，把添置火砲的事說說。總管剛纔說太后寧肯省自己，是不是頤和園的工程又要節省了。』

『是呀！』話說到這裏，纔說到正題上。李蓮英說：『爲德和園戲樓的事，老佛爺很難過了一陣子。』

『誰讓太后難過了？』李鴻章表現出極大的關切。

『還有誰，户部唄。』李蓮英推開酒盃，那情形，就像心裏堵得連酒也喝不下去的樣子。『戲樓要開工了，恩良上了摺要户部提出三十萬兩銀子作前期費用。老佛爺看了摺子後，嘆了一口氣說，户部近來很緊，哪裏拿得出三十萬銀子出來，戲樓別修了吧！那天喫飯，老佛爺衹喝了兩口湯就不喫了。奴才知道，老佛爺是爲德和園戲樓的事哩！果然，飯後遛圈子時，老佛爺跟奴才聊天說，小李子啦，咱們今後就不看戲了，實在悶得慌，你叫楊月樓、譚鑫培他們到園子裏來兩段清唱好了。奴才聽了這話，直想掉眼淚，說，老佛爺快別這樣說，這話讓皇上和內外大臣們聽了，還不知有多難受。唉，老佛爺爲國家操勞二十多年了，歸政後有個園子住住，建個戲樓看個戲，到哪兒說都不過分呀！户部每天撥到各地的銀子少說也有一兩百萬，就不能勻點出來嗎？老佛爺說，那都是救急救難的銀子，不能勻。奴才又說，聽說北洋買船，户部一次就是六百多萬哩，辦事的人稍微節省點，三十萬就出來了。老佛爺說，那是買船守海疆哩，也不能省。』

李鴻章聽到這裏，覺得凳子上突然長出許多釘子來，一隻一隻地都在刺着他。六百多萬銀子買船的話，不是說明李蓮英早就知道船價了嗎？那麼剛纔的話是明知故問，是敲山震虎。這個可惡的不男不女的李四！

『老佛爺的這份心真讓奴才感動得不知說什麼是好，奴才實在忍不住了，衝口說，天下所有的官員，哪個不是老佛爺您放出去的？老佛爺於他們的恩德比生養他們的父母還要重。父母缺錢用，做兒子的理應拿出。現在老佛爺缺銀子，天下的官員都應該從自己腰包裏掏出錢來捐獻，這是兒子對父母的孝順呀，是理所當然的。老佛爺笑道，現在的兒子都不孝順父母了，有幾個你李蓮英這樣的孝順兒子呀！』

李鴻章終於徹底弄明白了，李蓮英此次來天津的目的，乃是爲老佛爺化緣。他來找我這個天下第一督撫化，然後再以我爲榜樣，讓所有朝廷命官所有食皇糧的人都來向太后盡孝心，爲她的頤和園捐款納銀。我拿出幾十萬銀子出來不要緊，衹是我這一帶頭，必將給其他人出了難題，不捐不行，捐了又不情願。我李鴻章立時就將被天下命官所咒罵所怨恨，『千夫所指，無疾而終』，這樣一來，我的陽壽也折了。不好帶這個頭。但不拿銀子看來是不行的。你看他一出言便抓住船價的事，做好做歹的，分明是懷疑此中有中飽情事。事實上，李鴻章此事也是過不了硬的。德國船廠的回扣五十萬，禮金三十萬，除分了十萬給盛宣懷外，剩下的七十萬，他全部入了自己的金庫。李鴻章口口聲聲以老師爲榜樣，實際上，他的行爲與老師有很多的不同之處，其對銀錢的態度便截然相反。非分之錢哪怕一絲一毫，曾國藩都不要，但李鴻章對到手的銀子却從不推辭。就這樣，二十年直督，他爲直隸省創造了財富，也爲他李家聚斂了萬貫家財。

一個難題擺在他的面前：銀子拿也不是，不拿也不是，怎麼辦呢？李鴻章死勁地在腦子裏想着，驀然間，他想起了一件事。

那是一個月前，楊宗濂深夜進了北洋通商衙門，拜訪李鴻章。楊宗濂的父親是跟李鴻章一起創建淮軍的功臣，後來官至記名提督，在一次與捻軍的戰鬥中重傷而死。臨死前夕，楊父將獨子宗濂託付給李鴻章。李鴻章珍惜這種戰場上的生死情誼，對楊宗濂格外照顧。楊家有錢，先爲楊宗濂捐了個監

生的功名，後爲他買了個候補道員的官銜。那時李鴻章的兄長瀚章在湖北做湖廣總督，楊宗濂就跑到武昌投奔李瀚章。李瀚章對他也很照顧。清末官場混亂，用銀子買來的候補官多如牛毛。過去有個成語，叫做群盜如毛，現在人們將『盜』換成『道』，群道如毛，反而更貼切。湖北一省候補知縣、候補知府、候補道員便有二三百人，通常要候補一兩年纔能得一差，有的十年八年也得不到一差。因而候補官員中窮困潦倒的不少，病餓而死的也屢見不鮮。楊宗濂一到湖北，便立即委以漢江河工的美差。誰知楊宗濂不爭氣，領了這個美差事不好好幹，聽任屬下偷工減料，貪污挪用，中飽私囊。他自己整天花天酒地，喫喝嫖賭。結果耗費百萬巨款修築的堤防一點用也沒有，次年大水一發，處處崩潰，漢江兩岸數十萬百姓流離失所，淹死好幾百人。

鐵面御史鄧承修爲此上了一摺，請朝廷嚴懲瀆職者。湖廣總督李瀚章爲他説情，將責任推在幾個具體辦事人身上。結果楊宗濂衹受了降二級處分改調直隸交李鴻章委用。湖北人不服，紛紛上書。於是太僕少延茂、御史屠仁守再上劾摺，朝廷將楊宗濂革職永不敘用。楊宗濂向李鴻章求情，李鴻章也爲此給吏部尚書打過招呼，但吏部尚書怕言官再上彈章，不敢答應。此事一拖就是半年。

『少叔，』楊宗濂親熱地叫了一聲李鴻章，『侄兒不肖，有負少叔、筱叔的器重，革職查辦，是罪有應得，侄兒並無怨言。衹是家母因侄兒之事氣病在床，已奄奄一息了。侄兒不忍心讓母親死不瞑目，寧願捐出一筆銀子來，請求開復。侄兒衹是想求個名分，讓母親安心遠行，並不想當官掌權。海軍衙門買船買砲，經費必定會不够，侄兒願捐出兩萬銀子出來，懇求少叔幫侄兒一把。』

李鴻章心裏想：這個辦法不錯，海軍衙門正缺的銀子，一紙撤銷處分的部文便換得海軍的二萬兩銀子，是一件很好的事情；若有十個楊宗濂這樣的人，就一下子得了二十萬。過去湘淮軍創建之初，





不就是靠賣空白執照賣軍功牌來換餉銀嗎？海軍創建之初，也不妨如法炮製。

『好，我試試看。』

打發楊宗濂走後，李鴻章便忙於北洋南洋大會操的事，楊宗濂的事擱了下來。現在何不把這筆錢換一個名稱，將海軍捐銀改爲園工捐銀呢，孝順太后，換來取消處分的部文豈不更方便些嗎？

『李總管，太后耿耿爲國爲民之心，實在讓我們做臣工的欽佩不已。按理説，做臣工的捐出自己的俸祿爲太后修園子，這是分內的事。但我想，太后可能會爲此不安。』

李鴻章看到李蓮英的臉色依然綳得緊緊的，知道他是鐵了心不拿到銀子不罷休的。『我有一個辦法，既可以得到銀子，又不讓太后心不安。』

『什麼好辦法，中堂大人説給奴才聽聽。』李蓮英的臉色有了鬆動。

『是這樣的。』李鴻章把楊宗濂謀求開復的事簡要説了一下。

『這個辦法是不錯。』

生於河北鄉間，從小喫苦受罪，九歲淨身進宮的李蓮英，在他的腦子裏，衡量世界，衹有一個標準，那就是金錢利益，至於禮義廉恥、道德操守之類空泛的一套，他從來不去管它。在他看來，賣官鬻爵，與賣米賣鹽也差不了多少，同是在做一手交錢一手交貨的交易，曾國藩、李鴻章等人將此作爲不得已的權宜之策，李蓮英却認爲這也是公平買賣，無所謂『不得已』之類的於心不安。李蓮英想，這事誰去跟吏部説呢？老佛爺當然不能去説，自己出面也不方便，若由醇王去跟吏部説，則較順理成章。『中堂大人，明天，您去跟王爺説説，請王爺跟吏部打個招呼。衹是，一個楊宗濂的二萬還不够，還得多一些人纔行。依奴才之見，海軍衙門真的要向老佛爺獻孝心不難，大沽港口停泊的北洋水

師艦船少説也有四五十隻，新近又買進三艘最先進的德國砲船，還有南洋的船也很好。就現在這個樣子，在世界上也算很强大的海軍了。奴才愚見，海軍衙門這兩三年可以不再添置新船，省下來的一千多萬兩銀子，可以拿出一半捐給園工，另一半委託户部去放息，息錢給園工，本錢仍是海軍的。兩三年過後，頤和園建好了，老佛爺安心了，海軍衙門儘可以再去添船買砲。李中堂，你説行嗎？奴才是個蠢人，不懂國家大事，衹是看着老佛爺喫不下飯睡不好覺心疼，也知道中堂大人想盡孝心而摸不着門路，胡亂説幾句罷了。今夜奴才有幸跟中堂大人在海上共享晚餐，有一句話怎麽説的，』李蓮英敲了敲腦袋後説，『想起來了，叫做海外奇談。奴才剛纔説的也都是海外奇談，好在沒有别人在場。行不行，中堂大人自己斟酌，若不行，就當奴才沒説。我們快喫飯，王爺還得等奴才去侍候呢！』

海軍衙門不再添船買砲，拿海防銀子去修園子孝敬太后，這真是匪夷所思的事情。這種餿主意，除開李蓮英外，别人大概難以想得到。海軍會辦大臣聽了這話後，怔了好長一會。忽然他想到，莫非這主意就是慈禧本人的意思，特意讓李蓮英到天津來説給我聽？對，一定是這樣的！唉，太后呀太后，這大清江山是您的，您自己都不愛惜，我們還苦心經營個什麽呢？您實在要這樣做，我們也衹得聽命了。轉念他又想，衹有兩三年的時間，海軍的興建暫時委屈一下，也不是什麽大不了的事。再説，自己的那份家産也不明不白，真的得罪了那個説得出做得到的老太婆，説不定哪天一張封條就全給封了。李鴻章想到這裏，遂放寬了心，認真地對李蓮英説：『李總管的想法有道理，我明天就去跟醇王爺商量。』

『好吧！忙碌一天了，喫完飯，中堂大人也要早點安歇。』

李鴻章轉過臉看了看窗口。



窗外，早已是夜色深沈，無邊無際的黑暗罩住了鎮遠號，也罩住了渤海灣。沒有月亮，連星星也看不見，衹有一陣接一陣極有節奏的海浪在拍打着岸邊的石頭，發出沈悶的響聲。李鴻章的心裏驀地生出一絲不祥之感來：這海軍衙門剛剛建起，太后便向它伸手要錢，開了一個極壞的先例，今後難免不會有人再向它打主意。五千萬銀子得不到，看來今後每年協濟的四百萬銀子也難以全部用於海防上。海軍呀，大清的海軍，你的前程怕也會像眼前的渤海灣一樣茫茫黑暗，風險難測！

## 九　半百再得子，張之洞歡喜無盡

第二天，李鴻章將昨夜與李蓮英的談話向奕譞説了。這同時也解開了奕譞心中的疙瘩：原來李蓮英是來向李鴻章要錢的，並不是來監督自己的。奕譞一下輕鬆了，並因而生出一份對太后莫名其妙的感激來。

他熱情地幫助李鴻章修改捐獻方案：『楊宗濂的銀子不能捐到園工去，這會使太后蒙受不佳的名聲，衹能説是捐給海防，並且鼓勵像楊宗濂這樣的人向海防報効，海軍衙門單獨爲這一報効立册。然後，再將這筆銀子如數轉給頤和園工程。海防費用這兩年暫時壓一壓，支援一下太后，也是好事。過兩年園子修好了，太后歸政了，我們再大辦不遲！』

由李蓮英提醒，經慈禧默認，再藉檢閱海軍的機會由李鴻章提出，最後奕譞拍板。這就是中國近代史上最大的一樁經濟案子的全部策劃過程。從此，由内務府掌管的頤和園工程處，便名正言順、肆無忌憚地向海軍衙門索款。後來又將海軍學堂的牌子掛在頤和園大門口，説是昆明湖可用來操練海軍。小小的昆明湖能讓萬噸鐵艦縱横馳騁嗎？這豈不是笑話！其實，這是在遮掩世人耳

目，爲的是將園工與海防綁在一起，從而可以更方便地調撥海軍衙門的銀子。據歷史學家統計，從光緒十二年海軍衙門正式辦公起到甲午年北洋水師消失，九年間，頤和園共挪用海軍二千萬兩銀子，佔各省協濟海軍款的三分之二。另外，尚有六百萬兩銀子長期存入户部起息，其息銀也用之於頤和園。由於存的是死期，海軍衙門後來連修築砲臺都不能從户部提取這筆錢。外加上海軍捐報効銀四百萬，也全部給了園工。故而，頤和園工程大約用去海軍銀子二千五百萬。按照當時官中用工三七開的慣例，實際用於工程上的衹有七百五十餘萬，而一千七百多萬的大頭則流入各級人員的私囊了。這九年間也即自有海軍衙門以來，中國海軍就没有再新添一隻軍艦，致使得本來實力已不差的海軍後來大大落伍，終於在甲午年被後來趕上的日本海軍打得全軍覆没。經濟上的腐敗，導致政治上的失敗，最終使得政權徹底垮臺。這就是歷史留給後人的教訓。

奕譞匆匆看了幾座大砲後，便立即打道回京。回京以後，向太后上了一道禀報北洋、南洋會操盛況，請太后給有功人員以重賞的摺子，然後給吏部打了招呼。很快，楊宗濂便接到部文，開除處分，交北洋委用。楊宗濂用二萬銀子報効海軍贖罪的事在官場上引起很大的反響。於是，許多革職官員多方籌措銀兩，來到海軍衙門，請求報効，海軍衙門全單照收，這些革員也都重新得到委任。又有許多想很快遷升的在職官員，也帶着巨額銀子來到海軍衙門。不久，他們便主事的得升郎中，郎中的得升道員，道員的得升兩司。真可謂銀到官到，立竿見影。本來就已潰爛的官場，從此更爛得不可收拾。

京師又有不少愛抓把柄做文章的言官諫官，他們對李蓮英出京參加天津檢閲海軍一事大爲不滿。内中有一個不怕死的御史，居然直接給慈禧上摺，指名道姓地批評這樁事，又翻出十多年前安得海擅離京城，而被殺頭的舊事來，提醒慈禧萬不可重用宦官以致自亂朝綱。





這個名叫朱一新的御史像喫了豹子膽似的，竟然敢捋虎鬚逆龍鱗，惹得慈禧大爲惱火，抓住朱一新摺子裏一句無法證實的話，將他貶爲禮部主事。朱憤而辭職，欲回浙江老家終老林下。

敢於糾劾老佛爺，這實在是一樁駭人聽聞，也令人敬仰的舉動。朱一新的奏疏儘管邸報不敢登載，還是不脛而走，風行海内。張之洞在廣州讀到這道奏疏後，不禁拍案叫好：『好多年没有讀到如此文章了，有一朱一新，可見京師清流之風未絶！』

他立時心情激動起來，對一旁的楊鋭説：『你以我的名義寫封信給他，叫他不要回浙江了，就到我這裏來。我聘他爲廣雅書院主講，把他身上這種浩然之氣帶到南國來。』

楊鋭滿口答應，正要握筆作書，趙茂昌提醒張之洞：『香帥，朱一新得罪了太后，您把他聘來廣州，豈不惹太后生氣？』

剛纔是清流舊習一時激發，經此提醒，張之洞猛然省悟：『竹君説得有道理，衹是人才難得，廣雅書院失去此人，太可惜了。』

『我看這樣吧，』趙茂昌建議，『讓梁節庵以朋友身份寫封信給他，請他到廣州來玩玩。如此方不露聲色。』

『也好。』張之洞點點頭。

不久，朱一新受梁鼎芬之邀，來到廣州城，住進廣雅書院。張之洞悄悄地到廣雅書院看望朱一新，對他的奏疏讚賞不已，並請他主講廣雅。朱一新欣然接受。張之洞爲網羅了朱一新這樣的人才高興了好些天。

這天午後，大根滿臉喜氣地推開簽押房門，高聲説：『四叔，恭喜賀喜，姨太太生了一個兒子，

母子平安！』

『這麼快就生了，不說要到半夜嗎？』張之洞歡喜無盡地說，『我去看看！』

『四叔，過會兒去吧，房子裏都是血腥味，要傷運氣的！』大根勸阻道。

『不要緊，我一身堂堂正氣，什麼血腥味也傷不了我！』

張之洞急忙走出簽押房，三步併作兩步地向後院奔去。

張之洞已有兩子一女，長孫都已五歲多了，照常理來說，他似乎不必如此的欣喜激動，猶如初爲人父似的。這是因爲一則出於對佩玉的愛，二則他由此更對自己充滿了信心。

珮玉嫁給他三四年了，先前一直沒有懷上孩子。珮玉焦急，他也爲此不安。這幾年來，珮玉以她特有的賢淑，溫暖着張之洞那顆在情感上備受挫傷的心，尤其是珮玉的琴聲和對準兒的疼愛，更使張之洞時時感受到女性的温馨和柔情，爲他繁忙而枯燥的宦務增添了生活的亮色和家庭的情趣。在張之洞略有閒暇、心情寬鬆的時候，珮玉常常會爲他奏幾曲。珮玉此時的琴曲，常會激起他青少年時代那種吟詩作賦、臨池揮毫的情懷，也同時又讓他生出簿書堆積、雅興殆盡的感嘆。在張之洞公務不順、心情抑鬱的時候，他也會叫珮玉彈彈琴。珮玉清清幽幽的琴曲，常能爲他引來一泓化外清泉，洗去心頭的塵俗和鬱結。有一次，珮玉爲他彈了一個曲子，那琴聲幽冷清越若曠世遺音。張之洞半躺在床上微眯着眼睛，面前漸漸浮現出一幅高山深澗、泉水清洌、冷月高掛、猿啼古松的圖畫來，沈寂多年的創作慾望突然在胸間湧動。

他問珮玉：『這曲譜有歌詞嗎？』

珮玉答：『這是一首很古老的曲譜，我父親教給我的。父親說，教他的師傅說過，這曲譜原是有





詞的，幾百年前失傳了。』

張之洞從床上一躍而起：『我來爲它配上一首新詞。』

他走到書案前，一邊磨墨一邊凝思。珮玉放下琴過來觀看，衹見張之洞在紙上寫出三個字來：幽澗泉。珮玉問：『這是詞名嗎？』

『是。』張之洞說，『我想這一定是古時一位懷有絕大志向絕高學問而遁逸山林的隱者所作。他藉幽澗流泉來象徵自己遺世獨立的高尚人品，我現在就來摹倣他的心緒作一首詞。』

隨着一行行字的出現，珮玉輕輕地唸道：

幽澗泉，千尺深，長松磊砢，生乎南山陰。中有美人橫素琴，軫有美玉徽有金，清商激越生空林。

元霜殺物兮蕭森，素月默默兮青天心。哀猿爲我啼，潛虯爲我吟。牙曠千載，憂思欽欽。

撫茲高張與絶弦兮，何怨乎箏阮之善淫，惟有幽澗流泉知此音。

『好淒美的一首詞。』珮玉讚道。『我彈這琴曲的時候，腦子裏也隱隱約約地有這種意境，經你用文字這一描摹，就變成可觸摸的實物實景了。我想你這首詞與那首失傳的古詞大概八九不離十。』

張之洞喜道：『認準了就好。你邊彈邊唱一遍給我聽聽。』

珮玉唸了幾遍之後，已記在心裏了，於是重新坐在琴架旁，一邊撫弄琴弦，一邊輕輕地吟唱起來。果然，詞與曲交融，意境更臻絶妙。從此，這首琴曲便爲他們兩人所共同喜愛，常彈常唱，彈者不倦，聽者不厭。

在珮玉的悉心指教下，準兒現在也能彈得一手好琴，這尤使張之洞欣慰：母親的琴藝，如今張家終於有人能夠傳承了，母親的在天之靈，應可得到些許安慰。珮玉爲他做了這多奉獻，但珮玉始終是

個姨太太，儻若不生兒子，她在張家就沒有地位。珮玉還年輕，自己一定會走在她之前，沒有兒子的姨太太，處境是很悲涼的。在爲珮玉焦急時，他也對自己的生命力產生懷疑。珮玉這麼久不能懷上孩子，這無疑證明自己的生命力已大不如先前。事業纔剛剛開始，多少宏偉的設想尚在等待着去一一付諸現實，強健的體魄，旺盛的精力，纔是事業成功之本。家有年輕的姨太太，却不能讓她懷上孩子，這說明什麼呢？張之洞每每想起這事，一絲悲哀便會壓抑不住地油然而生。現在好了，珮玉生養了，而且還是一個兒子，她的焦慮可一掃而光，張之洞的自信心也頓時增加十分！

當張之洞來到後院時，上房門前圍滿了人，幾個女人匆匆忙忙地端盆捧巾地進進出出。大家看到張之洞時，忙不迭地賀道：『恭喜，恭喜！』『大人，又得貴子！這是大喜事！』張之洞也破例地雙手抱拳，對各位笑道：『謝謝，謝謝！』說罷就要進門。剛好珮玉的母親捧着一堆血布出來，見到張之洞，嚇了一跳，隨即滿臉堆笑：『大人，請暫勿進去，要看兒子，過會兒包扎好後抱他出來。』

張之洞說：『不要緊的，我要看兒子，更要看珮玉。她還好嗎？』

珮玉娘聽了這話，很是感動，連聲說：『好，好，珮玉沒事，託大人列祖列宗的保佑，母子平安。』

說話間，張之洞已走進了屋，春蘭和新僱的小丫頭蕉兒在床邊檢檢弄弄。接生婆已給嬰兒穿好了衣服，珮玉臉色慘白地躺在床上。接生婆見張之洞來了，猶如獻禮似的忙將手中的嬰兒遞過去，咧開大嘴笑道：『張大人，看看你的兒子，大頭大耳，滿臉紅潤，這鼻子眼睛跟大人您一個樣，沒差一絲一毫。』

大家聽了都笑起來，珮玉見張之洞不管產房的血氣髒亂，這麼快就進來了，心裏欣慰至極，臉上泛出甜蜜的微笑。張之洞接過兒子，心裏真是樂開了花。他仔細地端詳着還沒睜開眼睛的小臉蛋，舒心地笑了：『說是像我，但更像他媽。他的這張臉長大後，一定比我的臉豐滿，不會像我這樣尖嘴猴腮的。』

平時滿臉威嚴的張制臺，今天這樣當衆戲謔自己，大家知道他此刻真的是開心，於是也都放心地大笑起來。張之洞將兒子還給接生婆，坐到床沿邊，望着笑意蕩漾的珮玉，溫存地問：『這會子好些了嗎？』珮玉點點頭。『都說要等到半夜纔生哩，沒想到小傢伙等不及，趕早就鑽出來了。』

張之洞一句笑話，又把大家逗樂了。

張之洞將珮玉枕邊的被角壓了壓，說：『女人生孩子，好比從鬼門關口打了一轉回來，母子平安，真是天大的喜事。這幾天就在床上好好躺着，叫你娘吩咐春蘭和蕉兒多做點活血提神雞湯肉湯，多喫點，儘早復元，第一千萬不要傷風受涼。產後空虛，好比一根頭髮絲點的燈，最是要提防……』

說着說着，王夫人當年難產喪命的那一幕又浮現在眼前。多麼賢惠的夫人呵，多麼使人高興的添丁加口的好事呵，孰料轉瞬之際，便化爲人間最慘痛的悲劇。王夫人含恨離世六年多了，六年來，祇要一旦想起，張之洞就會痛責不已，彷彿是他奪去了夫人年輕美麗的生命似的。現在又一次地面臨這樣的大事，幸喜生產順利，而產後的調理也萬不可輕視。經歷過三位夫人生產、年過半百的張之洞，感到有許許多多的經驗，許許多多的叮囑要對珮玉細說。

珮玉娘從外面進來，見張之洞還在娓娓不斷地說這說那，她很驚訝：從沒看到這個八面威風的冷面半老男人，竟然還有如此脈脈溫馨、款款深情的一面！

她走到床邊，從接生婆手裏抱過小外孫，問張之洞：

『大人，兒子的名字給取好了嗎？』

『還没想好哩。』

珮玉娘親了親小外孫，充滿着對女兒和外孫的無限愛意，說：『大人，你年過五十，再得一子，真是一樁天大的喜事。珮玉嫁到張家四年了，纔生下這個兒子，也是望穿了眼睛。大人，兒子滿月時，可要好好辦幾桌酒，慶賀慶賀。』

張之洞高興地說：『那當然，當然。』

珮玉娘對張之洞的這個答覆很滿意，她把小外孫放進女兒的被窩裏，讓他跟媽媽並肩睡覺，然後摸着嬰兒紅撲撲的臉蛋說：『小乖乖，跟媽媽睡覺，父親大人已答應了，滿月時給你擺大臉！』

珮玉把兒子緊緊地抱着，沈浸在巨大的幸福中。眼看着這一幅母子連心圖，張之洞心裏也格外覺得温馨平靜。閒暇時讀讀好的詩文，欣賞古玩古畫，或是登山臨水融於造化之中的時候，他的心裏也往往有一種平和的感覺，但那是外界的引發，而此時的這種感覺，却是從心靈深處所發出。細細地品味，這中間有很大的不同。是的，這是人類對新生命的歡喜接納，這更是人類對自身生命延續的一個本能企盼的滿足。人的生命的價值，豈是無血無肉的外物所能比擬！這宇宙萬象，世間萬物，一旦離開了人的生命，又有什麼意義可言？

一晃半個月過去了，爲越南戰爭結束後的遺留問題，如馮氏父子的賞賜授職及所募十八營團勇的獎恤遣歸，劉永福與黑旗軍的妥善安置，爲遠道來粤的湘、淮軍的遣散，爲廣州城幾家洋務局廠的早日開工等等一系列大事小事，張之洞忙得一天到晚團團轉，竟把爲兒子辦滿月酒的事丢得一乾二淨了。



# 第九章　試辦洋務

這天晚上，當珮玉再次提起的時候，他纔恍然大悟。珮玉並不是一個很俗氣的女人，她贊同母親的意見，希望丈夫熱熱鬧鬧辦滿月酒，除開對兒子的疼愛外，也想藉此爲自己贏得臉面。受過詩書教育的珮玉，孀居之後，仍然抱着寧願爲人清貧之妻不願做人富貴之妾的素志，當初純是出於爲張之洞摯愛琴藝之心所感動，做了張府的姨太太。儘管上面並没有正室在堂，她實際上是督署後院之主，但因爲名分上始終衹是姨太太，她的心態總免不了有失衡之感。她希望能有一次風光的機會，讓她揚揚眉，擺擺臉，真正以一個女主人的姿態接受衆人對她的恭賀，對她的祝福。自從得知懷孕之後，她便想到孩子做滿月是個好機會。儻若生個女兒，衹在督署裏辦個三五桌就行了；儻若是個兒子，她巴望丈夫能在廣州城裏的酒樓上，開它二三十桌筵席，讓全城的人都知道，她李珮玉生了個兒子，張制臺又添了一脈香火。

『珮玉，我想我們不辦滿月酒算了。』

張之洞用手指頭輕輕碰了一下兒子的臉蛋。兒子的名字在三朝時給取定了，叫仁侃。小仁侃瞪着烏黑發亮的眼睛，望着眼前這個留着尺來長黑黄鬍鬚的半老頭兒的臉，眨都不眨一下。看着兒子這副粉餅肉團似的模樣，張之洞舒心暢意地笑了。

『爲什麼？』珮玉大感意外，心裏已有幾分不快，『是因爲他是小妾生的，就不擺酒了？我的身份雖賤，他却是你的親骨肉！』

珮玉越說越委屈，竟然止不住流下眼淚來。

『你想到哪裏去了，珮玉。』張之洞拿起枕邊的綢巾，爲珮玉拭去眼淚。『我什麼時候把你當妾看待了，整個家務錢財不是都交給你了嗎？除開名分外，你和哪家的正室夫人有一點區別？快別哭了，

你在坐月子，女人在月子裏一身骨頭都是散的，千萬別傷着身子。』

這幾年來，張府的家務一直是珮玉在主持，油鹽柴米，僱人用錢，都是珮玉說了算，連仁梃、準兒兄妹的喫穿零用錢也都是由珮玉來安排。應該說，珮玉是個有職有權的主婦。想到這裏，珮玉的怨氣消了許多，說話的口氣和緩下來：『那是爲什麼？』

『珮玉，我告訴你吧，仁權是頭生子，他都没辦滿月酒。爲什麼，因爲那時清貧，我雖是翰林，但是有名的窮京官，辦不起酒。仁梃滿月說是辦了幾桌，但那是在臬臺衙門他外公家裏辦的，自己家其實也没辦。他們都是太太生的。』

『正因爲是太太生的，不辦可以。』珮玉插話。『仁侃是姨太太生的，若不辦，會有人說閒話。』

『閒話不閒話，不要去管他，倒是那天你母親說辦滿月酒，我是滿口答應的。不衹是爲兒子，更主要是爲了你，我是想好好地爲你祝賀一番的。』

這幾句話，說得珮玉心中的怨氣已減去了八成。

『但是，我仔細想了想，還是以不辦酒爲好。』

珮玉凝神望着丈夫，没有做聲。她在認真地聽着。

『這没有別的，不是因爲你和仁侃，而是因爲我，是我不該做着兩廣總督。』

張之洞離開床沿，在屋子裏一邊慢慢踱步，一邊緩緩地說道：『在廣州城裏，有多少官吏怕我畏我，又有多少官吏想靠近我巴結我，更有多少商人想討好我買通我，假若我張某人爲兒子做滿月酒的口風一傳出，廣州城數以百計的衙門、數以千計的官吏、數以萬計的商行、數以十萬計的商人中那些怕我畏我、想靠近我巴結我買通我的人，都會藉此機會送重禮以達到他們的目的。官吏們拿的是民脂



民膏，商人們拿的是敲詐盤剥，這樣的禮物送到總督衙門，即使不是爲了某種目的，我也是不敢拿不願拿的。上有神明，下有祖宗，我張之洞拿了心裏不安呀！』

窮苦塾師家出身的珮玉，深以丈夫的這番話爲然，她已在心中點頭贊同了。

『官吏中也有清官廉官，商人中也有正經買賣人。我若辦滿月酒，他們要是送禮，又於心相違，若不送，怕我對他們有別的看法。』

珮玉對這幾句話很有同感，因爲她的父親便是這樣一位耿介的窮書生，時常爲世俗的禮節而煩愁。

『更重要的是，廣州城裏，還有上百萬的黎民百姓在瞪大眼睛看着我。眼下貪官污吏遍佈全國，他們利用各種機會巧取豪奪，中飽私囊，藉升官調遷、祝壽弔喪、生子添孫、娶婦嫁女等大辦酒席，廣斂錢財，這種手法比比皆是，形同公開。假若我張之洞辦滿月酒，即使申明不收人一文賀錢，又有誰會相信呢，我半世清名豈不毁於一旦？這尚在其次。更重要的是我今後在兩廣想再要整飭官場，廉潔官風，那就没有人聽了。我這個兩廣總督，豈不成了一個尸位素餐、形同虛設的木偶？』

珮玉心裏下意識地打了一個冷顫，丈夫說得有理：爲了一個小小的虛榮，將會給他帶來多大的不利！珮玉呀珮玉，你真的是一時糊塗了。

『所以，我張某人生長子、次子時，没錢不辦滿月酒，生三子時，有了錢也不辦滿月酒。珮玉，望你能體諒我，成全我。』

『你想得周到，仁侃這個滿月酒就不辦了。』珮玉誠懇地說。

『你真正是我的賢內助！』張之洞爲珮玉的深明大義而感動，重新坐到床沿邊，滿眼含情地望着珮玉在親吻兒子的臉蛋，心裏充滿濃濃的天倫之樂。

過一會兒，他又對珮玉說：『你這樣賢惠，令我欽佩，這幾年來操持家務，也很辛苦，現在又生了仁侃，爲張門添丁，我理應表達我的一點心意。我還是要讓你母子熱鬧一番的。』

『哦，那太好了。』珮玉又興奮起來，『你有了別的好法子？』

張之洞笑着說：『你等着那一天看吧！』

珮玉也不再打聽，存了這個心，從第二天起便仔細觀察，看張之洞如何讓他們母子熱鬧一番的。

## 十　以中國百姓第一次看見電燈的喜樂來慶賀兒子的滿月

這一天清早，珮玉見大根裝束停當，像要出遠門的樣子，便問：『你到哪裏去？』

大根答：『到黃埔港去買松樹。』

『到黃埔買松樹做什麽？』

『四叔說，他那年去黃埔看張軒帥，見北岸牛山上有一片好松林，他當時尚未在意，這些年來却發現廣州城裏幾乎見不到松樹。四叔說，他平生最愛松樹，要我去黃埔牛山買兩株好松樹來，栽到督署衙門空坪裏。』

當年曾祠內松柏森森，一派肅穆景象，令珮玉懷念不已。眼前的確是不見松柏，經大根一說，珮玉倒真覺得是一個遺憾。『四叔跟你説過，要買什麽樣的松樹嗎？』

『四叔說，不要彎彎曲曲奇形怪狀，也不要稀罕少有、品種名貴的，要選兩棵主幹粗直，形體端正，讓人看着覺得有一股堂堂正氣就行了。』

珮玉聽了很高興，這種選材主張也合她的心意，又問：『買大的還是買小的？』



『四叔說，盡量買大的，大的氣派足些，但一要考慮到容易成活，二要考慮到好搬運，要我跟當地農民好好商量。』

『好，你去吧！』珮玉心想，老爺子一天到晚忙忙碌碌的，今兒個倒有閒心來美化環境了。看來，仁侃的確給他帶來一份好心緒。

下午，趙茂昌領着幾個木匠和泥灰匠來修繕幕友堂。幕友堂在督署大院的西側，中間一個大廳堂，四周有十餘間小房，這裏是兩廣總督衙門的幕僚辦事之處。幕僚原本是古代將帥用兵打仗時，隨軍住在帳幕中的軍事參謀、書記等人的通稱。後來，地方大員因衙門屬官定制有限，忙不過來，便把將帥們的做法學過來，聘請一些人辦理文書、刑名、錢穀等事務。因爲是學的軍營一套，名稱也便跟着叫幕僚。這些人不屬朝廷命官，是衙門主人請過來的，合則留，不合則走，類似朋友的關係。所以主人都客氣地叫他們爲幕友。清代末年，內亂頻繁，地方大員擔負着繁重的軍政責任，故聘請幕友之風大盛，各省督撫都有一個龐大的幕友隊伍。此中最爲有名的當然要屬曾國藩的兩江督署的幕僚班子了，那裏集中着數百名行政、軍事、理財、科技等當時的第一流人才，號稱天下人才淵藪，甚至還有朝廷人才不及兩江的說法。

兩廣地處中國南大門，近幾十年來又是與洋人打交道的衝要之地，故兩廣督署的幕僚也不少，各色人等加起來有三四十號。由於桑治平與張之洞的特殊關係，來到廣州後，他實際上成了幕僚長。前一向他和蔡錫勇用招賢榜的方式招來了六十餘名洋務人才，這中間絕大部分到了局所，衹有陳念礽等五個從美國留學回來的留在督署做幕友。過去的幕府科房都以朝廷六部命名，即吏科、户科、兵科、工科、刑科、禮科，現在這六科外再增加兩科，即以蔡錫勇爲頭包括陳念礽等五人在內的洋務科，以

辜鴻銘爲頭的翻譯科。

趙茂昌將這些幕僚們暫時安置到別的房屋裏辦事，指揮工匠們將幕友堂全部修整粉刷，又特別從中挑選一位手藝高巧的細木工匠，要他按照張制臺的墨跡爲幕友堂做一塊橫匾。

過幾天，珮玉又看到督署裏來了一位怪人，和辜鴻銘差不多，粗看起來像是一位普通的師爺：瓜皮帽，長袍馬褂，細看却又像個洋人：高鼻梁、白皮膚，瓜皮帽沿露出的竟是金色的頭髮。但又聽他一口純熟的中國話，和張之洞邊走邊親熱地交談着。珮玉心裏很納悶，這是個什麼人？

剛好桑治平到後院來找他的太太柴氏——這段時間，後院事多，柴氏常來幫幫珮玉——珮玉便問他。桑治平說：『那是個英國牧師，名叫李提摩太。早在山西時，制臺便和他成了朋友。前幾天到了廣州，特爲來看望老朋友。他向制臺推薦一種機器，制臺很高興，立即委請他到香港去買。』

『什麼機器？』

『電燈機。』

電燈機是什麼機器，做什麼用，珮玉弄不清楚，她也不好意思再問下去。

再過幾天，便有馬車拖來又大又沈的鐵製機器，連同一捲一捲細長的繩子。跟着機器來的，除李提摩太外，另有兩名洋匠。三個洋人在衙門裏住下來，足足在幕友堂裏裏外外忙碌了四五天，有時又傳來一陣陣『叭叭叭』的響聲。珮玉因身子尚未完全復原，也没過去看。接着大根買的兩棵松樹也運進來了，遵照張之洞的吩咐，這兩棵松樹栽在幕友堂大門前左右兩旁。

又過幾天，眼看明天就是滿月的正日子了，究竟怎麼熱鬧一番，張之洞仍未透露。夜裏，珮玉忍不住問丈夫。張之洞笑着說：『明天晚上，我要讓你看一樣你出生以來從未見過的東西，讓你有許許





多多的驚嘆和興奮。』

會是什麼東西呢？會給我送一個稀世珍寶，一套華貴衣服，或許是給侃兒送一個世所罕見的玩具？這些都有可能使觀者驚嘆和興奮。珮玉想了很久，到底没有想出個什麼東西來。

第二天上午，幕僚們搬進了修繕一新的幕友堂。衹見門窗都油上了新漆，墻壁被石灰刷得潔白如雪，地面全都嵌上一色青磚。衆人站在案几邊，環顧四周，立即生發出一種舒適清爽之感。

尤其是大門口的那兩棵新移來的松樹，約有二人之高，合抱之粗，雖不很高大，却主幹挺直，側枝勁秀，針葉茂密而深綠，給幕友堂平添一股雄壯之氣、威嚴之姿。幕僚們人見人愛，人見人喜。

到了下午，桑治平對衆位幕友宣告：喫了晚飯後，各位還請到幕友堂來一下，晚七時，張制臺將親自主持幕友堂掛匾儀式。到時備有茶點，還將請大家看一樣洋玩意兒。

幕友堂，是衙門內人員對幕僚們辦事處所的稱呼，並不是一個規矩的名稱。張制臺親自主持掛匾儀式，看來這個匾額是他親題的。他會題幾個什麼字呢？幕僚們都在猜着。於是大家恍然大悟了，原來修繕房間，移栽松樹，都是爲了今晚的掛匾，而洋玩意兒又是什麼呢？

雖是初秋時節，但廣州的夜色來得却比北方遲。喫過晚飯，衆幕僚都穿戴整齊來到幕友堂時，天色仍未黑下來，大家喝着茶，聊着天，心情都顯得有點亢奮。

將近七點時，張之洞來了，後面還跟着幾個工役，其中兩個擡着一塊用紅綢包好的大木板。這木板約有四尺長二尺多寬，幕僚們都知道這一定是幕友堂的匾了，都好奇地圍了過來，却看不見上面的字。這時有人搬來了一個竹梯，一個年輕力壯的工役竪抱着木板，登上了梯子，將木板掛在預先釘好的釘子上，紅綢依然裹着，一根長長的繩子一頭連着紅綢，一頭垂到地面。

眼看天色漸漸暗下來，張之洞對大家招了招手，大聲說：『諸位幕友們，大家辛苦了。』

三十多號幕友除幾個暫時告假養病或回家省親的外，差不多都來齊了，聽到東家已道出開場白，便紛紛走過來。

『各位看得起我張某人，從四面八方來到兩廣總督衙門，幫助鄙人料理各項繁雜的事務，事情多，薪水少，再加之鄙人一向爲人粗疏，不會噓寒問暖，各位没有怨言，盡職盡責。諸君都是十年寒窗的飽學之士，還有乙榜出身的，還有從西洋留學回來的，之所以能如此，我想主要不是爲了賺錢養家餬口，而是爲了施展自己的平生所學，上報朝廷，下爲庶民。』

張之洞這幾句話，慕僚聽了舒服。其實，這些幕僚，絕大多數都是奔着衙門優厚薪水而來的。幕僚月薪，視出身、能力、資歷及所擔負事務的不同有高低之分，通常最低的也不會低於二十兩銀子，高的甚至可達四十多兩。當時一個七品縣令的年薪不過四十五兩。到了年底，一切事故都没出，平平安安過了一年，則可以得養廉費一千兩，按每月攤下去，月薪不過九十多兩。身爲縣令，有許多排場應酬，又有許多窮親戚來打秋風，所以，一個不貪污的清白縣令，以其正當收入來過日子，並不算太寬裕。至於一個通常塾師，月薪不過五六兩而已。讀書人若命不好，做不了官，便衹有做塾師的分。一旦來到總督衙門做師爺，就可以得到半個縣令七個塾師的收入，這是一項多麼令人垂涎的好行當！但是，他們這些人都是讀着孔孟長大的，從小起一個個都有經世濟民的宏大抱負。許多人明知今生永遠與經世濟民無緣，但在嘴巴上，總喜歡這樣說說，或許是眷戀太深，或許是畫餅充飢，也或許純粹是爲了賺取別人的尊重。總之，都喜歡說『一展抱負，爲國爲民』之類的大話。現在總督大人肯定他們，讚許他們，他們何嘗不感到心裏暖融融的！







『但是，鄙人身爲主人，心裏總覺不安，所以這次下決心將諸位辦事的場所來個修繕粉刷一番，讓大家有個舒舒服服的環境，一天的疲勞也可減輕一點。另外，我又特爲從黃埔移來兩株松樹。』

大家的眼光都不約而同轉向門前的兩棵松樹上。

『不瞞諸位幕友，鄙人平生最喜愛的草木便是松樹。愛它雄壯偉岸的軀幹，狂風吹不倒，大雪壓不垮。愛它頑强的生命力量，元氣充沛，虬枝針葉，千年不衰。更愛它四季常青，哪怕隆冬嚴寒，依然青青翠翠，昂然居三友之首。故而聖人稱讚它，歲寒而後知松柏之後凋。將這兩株松樹從黃埔移到幕友堂前，不但爲自勵，也爲激勵衆位朋友們，將它看做是兩個畏友，天天面對着我們，逼我們自省，逼我們奮進。』

幕友堂前，剛纔還有點小小的私語聲，這會子完全静寂下來。夜色中，依稀可見幕友們大都神色莊重，表情嚴肅，有幾個年紀較大有點倚老賣老放任自流的幕友不免面有赧色，心生愧疚。

『趁着幕友堂裝修的機會，我爲它題了個堂名，並製成一塊竪匾掛上去了。各位朋友們可能都在想，張某人會給它題個什麼字呢？等會鄙人扯下這塊紅綢，大家就可以看到了。』

隨着張之洞的手勢，大家又都不約而同地擡起頭來，向大門頂部望去。可惜，天色已經黑下來，包着紅綢的竪匾模模糊糊的，很多人都在心裏說：就是扯下綢子，也看不清上面題的什麼字呀，爲什麼不選在白天掛匾呢？要不，門口上多掛幾隻燈籠也好呀。就像聽到了衆人的腹議似的，張之洞笑了笑：『大家一定都會說，黑燈瞎火的，這匾怎麼個看法哩！各位不要急，鄙人會給你們借火來的。』

他轉臉對站在旁邊一直在待命的趙茂昌說：『你叫他們把機器發動起來吧！』

『是！』

趙茂昌很快走進廳堂，衹聽見一陣『叶叶叶』的響聲過後，衆人冷不防眼睛一花，忽見堂裏堂外頓時明亮起來，猶如瞬時間點燃起千萬支蠟燭，又以爲黑夜中的閃電被長久地留在天空。大家正在驚疑四顧的時候，幾個留美的年輕人一邊指指點點，一邊大聲地叫道：『電燈，電燈！』衆幕僚這纔發現，突如其來的雪白光亮，原來是從一個拳頭大的白玻璃泡裏發出來的，並且又很快發現，不但大門上懸着這樣的玻璃泡，而且廳堂內，各個小房間裏都懸掛着好些個這樣的小燈泡，有人在數着：『一個、兩個、三個……』有人則大聲地說：『我已數清了，整整一百個。』又有人說：『你們看，松樹上還有哩！』

大家又都看松樹了。可不是嗎，兩棵松樹，每一棵上也都吊了七八隻白玻璃泡。松樹軀幹上的樹皮，本來就有着龍鱗似的裂紋，此時在燈光的照耀下就更像一條挺立着的龍身，它的頭就藏在松樹葉中，而尾部則埋在泥土裏。

除開辜鴻銘、蔡錫勇、陳念礽幾個喝過洋水的人，以及像趙茂昌等極少數幾個進過公使館和洋行的人外，今夜，幕友堂前數十號幕友及衙役和後院眷屬僕人，打從娘胎出來，還是第一次看見這種不可思議的神奇現象。一個小小的玻璃泡怎麼會發出如此耀眼的光亮來？泡子裏面裝的是什麼？有的人還懷疑，這玻璃泡裏是不是事先捉進了許許多多的螢火蟲？不過他們又想，螢火蟲不可能這樣聽話，說亮就都亮了，再說螢火蟲的亮光是一閃一閃的，這光它並不閃呀！

藉着燈光，彼此都發現對方的眼睛裏全射出驚喜不止的目光，臉上都流露出喜氣洋洋的神色，陳念礽終於忍不住呼喊起來：『張大人，你把電燈牽到衙門裏來了，你真偉大！』說着說着，不由自主地鼓起掌來。梁普時等幾個留美學生也高呼：『張大人偉大，偉大！』跟着也鼓掌。

衆幕僚也學着鼓起掌來，他們不習慣叫『偉大』這個詞，但一時又想不起別的合適頌詞來，衹好呼喊：『張大人，張大人！』二百多年了，自有兩廣總督衙門以來，似乎還從來没出現過這樣熱烈喜慶、興高采烈的場面。

待大家的情緒稍稍穩定下來後，桑治平站在大門口，高聲喊道：『現在，請張制臺爲幕友堂揭匾！』

張之洞走到豎匾下面，拿起繩索懸下來的一頭，輕輕一拉，紅綢飄落下來，門楣上的豎匾露出了它的真面目：烏黑發亮的漆面鑿着三個上了石綠色彩的大字，在雪亮的燈光照耀下，這三個忠實體現張之洞書法的字，筆畫剛勁，結構嚴謹，轉角勾折之處，硬直中流動着秀美的靈氣，大家幾乎異口同聲地喊起來：『廣益堂！』

張之洞高興地說：『廣益，既有集思廣益之意，也有諸位多多獻策，使兩廣獲益之意。爲了使諸位更好地辦事，在英國朋友李提摩太的幫助下，我們從香港買來了一個發電機。發的電衹能裝一百個燈泡，這一百個燈泡就全部裝在廣益堂。下次我們再買一個，爲簽押房那邊再裝上燈泡。那時我們兩廣衙門就在一片光明中辦文案，理公事。願這一片光明帶給我們諸位光明磊落的心地，辦光明乾淨的公務，爲兩廣百姓謀光明燦爛的前途。』

幕友房總文案蔡錫勇代表衆幕僚誠懇地說：『您這樣厚待幕友，大家都很感激。大家都說，您文治武功，彪炳於世，這都是您自己的才幹所致，幕友們並没有幫上什麼忙。如今督署裝電燈，先不裝你的簽押房，也不裝後院上房，而先裝廣益堂，大家都覺得受之有愧。』

爲祝賀兒子滿月而設置的這一熱鬧場面，獲得了衆幕僚的衷心感激，張之洞爲此而十分滿意。蔡

錫勇剛纔『没有幫上什麼忙』的謙虛話，使他突然想起野史上的一則故事，一時高興，竟忘乎所以了。張之洞拍了拍蔡錫勇的肩膀，笑着説：『衆幕友都幫了我張某人的忙，這不消説了，有些事，是用不着幫忙出力，也可以心安理得享受好處的。我説個笑話給你們聽。』

總督大人要説笑話，這可是難得的事，大家都圍攏過來。

『話説當年東晉元帝司馬睿的寵妃生了一個兒子。元帝很高興，不僅重賞他的寵妃，而且遍賞文武百官，每人加升一級，真正是皇恩浩蕩，皆大歡喜。大臣殷洪喬出面代表百官感激元帝。這殷洪喬是個老實人，説的也是老實話。他説，皇上喜得皇子，這是普天同慶的好事，衹是我們並没有出什麼力而得此重賞，心裏都過意不去。元帝哈哈大笑，説，我生兒子，當然不要你們出力，你們哪個若是出了力，那還了得！元帝説的也是大實話。這兩段大實話加在一起，便成了一段大笑話，很快便傳出宫外，全國官民聽了，都捧腹不已。』

張之洞剛一説完，衆人都哄堂大笑起來。最愛搶風頭的機靈鬼辜鴻銘最先反應過來，他大聲説道：『香帥中年得子，我們蒙電燈之賞，雖没有出力，心裏也不會不安！』

經辜鴻銘這一點破，大家恍然大悟。是的，上個月張府添了一位公子，今天莫不是小公子的滿月！原來大家都在與張制臺分享他的兒子滿月之喜。霎時間，廣益堂内外沸騰起來。

這時，張之洞看到珮玉坐在稍遠處的回廊裏，正望着他，臉上滿是幸福的笑容。

張之洞高聲對大家説：『好了，揭匾儀式完結了，諸位都進去，到各自辦公室的房間裏去瞧瞧吧，看看光綫夠不夠。爲慶祝今晚這個大喜事，廳堂裏還擺有瓜果糕點，大家邊喫邊看邊議論。』

於是，衆幕僚、衙役和僕人都雀躍般湧進廳堂，興致萬分地在小小的玻璃泡前，久久地佇立着，





笑談着。兩廣總督衙門，度過它有史以來第一個最爲光亮的不眠之夜。

第二天消息傳出，巡撫衙門、藩司衙門、臬司衙門以及廣東提督衙門、廣州知府衙門等各大衙門都來打聽。張之洞意識到這是一個宣傳普及洋務最有説服力的例子，於是請幕僚們半個月内夜裏暫不在幕友堂辦事，這段時間每天夜晚從七時到十二時，開亮所有的電燈，讓各大衙門的官員、各大商號的老闆、各大書院的學子，乃至廣州城裏的普通百姓前來參觀。這個決定做出後，每天晚上，兩廣總督衙門前便排滿數以萬計的參觀者。人們懷着興奮的心情，紛紛前來一睹這亘古未有的新奇。許多人看後都嘆道，不料夜明珠真有其物！更多人反駁道，哪裏有什麼夜明珠，那都是騙人的鬼話，這電燈是洋人的聰明才智製造出來的；我們再不要夜郎自大了，要放下架子向洋人學習。也有人説，我們不要妄自菲薄，洋人的技巧我們也可以學過來，今天督署點上了，往後我們老百姓家裏也可以點上。

光緒十四年，廣州城内，張之洞成了第一個將電燈引進官署的中國人。第二年，廣東商人黄秉常在張之洞的支持下，在廣州開辦中國第一個民辦電燈公司。從此以後，電燈走入神州大地的千家萬户，給茫茫長夜帶來如同白晝的光明！就在這個時候，近代社會的另一個重要標誌——鐵路能否引進中國的問題，正在大清高層官場上激烈地爭論着。